フランス恋愛文学を たのしむ

Goûter la littérature
amoureuse française

その誕生から現在まで

東浦弘樹
Toura Hiroki

世界思想社

はじめに

「恋愛のさかんな国」というとみなさんはどの国を連想するでしょうか。最近の若者はイタリアと答えることが多いように思えます。ラテン系のちょいワルおやじのイメージが強いからでしょう。しかし、ある世代の日本人にとって、それは確実にフランスでした。そこには映画の影響が大きかったように思います。日本では結婚前の男女がおおっぴらに付き合えないような時代に、スクリーンの上ではフランス人の男女が自由気ままに手をつないで歩いたり街角でキスをしたりしていたのです。

とはいえ、フランス人がみな恋愛上手かというと決してそうではありません。それは日本人がみな勤勉とはかぎらないのと同じです。恋の喜びや苦しみに国境はありません。フランスの恋愛文学を読んで、「へえ、そんな恋愛もあるのか」と驚く部分ももちろんあるでしょうが、「なるほどワタシと同じだ」とうなずく部分も少なからずあるのではないかと思います。未知のものを発見する喜びと既知のものを認識する喜び――矛盾しているようですがどちらも文学作品を読む喜びではないでしょうか。

この本では十二世紀の『トリスタンとイズー』から二十一世紀の『人生は短く、欲望は果てなし』まで、恋愛をテーマとするフランスの文学作品をとりあげ、十四のテーマに分けてわかりやすく解説します。この本を読めばあなたも恋愛上手になれる――と言うことができればいいのですが、残念ながらそういうわけにはいきません。若い頃、まったくと言っていいほどモテなかった私が言うのですから、これほどたしかな話はありません。文学作品は人生の教科書ではありませんし、恋愛の指南書でもありません。ただ、恋の喜びや苦しみにどう向き合うかについて、ヒントのようなものは得られるかもしれません。

この本では個々の作品の背景や文学史的意義、作者の人となり、作品から読み取れる恋愛観、作品の技法などについて説明したうえで、作品の解釈を試みています。「そうそう、そうなんだよね」とか「なるほど、そういう読み方もあるのか」とか思いながら読み進めていただければ幸いです。ただし、ここに書いてあることはあくまでひとつの読み方にすぎません。文学作品というものは名作であればあるほど複数の読み方ができるものであり、読者の数だけ解釈があるものです。この本を読んで「わかった」と満足することなく、みなさん自身が自分なりのやり方で作品を読み解くことがなにより大切だと思います。

ここでとりあげる作品をまだ読んでいないという方もおられるかもしれませんが、心配はいりません。各章では作品のストーリーを簡単に紹介しています。とはいえすべてを説明してしまいますと、これから読む楽しみが減ってしまいますので、結末はできるだけぼかして書いています。

また、作品は原則として年代順に並べていますので、第1章から順に読めばフランス文学が恋愛というテーマをどのように扱ってきたかを歴史的に概観していただけます。ただし、テーマのつながりを優先するためにあえて年代順を無視したところもありますし、日本やアメリカの作品を扱ったところもありますので、その点はご了承ください。もちろん、興味の赴くままに拾い読みのような形で読んでも十分楽しんでいただけるものと思います。

なお、作品からの引用はすべて私の翻訳によるものです。文中に今日では「差別語」、「不快語」とされることばが使われている場合もありますが、作品のオリジナリティを尊重する意味で無理な言い換えは控えました。その点もあわせてご了解いただければ幸いです。

ある意味で読書は恋愛と似ています。学校や職場で運命の人と出会うこともありますし、友人や知人の紹介で出会うケースもあるでしょう。この本が月下氷人の役目を果たし、みなさんが運命の本と出会うお手伝いができれば、筆者としてこれほど嬉しいことはありません。

All you need is love ♪

目次

目　次

第1章　恋愛は十二世紀の発明？

『トリスタンとイズー』

✽恋愛文学の原点

最初にとりあげるのは、フランスのみならずヨーロッパの恋愛文学の元祖とも本家ともいうべき『トリスタンとイズー』です。ひょっとすると『トリスタンとイゾルデ』のタイトルでご存知の方も多いかもしれません。『トリスタンとイゾルデ』はワーグナーの楽劇で、「イゾルデ」は「イズー」のドイツ語読みです。

この物語の設定は有名ですので、ご存知の方も多いでしょう。騎士トリスタンが伯父であり主君でもあるマルク王の結婚相手としてイズーを迎えに行くが、ふたりは祖国に向かう船の上で誤って魔法の媚薬を飲んでしまい宿命的な恋におちるというものです。どうしてよりによってそんな大事なところでそんな馬鹿な間違いをするのかとか、手違いで媚薬を飲んで恋におちたのを「運命の恋」と呼ぶのはちゃんちゃらおかしいのではないかとか、いろいろと突っ込みどころはありそうですが、それについては後でとりあげることにします。

❀歴史的背景を少しだけ——ケルト文化について

物語に入る前に少しだけ歴史的背景をみておきましょう。『トリスタンとイズー』はケルトの伝説から生まれました。

現在フランスがある地域はかつてガリアと呼ばれ、ケルト人と呼ばれる人々が住んでいました。ガリアの地は紀元前五八～五一年にカエサル（ジュリアス・シーザー）により征服され、多くのケルト人はローマに帰順しローマ化しますが、一部は現在のフランス北西部にあるブルターニュ地方からイギリスの南西部に逃れ、英仏両国にまたがる形でケルト文化圏を形成し、自分たちの伝統を維持することになります。

次の章で詳しくみることになりますが、フランスは良くも悪くも理性を重んじる伝統をもっています。それだけにSFやファンタジーはフランスではあまり育ちませんでした。十九世紀ロマン主義期には幻想小説や怪奇小説が書かれましたし、『地底旅行』や『海底二万里』で知られるジュール・ヴェルヌというSFの巨人もいますが、やはりそれは例外と考えるべきで、理性を尊ぶ伝統は二十一世紀の今日までフランスに綿々と続いています。

しかし、ケルト文化はそれとは異質のものです。ケルトには竜や魔法使いが登場するファンタジックな伝説が数多く存在します。その代表的なものがアーサー（アルテュール）王伝説です。その昔、岩に名剣エクスカリバーが刺さっており、剣を引き抜いた者がケルトの王となるということで、多くの屈強の男たちが挑戦しましたが、誰も引き抜くことができません。そこへひとりの青年があらわれ、いとも簡単に剣を引き抜きます。その青年こそがアーサーです。

こうして王となったアーサーのもとに多くの騎士が集まります。アーサーは騎士たちに序列をつけないよう丸いテーブルで食事をしました。長方形のテーブルであれば、上席・末席ができてしまうからです。そのことからアーサー王の騎士たちは「円卓の騎士」と呼ばれるようになりました。

アーサー王と円卓の騎士の物語と同じく、『トリスタンとイズー』もケルトの伝説から生まれた物語で、アーサー王が登場するヴァージョンもあります。『トリスタンとイズー』は比較的ファンタジー的要素が少ない物語ですが、それでもトリスタンが竜を退治する場面がありますし、トリスタンとイズーが飲む媚薬も目の前にいる相手を無条件で好きになるという魔法の薬ですから、ファンタジー的と言えばファンタジー的と言えるかもしれません。

✿恋愛は十二世紀の発明？

『トリスタンとイズー』がヨーロッパ恋愛文学の元祖と呼ばれるのには訳があります。この物語はヨーロッパ文学史上おそらく最も古い悲恋物語なのです。ヨーロッパでは「恋愛は十二世紀の発明である」とよく言います。われわれ二十一世紀の日本人からすると、随分おかしな言い方で、「では、それ以前のヨーロッパ人は恋をしなかったのか」と言いたくなります。一体どういう意味なのでしょう。

人はいつの時代でも、いかなる場所でも恋をします。時代や地域が変わっても、それは変わるものではありません。要は価値観の問題です。十一世紀以前のヨーロッパの人々は恋愛に価値を置いていませんでした。彼らだって恋をして喜んだり悲しんだりしていたはずですが、そんなことは人生の重大事ではなく、人間が命を賭けるに値するものではなかったのです。

中世の人々にとって大切なもの、命を賭けるに値するものは、神への奉仕と主君への忠誠でした。文学にもそれは反映されており、十一世紀以前の文学は、聖人伝と武勲詩が主流でした。聖人伝とは読んで字のごとく聖人の伝記です。例えば、『聖アレクシス伝』に登場するアレクシスは、新婚初夜に花嫁を置いて出奔し、ひたすら神に仕えて聖人に加えられます。彼は妻への愛より神への奉仕を優先させたわけです。

武勲詩というのは戦記物で、戦争で武勲をたてた英雄をたたえるものです。シャルルマーニュ（カール）大帝の家臣としてサラセン人（イスラム教徒）と戦い壮絶に散っていく悲劇の英雄ローランを描いた『ローランの歌』は、武勲詩の代表的作品ですが、神への奉仕と主君への忠誠の両方を体現した物語として時代精神を反映しているように思えます。ちなみに、ローランには婚約者がおり、ローラン戦死の知らせを聞いた彼女は、悲しみのあまりその場にばったり倒れ死んでしまいます。劇的に盛り上げようとすればいくらでも盛り上げられそうな箇所ですが、彼女の死にはわずか一章が割かれるのみで、その後は話題にのぼることすらありません。恋などというものはつまらないものであり、命を賭けるべきものはほかにあるということを如実に示すものではないかと思います。

恋愛は人生の重大事ではないという当時の価値観からすれば、もし恋愛に夢中になり、神への奉仕や主君への忠誠をおろそかにする人間がいたとすれば、人の道にはずれたダメ人間であり、どうしようもない愚か者であるということになります。しかし、本当にそうだろうか、愛する人のために生き、そして死ぬというのも、それはそれで立派な生き方ではないか、いやむしろそれこそが、正しい生き方であり、美しい生き方なのではないか——そのような発想の転換が起こったのが十二世紀なのです。こうして神や主君のためではなく、愛する女性のために命を賭けて戦うという騎士道恋愛の精神が誕生します。

時代が『トリスタンとイズー』を生んだのか、それとも『トリスタンとイズー』が人々の考え方に影響を与え新しい時代をつくったのか、それについて私は答えをもちません。「歌は世につれ、世は歌につれ」ということばがありますが、文学と時代の関係もそれと同じで、時代が文学をつくる側面と、文学が時代をつくる側面の両方があるのではないでしょうか。いずれにせよ、『トリスタンとイズー』は、愛こそがこの世で一番大切なものであるという強烈なメッセージをわれわれに伝える作品であると言えるでしょう。

✻『トリスタンとイズー』前半

『トリスタンとイズー』は単純なようでいて結構複雑な物語です。以下では、コメントをつけながらあらすじを追っていきましょう。なお、『トリスタンとイズー』には複数のヴァージョンがあり細部においてそれぞれ異なりますが、ここでは十九～二十世紀の中世文学者ジョゼフ・ベディエが編纂したバージョンに依拠することにします。

早くに両親を亡くしたトリスタンは、伯父であるマルク王のもとに身を寄せ、騎士として仕えています。ある日、マルク王の国コーンウォールにアイルランド国王の親書をもったモルオルトという騎士があらわれ、少年を三百人、少女を三百人、奴隷として差し出せと無理難題をふっかけてきます。筋骨隆々でいかにも強そうなモルオルトに敢然と挑んだのは、われらの主人公トリスタンです。トリスタンは見事モルオルトを打ち倒しますが、モルオルトの剣の先に塗られていた毒にやられ体が腐っていきます。もはやこれまでと死を覚悟したトリスタンは自分を小舟に乗せて海に流すよう王に頼みます。

小舟は潮に乗ってある国に流れ着き、トリスタンは美しい女性に介抱され、魔法の薬によって命をとりとめます。その美女こそがイズーです。ところが、イズーは誰あろうトリスタンが殺したモルオルトの姪でした。トリスタンは正体がバレないよう早々に母国に逃げ帰ります。

どうです、なかなか胸躍る波瀾万丈のストーリーでしょう（実はトリスタンがマルク王に仕えるようになるまでにも、いろいろエピソードがあるのですが、ここでは省略しました）。しかし、物語はまだ始まったばかりです。これからトリスタンは再びイズーの前に姿をあらわすことになります。

コーンウォールでは、そろそろマルク王にお嫁さんが必要だという話になっています。しかし、マルク王はなかなか首を縦に振りません。ある日、二羽のツバメが黄金の髪を一本くわえて来ます。それを見たマルク王は、この美しい髪の持ち主となら結婚してもいいと言います。王は結婚しなくてすむように適当なことを言ったにすぎないのかもしれませんが、トリスタンにはそれがイズーの髪だとわかります（どうしてわかったのかという突っ込みはこの際なしにします）。

マルク王との縁談をとりまとめるため、トリスタンは再びイズーのもとを訪れます。その頃、イズーの国は悪い竜に苦しめられており、国王は竜を退治した者に褒美としてイズーを与えるというおふれを出しています（褒美として与えるなど、女をモノ扱いするのかという突っ込みもこの際なしにします）。

チャンス到来とばかりに、トリスタンは早速竜を退治しに出かけます。見事討ち取ったのはいいのですが、その後、トリスタンは竜の毒にやられ倒れてしまいます。ちょうどそのとき、赤髭の男が通りかかり、トリスタンの手柄を横取りして、自分が竜を退治したと王に申し出ます。

あんな男に竜を退治できるはずがないとあやしんだイズーは、勇敢にも竜の住処に赴き、倒れているトリスタンを見つけ、竜を退治したのはこの人に違いないと確信します。彼女はトリスタンを自宅に連れ戻り介抱し、またしてもトリスタンは命をとりとめます。

トリスタンが毒にやられ、イズーに助けられるのは、これで二度目です。同じ出来事が二度、三度、繰り返されるのはおとぎ話のパターンですが、『トリスタンとイズー』にも同じパターンがみられます。トリスタンはもちろんイズーのことがわかっていますが、イズーの方は、トリスタンが以前命を助けた男だとはわかっていないようです。おかしな話ですが、このあたりの非論理性も中世の物語の特徴と言うべきかもしれません。

介抱しているうちに、イズーはトリスタンの剣の先が欠けていることに気づきます。もしやと思い、その剣を叔父の死体に残っていた剣の切っ先と合わせてみるとぴったり合います。イズーは叔父の仇を討つためトリスタンを殺そうとしますが、黄金の髪に導かれイズーをもらい受けに来たというトリスタンのことばを聞いて仇討ちを断念します。イズーはトリスタンを王のもとに連れて行き、トリスタンこそ竜を退治した英雄であると証明します。

こうしてトリスタンは褒美としてイズーをもらい受けるのですが、この段階ではイズーはトリスタンが自分の結婚相手だと思い込んでいます。イズーがなぜ仇討ちをやめたのかはあまりはっきりとは書かれていないのですが、トリスタンが自分を愛していると思い、その気持ちを受け入れたからこそ仇討ちを断念したのではないかと推測できます。それなのに結婚相手はマルク王であったというのは、彼女にとって実に屈辱的な話です。しかし、中世の物語はそういう細かい心理には拘泥しません。物語はそのまま粛々と進んでいきます。

というわけで、ここからが有名な媚薬の場面です。

コーンウォールに帰る舟の上で、喉の渇きを覚えたトリスタンとイズーは、侍女が差し出したワインを飲みます。ところが、このワインは新婚夫婦がいつまでも愛し合うようにとイズーの母親が用意した媚薬入りのワインでした。魔法の薬のため、ふたりは激しい恋におちます。

しかし、いまさら婚礼を取り消しにするわけにはいきません。マルク王とイズーは予定通り結婚します（イズーはすでにトリスタンと肉体関係をもっており処女ではないので、マルク王の初夜の相手は侍女のブランジャンがつとめます。暗闇だから入れ替わってもわからないという設定ですが、いろいろな意味でひどい話です）。

とはいえ、トリスタンとイズーの恋がおさまるはずはありません。ふたりは王に隠れて密会を続けます。トリスタンとイズーの不倫に気づいた四人の貴族が王に進言し、王はしぶしぶ罠を張ります。一度は巧みに罠を逃れたふたりですが、二度目はそうはいきません。

四人の貴族の発案で、王はトリスタンのベッドとイズーのベッドの間にパン屑を撒かせます。トリスタンがイズーのベッドに忍んでいけば足跡が残るというわけです。それに気づいたトリスタンは、えいやとばかりに自分のベッドからイズーのベッドにジャンプし思いを遂げます。ところが運悪く、トリスタンは狩りで傷を負っていました。その傷口から血が滴り落ちたために、ふたりの関係はついに露見してしまいます。

王を裏切ったトリスタンとイズーは火あぶりの刑を命じられます。トリスタンは刑場に行く途中、礼拝堂でお祈りをするふりをして崖から飛び降りて逃げ出します。一方、イズーはというと、火あぶりの直前に王は考えを変え、彼女をハンセン病患者の集団に与えることにします。ハンセン病患者のなぐさみものになることは、火あぶりになるよりはるかにつらい刑罰だと考えたからです（時代が時代ですから、ハンセン病患者に対する差別云々を追及しても仕方ありません）が、トリスタンにとっては好都合でした。トリスタンは患者たちを蹴散らし、イズーを取り戻して森へ逃げ込みます。

森で暮らすうち、ふたりは森の隠者オグランと知り合いになります。オグランはトリスタンに悔い改めてイズーをマルク王に返すようさとします。

ある日のこと、ふたりを見つけた森番がマルク王に注進に及びます。マルク王は自分を裏切ったふたりを成敗せんとして単身、森に向かいますが、ぐっすり眠ったふたりの間に抜き身の剣が置いてあるのを見て、ふたりは清い関係であると確信します。そしてイズーのはめている指輪を自分の指輪と交換し、ふたりの間にある剣をとり、代わりに自分の剣を置いて、その場を立ち去ります。

ここは『トリスタンとイズー』の名場面のひとつですが、よく考えてみるとおかしな話です。ふたりの間に剣が置かれているからといって、それがなんなのでしょう。マルク王はふたりの間に何もなかったと信じますが、実際にはふたりは肉体関係を重ねているのですから、お人好しにもほどがあるというものです。

マルク王のやさしさを知ったトリスタンは、イズーを返すことにします（ヴァージョンによっては、媚薬の効果には年限があり、ちょうどこのとき効果が切れたとするものもあります）。マルク王はすべてを水に流しイズーを迎えるつもりですが、まわりは黙ってはいません。イズーが潔白かどうか裁判を開くことになります。

この裁判が傑作で、真っ赤に焼けた鉄の棒をイズーに握らせ、嘘をついていればやけどをする、嘘をついていなければやけどをしないというものです。そんな馬鹿なと思う方もおいででしょうが、まあそこはファンタジーということでお許しを願います。

トリスタンは貧しい巡礼に変装して、こっそり様子をうかがいに行きます。裁判は浜辺で行なわれ、イズーは舟で到着します。舟から降りる際、イズーは巡礼に手を貸してくれるよう頼み、わざとバランスを失って巡礼に抱きかかえられたまま倒れます。

裁判が始まると、イズーはマルク王とそこにいる巡礼以外、自分を腕に抱いた男はひとりもいないと証言し、焼けた鉄の棒を握ります。嘘はついていないわけですから、やけどはしません。なんだか一休さんのとんち話みたいですが、こうして潔白が証明され、イズーは王妃に戻ります。

✿『トリスタンとイズー』後半

ここまででやっと半分を少し越えたところです。後半には、イズーのことが忘れられないトリスタンが狂人のふりをしてイズーに会いに行く名場面などもあるのですが、それは省略することにします。

あるときブルターニュを旅していたトリスタンは、カエルダンという王子と知り合い、彼の加勢をして敵を打ち破ります。トリスタンのことが気に入ったカエルダンは、是非妹と結婚して欲しいと申し出ます。当然断ると思いきや、意外や意外、トリスタンは結婚を受け入れます。妹の名前は「白き手のイズー」といいます。

トリスタンはなぜ結婚を受け入れるのでしょう。相手の名前がイズーだからでしょうか。そうだとすればあんまりな話ですが、この結婚が物語に新たな展開を与えます。

トリスタンはカエルダンの妹の「白き手のイズー」（ふたりのイズーを区別するために、これ以降マルク王の妃のイズーは「黄金の髪のイズー」と呼ばれることになります）と結婚しますが、妻を娶《めと》っても一年間は口づけも抱擁もしないと神に誓いをたてたと嘘をついて、新妻に指一本触れません。

ある日のこと、トリスタンは敵と戦っている最中にまたもや毒を受けてしまいます。これを治せるのは、「黄金の髪のイズー」しかいません。トリスタンは親友となったカエルダンにすべてを打ち明け、「黄金の髪のイズー」を迎えに行って欲しい、そして戻って来るとき、イズーが一緒なら白い帆を、一緒でないなら黒い帆を上げて知らせて欲しいと頼みます（いくら親友の頼みとはいえ、「黄金の髪のイズー」を迎えに行くということは、妹である「白き手のイズー」を裏切る手助けをすることになります。兄としてそれでいいのかと言いたくなりますが、そのあたりはあまり問題にはならないようです）。

ところがこの話を陰で聞いていた人物がいます。ほかでもない「白き手のイズー」です。

やがて、カエルダンは「黄金の髪のイズー」を連れて戻って来ます。しかし、トリスタンにはもう外を見る力すらありません。傍らにいる妻「白き手のイズー」にトリスタンは帆の色を尋ねます。

「白い帆か、黒い帆か」――「白き手のイズー」はどう答えたでしょう。ここも有名な箇所ですから、ご存知の方も多いかと思いますが、まだ『トリスタンとイズー』を読んでいない方のため、ここには書かないことにします。

✻一貫性の欠如?

以上、いろいろと突っ込みを入れながらあらすじをみてきました。大抵のことは、中世だから、ファンタジーだからですむような気もしますが、物語そのものが必ずしも一貫していないようにも思えます。すでに書いたように、マルク王が森で眠っているトリスタンとイズーを見つけたのに、自分が来たことを知らせるために指輪や剣を取り替えるだけで立ち去る場面などは、「よっ、○○屋」と言いたくなるような名場面ですが、肝心のふたりが清い関係ではないのですから、どうも納得がいきません。また、話の都合上、省略しましたが、一旦はイズーをマルク王のもとに返しておきながら、未練たらしく狂人を装って会いに行くというのもおかしな話です。そんなに未練があるなら返さなければいいし、返した以上は歯を食いしばってやせ我慢するのが「男の美学」というものではないでしょうか。そんなことをすれば、マルク王の寛大さも、イズーを返すことでマルク王の寛大さに応えようとしたトリスタンの誠意も、すっかりつや消しというものです。

とはいえ、『トリスタンとイズー』が一貫性を欠いているのには理由があります。先にも書きましたように、『トリスタンとイズー』にはさまざまなバージョンがありますが、完全な形で残っているものはひとつもありません。したがって、ベディエが編纂した物語はいくつもの異なる物語をつなぎ合わせて、なんとかひとつの物語にしたものであり、多少の矛盾や一貫性の欠如があるのはいわば必然であり、仕方のないことなのです。

また、この時代（十二世紀）には、当然ながらまだ活版印刷機は発明されていません。印刷技術がないのですから、本というのはすべて手書きの写本です。そういう本は非常に貴重なものであり、手を触れることのできる人間はかぎられていました。つまり、この時代の人々は本を読むという習慣をまだもっていなかったのです。

では、どのようにして文学作品に触れていたかというと、吟遊詩人や旅芸人が物語を語ったり、節をつけて歌ったり、演じたりするのを見ていたのです。『トリスタンとイズー』はかなり長い物語です。すべて演じるのには数日かかるでしょう。だから、名場面だけをピックアップして演じるということも多かったのではないでしょうか。そうなれば、とりあえずはその場面だけで話は完結するのですから、物語全体の一貫性など気にする必要はありません。物語に一貫性が欠けているようにみえるのには、そういう理由もあるのではないかと思います。

なぜ媚薬なのか

『トリスタンとイズー』の最大の焦点は、やはり媚薬の存在でしょう。誤って媚薬を飲んで恋におちるなどということがありうるのか、かりにありうるとしても、そんなものを「運命の恋」と呼んでいいのかという疑問こそ、この物語を読み解く鍵のように思えます。

ひとつ考えられるのは、現代と違って中世では魔法や秘薬といったものが本気で信じられていたということです。媚薬を飲んで恋におちるということは、当時はかなりのリアリティをもっていたと言えます。

また、フランス語では「一目惚れ」のことを「雷の一撃（un coup de foudre）」といいます。恋とは雷のように突然――瞬時にして――訪れるものであるということを示すことばだと思います。トリスタンとイズーの恋は「一目惚れ」ではありませんが、予測が不可能であり命取りであるという点では、彼らが飲んだ媚薬も雷と同じだと言えるかもしれません。恋とはいつどこで誰に起きるかまったくわからないものなのです。

媚薬は口実であり、実はふたりはそれ以前から愛し合っていたと考えることも可能です。トリスタンは二度にわたってイズーの手厚い看護を受け、命をとりとめています。イズーを愛するようになったとしても不思議はありません。一方、イズーにとってトリスタンは、叔父の仇です。しかし、同時に、イズーを手に入れるために、命を賭けて竜を退治した英雄です（むろん、それはイズーをマルク王の妃に迎えるためなのですが、最初の段階ではイズーはそれを知りません）。憎しみが愛情に変わったとしても不思議はありません。いや、むしろそういう振り幅の大きさこそ、恋愛に必要なものではないでしょうか。

しかし、イズーがマルク王と結婚する以上、ふたりの恋は道ならぬ禁断の恋です。ふたりが自分の意志で禁をおかすとすれば、罪人のそしりを免れえず、読者の共感を得ることはできないでしょう。そこで媚薬の登場です。間違って媚薬を飲んでしまったために恋におちたのであれば、それは事故であり不可抗力なのですから、何をしようと――たとえ、王に隠れて密会を重ねようと――ふたりの責任ではありません。むしろふたりは被害者です。実際、ふたりを正道に戻そうと人の道を説く森の隠者にふたりはそのように言い訳をして、隠者もそれを了解します。

✿愛こそすべて

ふたりが媚薬を飲む前から愛し合っていたかどうかはともかく、媚薬が彼らの禁断の恋を正当化するための道具立てであることは明らかであるように思えます。

現代のわれわれはなにより自由意志を尊重します。職業の選択にせよ、恋愛にせよ、結婚にせよ、本人の意志に基づくものでなければならないというのが、近代民主主義社会の基本です。しかし、中世においては、神の意志がすべてであり、人間の意志などというものはちっぽけなものでした。人間が自らの意志に基づいて神に背くなどということは言語道断、決してあってはならないことだったのです。『トリスタンとイズー』の根底には、愛こそすべてであり、愛は倫理も宗教も超越し、すべてを正当化するという思想があるように思えます。愛は狂気かもしれません。しかし、その狂気こそが尊いのです。とはいえ、時代を考えれば、それをそのままストレートに出すことは到底不可能です。媚薬は正面切って口にはできないそのような過激な恋愛観を隠蔽する役目を果たしているのではないでしょうか。

客観的に考えれば、トリスタンとイズーのしていることは不道徳であり、実に自分勝手でもあります。しかし、物語の中ではふたりの行動はすべて正しいとされ、ふたりの恋の邪魔をする者は「悪人」として憎まれます。ふたりが密会しているとマルク王に進言する四人の貴族がいい例です。よく考えてみると、彼らは嘘偽りを言っているわけではありません。それどころか王をだまして密会を重ねている姦夫姦婦を告発し、王の目を覚まさせようとする忠臣とさえ言えそうです。しかし、彼らはトリスタンの武勲をねたみ失墜させようとする卑劣な密告者として成敗されます。ふたりの居場所を王に教えた森番も同じ運命をたどります。物語を見ている観客たちはその場面で正義がなされ、悪が滅びたものとして、拍手喝采を送ったに違いありません。この物語ではトリスタンとイズーの恋は無条件に正しく、それを邪魔する者は自動的に悪人ということになるのです。

✿コーンウォールのエディプス?

いささか妄想じみた話になるかもしれませんが、『トリスタンとイズー』には、息子(トリスタン)が父親(マルク王)から妻(イズー)を奪うというエディプス的構造があるように思えてなりません。

みなさんはギリシャ神話のエディプスの物語をご存知でしょうか。あるときテーバイの王に男の子が生まれます。しかし、王は浮かぬ顔です。その子どもは父親を殺し、母親を娶るであろうという予言がなされたからです。そんなことになっては大変だと、王は臣下に子どもを山奥に置き去りにするよう命じます。

赤ん坊はコリントの王に拾われ、エディプスと名付けられ、実子として育てられます。青年となったエディプスは、父親を殺し母親を娶るという予言を知り、そんなことになっては大変だと、コリントを去り旅に出ます。

旅の途中、エディプスは道を譲れ/譲らぬという些細なことからある男と争いになり、男を殺してしまいます。その後、ある町に入るところで、スフィンクスという怪物と出会います。スフィンクスは町に入ろうとする者に謎を出し、答えられなければ食べてしまっていました。その謎とは「朝、四本足、昼、二本足、夜、三本足、なーんだ」というものです。答えがわかりますか。もちろん、「人間」です。エディプスは見事答えを見つけ、スフィンクスを退治し、町の人々は大喜びします。

ちょうどその町の王は旅に出たまま行方知れずになっていたため、エディプスは乞われるままに王妃と結婚して王となり、二男二女をもうけます。その後、町に疫病や不作など凶事が続いたため、エディプスは神のお告げを聞いて対策を練ろうとします。お告げによって明らかになった事実は驚くべきものでした。

エディプスが旅の途中で殺した男は、実はその町の王でした。王が行方不明になったのは、エディプスが殺したからなのです。しかも、王はエディプスの実の父親でした。エディプスは知らぬ間に、父親を殺し、故郷の町で母親と結婚していたのです。絶望したエディプスは自らの目をえぐり、町を去って行きます。

精神分析学の創始者フロイトは、この物語が長きにわたって語り継がれ愛されてきたのは、人間の無意識の中に潜む欲望を表現しているからではないかと考え、ある時期の男児には父親を殺し母親をわがものにしたいという欲望があるという仮説をたて、それを「エディプスコンプレックス」と名付けました。

このエディプスの構図——父と母と息子の三角形——が『トリスタンとイズー』にもみられるように思えてなりません。トリスタンの父親はトリスタンが生まれる前に戦死しています。しかし、伯父であり主君であるマルク王が父親の役目を果たしています。マルク王はトリスタンを息子のようにかわいがり、自分の亡き後は王位をトリスタンに譲ろうと考えているようです。彼が最初、結婚を渋ったのも、トリスタンに王位を譲りたいがゆえではないでしょうか。

イズーはトリスタンと同年代であり、母親の役目を果たすには若すぎるかもしれません。しかし、彼女はマルク王（＝父親）の妻であるという点、さらには二度にわたってトリスタンを介抱し命を助けたという点で母親的存在であると言えます。

父親を殺し、母親をわがものとしたいというエディプス的欲望は通常、父親が息子に及ぼす権威や恐怖によって抑圧されます。しかし、『トリスタンとイズー』では、父親役であるマルク王はよく言えば寛大、悪く言えばお人好しで、息子たるトリスタンを叱ることも罰することもなく、トリスタンは簡単にイズーをわがものとして密会を続けます。唯一罰する機会があるのは、ふたりを火あぶりにするというところですが、そこでもトリスタンはいともやすやすと逃げ出し、イズーを奪回して森で暮らしはじめます。ラストについては詳しくは言いませんが、トリスタンとイズーが死後の世界で結ばれることを予感させる終わり方で、マルク王はすべてを知ったうえでそれを了解します。エディプス王は真実を知っておののき、目をつぶすという厳罰を自らに与え町を出ますが、トリスタンは――死後の世界でとはいえ――マルク王の了解のもと、のうのうとイズーと一緒になれるのです。『トリスタンとイズー』は、エディプス的構図の中で父親の権威が著しく弱まり、息子が自由に自らの欲望を実現できる物語だと言えるのではないでしょうか。

しかし、当然ながらそんなことが世間的に許されるはずはありません。エディプス的欲望の充足とはすなわち近親相姦であり、近親相姦のタブーは不倫の恋のタブーよりはるかに強いはずです。エディプス的欲望の充足という内容は、絶対に隠蔽されなければなりません。媚薬の存在はその点でも有効だと思います。媚薬はトリスタンとイズーの不倫の恋を正当化するだけでなく、物語の奥に隠されたエディプス的構図を隠蔽しているように思えます。

『トリスタンとイズー』を読むとき、われわれはもちろんそんなことは意識しません。しかし、ふたりの物語に涙するとき、われわれは無意識のうちに自分たちの中にあるエディプス的欲望とこの物語を結びつけているのではないでしょうか。『トリスタンとイズー』がかくも長く読み継がれてきた理由のひとつは、そんなところにもあるのではないかという気がします。

『トリスタンとイズー』はケルトの伝説から生まれたファンタジックな物語です。竜と戦ったり、魔法の媚薬を飲んで恋におちたりすることは、もちろん、現実にはありえません。しかし、愛してはならない人を愛してしまうこと、禁断の恋に身を焦がすことは、誰にでも起こりうることではないでしょうか。その点で、『トリスタンとイズー』は時空を超えて現代のわれわれにも通じる普遍性をもっています。

『トリスタンとイズー』は決して不倫を勧めているわけではありません。そうではなく、たとえ不倫の恋であっても、人を愛するということは純粋無垢なものであり尊いものであるということ、決して非難されるべきものではないということを教えてくれます。愛とは宗教も道徳も超越したものであり、愛のために生き、愛のために死ぬことこそが正しく美しい――このような考え方こそ『トリスタンとイズー』がわれわれに伝えるものであり、十二世紀に生まれたまったく新しい思想であったと言うべきでしょう。

第2章　恋と義務とをはかりにかけて

コルネイユ『ル・シッド』（一六三七）、ラシーヌ『アンドロマック』（一六六七）、ラファイエット夫人『クレーヴの奥方』（一六七八）

✽古典主義の美学——理性の尊重

『トリスタンとイズー』から一気に五百年飛んで、十七世紀に話を移します。フランスで十七世紀というと、ルイ十三世・十四世のもとで絶対王政が敷かれ、経済的文化的に栄華を極めていた時代ということになります。

この時代の文学的思想的風潮は古典主義と呼ばれています。ここでいう「古典」は古代ギリシャ・ローマのことで、古典主義とは古代ギリシャ・ローマの文化を再現することをめざすものです。その点では、ルネサンスの延長線上にあるものと言ってもかまわないでしょう。

古典主義の特徴をひと言で言うと、理性の尊重です。人間がほかの動物と違うのは理性をもっているところである、したがって理性に従って生きることが真に人間らしい生き方である、というのが、古代ギリシャの考え方であり、古代を模範とする古典主義の考え方でもありました。

ちなみに、この古典主義と対立する思想が、十九世紀に生まれるロマン主義です。ごく大雑把に言うと、ロマン主義は感情に素直に生きることが真に人間らしい生き方だとする考え方です。古典主義の考え方とロマン主義の考え方——理性を重視する生き方と感情に素直な生き方——のどちらが正しいかはなかなかむずかしい問題です。というより、人間は理性と感情をあわせもつ存在なのですから、どちらが正しいかを問うこと自体、無理があるように思えます。古典主義とロマン主義は人間のふたつの側面に対応した表裏一体のものと言うべきかもしれません。

十七世紀古典主義期を代表する哲学者にデカルトとパスカルがいますが、ふたりの思想は理性を大切にする合理主義哲学です。デカルトは論理的に疑う余地のない真実を知るために、疑えるものすべてを疑ってみるという「方法的懐疑」を実行して、「われ思う。ゆえにわれあり」という命題に到達し、そこから神の存在を論理的に証明しようとしました。

一方、パスカルは「人間は考える葦である」と述べ、人間は水辺にはえている葦のように弱い存在であることを認めたうえで、それでも自分の弱さを知っているところが人間の人間たる所以であり人間の強みであると言っています。どちらも理性にこだわった考え方をしていることがおわかりかと思います。

理性を尊重する姿勢は、庭園の造形にもみられます。みなさんはフランスの庭園をご覧になったことがありますか。リュクサンブール公園でも、チュイルリー公園でも、フランスの庭園は大抵、いやになるほど左右対称で幾何学的です。そこには形の整ったものが美しいという美学がみられるのですが、それもまた古典主義の理性尊重から生まれたものと言えます。

✻義務と恋の葛藤――コルネイユの『ル・シッド』

このような時代に人々はどのような恋愛観をもっていたのでしょう。

理性尊重の姿勢は恋愛にも適用されます。恋愛というのはもちろん、感情に属するものですが、そこにも理性的な態度が必要である、感情に引きずられて理性を失えば、自分もまわりも不幸にしてしまう、というのがこの時代の恋愛観です。

そのことを示す一例として、十七世紀古典主義演劇を代表する劇作家ピエール・コルネイユの戯曲『ル・シッド』を紹介しましょう。

『ル・シッド』の舞台は十一世紀のスペイン・カスティリア、主人公はル・シッドと呼ばれる青年で、本名をドン・ロドリーグといいます。ドン・ロドリーグにはシメーヌという将来を約束した恋人がいますが、ある日のこと、ドン・ロドリーグの父親ドン・ディエーグとシメーヌの父親ドン・ゴメス（やたら「ドン」が出てきますが、これはスペイン語で貴族をあらわす敬称です）が些細なことから言い争いになり、ドン・ディエーグはドン・ゴメスから平手打ちを受けてしまいます。

武人であるドン・ディエーグにとって、平手打ちを受けることは死ぬことよりもつらい屈辱です。老齢のため自分の手で報復できないドン・ディエーグは息子のドン・ロドリーグを呼びます。ドン・ロドリーグは父親が屈辱を受けたことに憤り、仇を討つことを約束しますが、相手の名前を聞いて愕然とします。息子として、武人としては、父親の仇を討たねばなりません。しかし、ドン・ゴメスを殺してしまえば、シメーヌとの恋はあきらめねばならないのです。ドン・ロドリーグは義務と恋との二者択一を迫られ悩みます。

みなさんならどちらを選びますか。いまの時代とは違いますから、シメーヌとふたりで駆け落ちして自由に暮らすとか、話し合いで平和に解決するとかいうような選択肢はありえません。ドン・ロドリーグは義務を選び、シメーヌの父親であるドン・ゴメスに決闘を申し込み、見事討ち取ります。そうなると今度はシメーヌが黙ってはいられません。今度は彼女が父親の仇を討たねばならないのです。ちょうど時を同じくして、カスティリアに外敵が迫ってきます。スペインに勢力を伸ばさんとするサラセン人（イスラム教徒）たちです。内憂外患のなかドン・ロドリーグはどうするのか、はからずも仇同士となってしまったふたりの恋人の運命はいかに……というところですが、それについては是非みなさん自身で本を読んでたしかめてください。

✿コルネイユ的葛藤と理想

ドン・ロドリーグにかぎらずコルネイユの悲劇の主人公はほとんどつねに義務をとるか、愛をとるかの選択を迫られます。ですから、フランスではそのような葛藤を「コルネイユ的葛藤」と呼んでいます。みなさんは古くさいとお思いでしょうか。たしかに、平手打ちを受けた屈辱を決闘ではらすとか、親が受けた屈辱を息子がはらさなければならないとかいうのは古くさい話です。実を言うと、十七世紀のフランス人にとってもそれは同じです。『ル・シッド』の時代設定は十一世紀――十七世紀からみれば六百年も前の話です。十七世紀フランスの観客にとって『ル・シッド』は「時代劇」であり、われわれが『水戸黄門』や『大岡越前』や『遠山の金さん』を観るような感覚で『ル・シッド』を観ていたに違いありません。

とはいえ、義務と愛の葛藤に悩むということは、いつの時代でも起こりうることです。現代の日本でも、例えば仕事をとるか愛をとるかの選択を迫られることは決して珍しい話ではないはずです。時代は変わり、それとともに風俗や生活様式も変わります。しかし、人間のすることにそれほど違いはありません。そのような意味で、文学作品というものは時代を超えた普遍性をもっているように思います。

そのような二者択一を前にコルネイユの主人公は必ずと言っていいほど義務を選択します。コルネイユにとって、あるいは十七世紀フランスの人々にとって、それが理性的な態度であり、正しい態度だったのです。

これは少し前の日本の価値観とよく似ているのではないでしょうか。昭和の名曲「唐獅子牡丹」に「義理と人情をはかりにかけりゃ／義理が重たい男の世界」という一節がありますが、「義理」の部分を「義務」と、「人情」の部分を「愛」と置き換えれば、そのままコルネイユの戯曲になります。人間としての「義務」＝「義理」を「愛」＝「人情」より上位に置くという点で、十七世紀のフランス人と昭和の日本人は一致しているのです。

われわれは外国の文化を考える際、それを「異文化」ととらえ、自国の文化との違いを見つけたがります。そのこと自体はもちろん悪いことではないと思います。しかし、地理的・文化的にどれほど離れていても——あるいは時代が違っていても——ふたつの文化の間に共通のものが存在するというのはよくあること、というより当然のことのように思えます。さまざまな国・地域の文化を考える場合、文化間の相違点だけではなく、共通点についても考える必要がある——『ル・シッド』はそのようなことを気づかせてくれる作品でもあるように思います。

話が少しそれました。もとに戻しましょう。ドン・ロドリーグが義務と愛との葛藤の中で義務を選ぶこと、古典主義の美学や価値観からすれば、それこそが正しい態度であると私は言いました。つまり、コルネイユは十七世紀フランス人の思い描く理想を描いているのです。とはいえ、物事はつねに理想通りにいくとはかぎりません。現実はつねに理想を裏切るものです。コルネイユが人間の理想を描いているのに対し、コルネイユより少し後に登場した悲劇作家ジャン・ラシーヌは人間の現実を描いているとよく言われます。ラシーヌの登場人物は、感情に引きずられ、自分も自分のまわりの人間も不幸にしてしまうのです。

以下では、ラシーヌの代表作のひとつ『アンドロマック』をみることにしましょう。

トロイ戦争

『アンドロマック』はトロイ戦争の後日譚です。

まずはギリシャ神話のトロイ戦争について簡単に説明しておきましょう。

オリンポスで婚礼の儀があり、多くの神々が式に招待されますが、不和の女神であるエリスだけは招待されませんでした。怒ったエリスは「最も美しい女神に捧げる」として黄金の林檎を神々の席に投げ込みます。われこそはこの供物にふさわしいとして、ゼウスの妻であり結婚と母性の女神でもあるヘラ、知恵と戦略の女神であるアテナ、愛の女神であるアフロディーテの三人が林檎を取り合います。困ったゼウスはトロイの王子パリスに審判をゆだねます。

三人の女神は自分を選んでもらうために知恵を絞り、ヘラは世界を支配する力を、アテナは戦争に勝利する力を、アフロディーテは世界で最も美しい女性をパリスに与えると約束します。「権力」と「栄光」と「愛」というわけで、これが古代ギリシャにおける人間が欲しいもののベストスリーだったと言えます。ちなみに「お金」が入っていないのは、この時代はまだ資本主義が生まれていないからです。お金を欲しがる気持ちは近代資本主義の生み出したものであり、それ以前はお金は権力や栄光に付随した副次的なものでしかありませんでした。

それはともかく、みなさんがパリスなら三つのうちどれを選びますか。当然と言うべきか、あにはからんやと言うべきか、パリスが選んだのは「愛」でした。

アフロディーテの言う「最も美しい女性」はスパルタのヘレナでした。しかし、ヘレナは人妻――それもスパルタ王メネラオスの妃ですから一筋縄ではいきません。パリスはスパルタに潜入し、アフロディーテの手引きでヘレナを誘拐しトロイに連れて帰ります。

そうなるとおさまらないのはメネラオスです。メネラオスはヘレナを返すよう要求しますが、トロイ側はこれを拒否します。怒ったメネラオスは力づくでヘレナを取り戻すべくギリシャの他の国々と連合軍を結成します。

かくしてギリシャ軍はメネラオスの兄でありミュケナイの王であるアガメムノンを、トロイ軍は勇将で知られる王子ヘクトールを大将として戦争が始まります。ギリシャ軍は数にものを言わせ、あっという間にトロイを包囲しますが、そこから戦況は硬直し九年が経過します。

ギリシャ軍に参加していた英雄アキレウスは、些細なことからアガメムノンと言い争いになり、祖国に帰ってしまいます。アキレウスが戦線を離脱し、戦況が不利になったため、アキレウスの親友パトロクロスはアキレウスの甲冑をまとい、アキレウスのふりをして戦いに出ますが、ヘクトールに殺されてしまいます。アキレウスは親友の仇を討つため、戦線に復帰し、ヘクトールを討ち取りますが、その後、彼もまた急所である踵（アキレス腱）をパリスに槍で刺され、戦死してしまいます。

最終的に戦争は、有名な「トロイの木馬」の作戦によって、ギリシャ軍の勝利に終わります。ギリシャ軍はトロイの城壁の門の前に大きな木馬を置いて引き上げていく。トロイはギリシャ軍が戦いを放棄し、贈り物として木馬を置いていったのだと考え、木馬を町の中に入れ、勝利の宴を開き酔いしれる。人々が寝静まった頃、木馬の中に隠れていたギリシャ兵たちがあらわれ、一気に町を制圧する――という作戦です。

こうしてトロイは陥落し、アキレウスの息子であるネオプトレモスは、トロイ王プリアモスを殺害し、ヘクトールの妻であったアンドロマケを戦利品として母国に連れ帰ります。

✻『アンドロマック』

以上のことを頭に置いて、ラシーヌの『アンドロマック』を読んでみましょう。なお、トロイ戦争のくだりではギリシャ語読みで名前を記しましたが、ここからはフランス語読みに従います。

アンドロマック（アンドロマケ）とその息子アスティアナクスを母国エピールへ連れ戻ったピリュス（ネオプトレモス）は、アンドロマックを口説き落とそうとやっきになっていますが、亡き夫エクトール（ヘクトール）に忠節を誓うアンドロマックは一向になびこうとしません。ピリュスにはエルミオーヌという婚約者がいる――エルミオーヌはトロイ戦争の原因となった美女エレーヌ（ヘレナ）とスパルタ王メネラス（メネラオス）の娘です――のですが、ピリュスの気持ちは止まりません。

エクトールとアンドロマックの息子アスティアナクスが生きていることに不安を感じたギリシャ軍は、大将アガメムノンの息子オレストを使者としてピリュスのもとに送り、アスティアナクスを殺すよう命じます。オレストはエルミオーヌに恋しており、彼女がピリュスと婚約してもその気持ちは変わっていません。

困ったピリュスは一計を案じ、アンドロマックを呼び出し、息子を殺せという命令を受けていると知らせたうえで、アンドロマックが自分と結婚してくれるなら、息子の命を助けてやろうともちかけます。アンドロマックは仕方なく結婚を承諾します。彼女は息子の命を救うために形だけ結婚式をあげ、式の直後に自ら命を絶つつもりでいます。

そうなるとおさまらないのはエルミオーヌです。復讐に燃えたエルミオーヌは、彼女に恋い焦がれているオレストを呼び出し、私を愛しているなら、婚礼の場でピリュスを殺して、とオレストに頼みます……。

はたしてピリュスはどうなるのか。オレストは約束通りピリュス殺害を実行するのか。結婚式の後、アンドロマックは自殺するのか……。非常に興味あるところだと思いますが、みなさんの読む楽しみを削がないために、ここには書かずにおきます。

✿片思いの連鎖

『アンドロマック』は、ギリシャ神話をもとにしていますが、ラシーヌの創作もかなり入っています。

ピリュスがアンドロマックを戦利品として連れて帰ったことはギリシャ神話にある通りですが、アンドロマックがエクトールに操をたて、ピリュスの求愛をはねつけたということは神話にはありません。また、神話では、アンドロマックの息子アスティアナクスはトロイ陥落の際、ピリュスによって町を囲む城壁から投げ落とされ殺されたことになっています。ですから、ピリュスがアスティアナクスの命を救う代償としてアンドロマックに求婚するという設定はラシーヌの創作と考えられます。

そのような創作を通して、ラシーヌは見事な片思いの連鎖をつくりあげました。オレストはエルミオーヌが好き、エルミオーヌはピリュスが好き、ピリュスはアンドロマックが好き、アンドロマックは亡き夫エクトールに忠節を誓っているというわけです。フィクションの世界で「もしも」の話をするのはナンセンスかもしれませんが、この連鎖の中でもし誰かが自分の恋をあきらめていれば――例えば、ピリュスがアンドロマックへの想いを捨て、エルミオーヌと結婚していれば、あるいはエルミオーヌが自分の方を向いてくれないピリュスへの想いを断ち切っていれば――悲劇は起こらなかったはずです。しかし、誰一人として、自らの想いを断ち切ろうとする者はいません。その結果、物語は悲劇的な結末へと進んでいくのです。

フランス語の passion ということばは、「情熱」と訳すことも「情念」と訳すこともできます。「情熱をもって仕事にあたる」とか、「スポーツに情熱を燃やす」とかいうように、「情熱」ということばは、良い意味で使われることが多いと思いますが、「情念」というと、なにかドロドロとした悪いイメージがあるのではないでしょうか。十七世紀古典主義期のフランス人にとって、passion は明らかに「情念」です。人を愛することそれ自体はむろん、悪いことではありません。しかし、前後の見境がなくなり、理性のコントロールを失った愛は「情念」と化し、すべてを破壊してしまうのです。

ありきたりな喩えかもしれませんが、愛とは火のようなものです。火それ自体に、善悪や正邪はありません。すべては使う人間次第で、建設的にも破壊的にもなります。正しい使い方をすれば、火はわれわれの生活を豊かにしてくれますが、使い方を間違えて、燃え上がってしまうと、もう誰にも消すことはできず、すべてを燃やし尽くしてしまうのです。だからこそ、理性のコントロールが必要であるというのが、この時代の恋愛観であり、『アンドロマック』のメッセージでもあるのです。

主人公は誰か

ところでこの戯曲の主人公は誰でしょう。そんなのアンドロマックに決まっていると言われそうですが、私は必ずしもそうではないと思います。アンドロマックはたしかに悲運の女性です。しかし、彼女は貞淑なだけの女性——と言うと語弊がありますが、彼女を動かしているのは最初から最後まで一貫して亡き夫エクトールへの想いと夫の忘れ形見である息子への愛です。その意味では、非常に単純な人物ではないかという気がします。

彼女に想いを寄せるピリュスは、一国の王でありトロイ戦争の英雄でありながら、息子の命と引き換えにアンドロマックに結婚を迫る人物です。卑劣と言ってしまえばそれまでですが、恋というのはそういうもの——どんなに立派な人間でも一旦恋に狂ってしまえば卑劣なことも平気でするということをあらわしているとも言えそうです。

オレストは純粋でいちずな青年であり、いちずであるがゆえにエルミオーヌに利用されることになります。冷静に考えてみれば、ピリュスを殺したからといってエルミオーヌがオレストの方を振り向いてくれるとは思えません。ですから愚かと言えばその通りですが、そういった愚かさもまた恋の狂気の一部と言うべきでしょう。

個人的に私が一番すごみを感じる人物はエルミオーヌです。彼女は片思いの連鎖がつくり出す人間模様の中心にいる女性です。彼女の立場を考えれば、愛しているのに振り向いてくれないピリュスに復讐するというのはまだわからなくもありません（よく学生はなぜエルミオーヌはピリュスを殺そうとするのか、アンドロマックを殺せばピリュスと結婚できるかもしれないのにと言いますが、エルミオーヌからすれば自分という婚約者がありながら、アンドロマックと結婚して自分をこけにするピリュスが許せないのでしょう。彼女が望んでいるのはもはや恋の成就ではなく、自分をないがしろにした者への復讐ではないかと思われます）。

しかし、そのために自分に想いを寄せているオレストを利用するというのは、ずるいと思いますし、非常に残酷でもあると思います。ラストは伏せるというルールをつくりましたので、詳しく説明するわけにはいきませんが、終幕近くにエルミオーヌがオレストに言うセリフは読んでいて鳥肌が立ちそうになります。それがどんなセリフか、是非みなさん自身で本を読んでたしかめてみてください。

✽『クレーヴの奥方』――「プラトニックな不倫」の物語

この時代を代表する三つ目の作品としてラファイエット夫人が書いた小説『クレーヴの奥方』をとりあげましょう。

舞台は十六世紀、アンリ二世の宮廷です。貞淑で高潔な母親に育てられた貴族の娘シャルトル嬢は、社交界にデビューして間もなくクレーヴ公に嫁ぐことになります。あるとき奥方は宮殿の舞踏会でヌムール公という男性と踊り、ふたりは恋におちます。

しかし、彼らは手を握ることはおろか、ふたりきりで会うことすらしません。奥方にいたってはヌムール公と会うのをできるだけ避けようとさえします。彼女は愛を知らぬままクレーヴ公と結婚したのですが、結婚した以上は貞節を守らねばならないと考えているからです。

ある日、皇太子妃や取り巻きの貴婦人たちとともにクレーヴ公の家を訪れたヌムール公は、テーブルの上に奥方の姿を描いたミニチュア画が置いてあるのに気づきます。当時はまだ写真や写メールがあるわけではありませんから、そういう絵を描かせる習慣があったのです。ヌムール公はその肖像画が欲しくてたまらず、誰も見ていないのをいいことにこっそり自分のものにします。

しかし、誰も見ていないと思ったのは間違いで、ひとりだけ見ていた人物がいます。クレーヴの奥方そのひとです。奥方は大いに驚き当惑しますが、何も言いません。ここで何か言えば、ヌムール公の気持ちをまわりの人たちに知らせることになりますし、そうなるとヌムール公は公然と彼女に言い寄ってくるかもしれないからです。

一方、奥方に見られたと感づいたヌムール公は、奥方のそばに寄り「私が大それたことをしたのをご覧になったとしても、あなたは気づかなかったのだと私に思わせておいてください。それ以上のことはお願いしませんので」と言って、返事も待たずその場を立ち去ります。愛する人の肖像画を手に入れた彼は喜びを抑えきれず、そのまま家に帰り部屋に閉じこもります。

どうです、実にかわいらしい話ではありませんか。もっとも現代のわれわれからみれば、いささかもどかしく、まどろっこしい感じがするかもしれません。しかし、物語はこんな調子で進みます。『クレーヴの奥方』は読み手をはらはらどきどきさせる波瀾万丈の物語ではありません。登場人物の心の動きを細やかに、そして克明に描き出す小説なのです。こういうタイプの小説を「心理小説」と言いますが、『クレーヴの奥方』はフランス文学史上最初の心理小説であり、心理小説のパイオニアなのです。表面的にはほとんど何も起こらない、しかし、人物の心の中では大きな何かが起こっている――それが『クレーヴの奥方』という小説です。

クレーヴの奥方はヌムール公への想いをなんとか抑えようと、宮廷を離れ田舎の別荘に行くことにします。奥方がパリに戻りたがらないのを不審に思うクレーヴ公に、奥方はいとしく思う男性がいることを打ち明けます……。

✿奥方の告白

このあとまだ物語は続くのですが、それはみなさんに読んでいただくとして、ここでは奥方の告白の是非について考えてみましょう。奥方自身「これまでどんな妻も夫にしたことがない告白」と言っていますが、妻が夫にこのような告白をするというのは非常に珍しいことであり大胆なことであるように思います。奥方が不倫をしているというならまだわかります。しかし、奥方とヌムール公の間には何もないのです。しかも相手の名前は絶対に言いません。これではクレーヴ公の方も困ってしまうのではないでしょうか。

世の中には夫の、あるいは妻の浮気を知りたくないという人は少なくありません。浮気をしないに越したことはないが、するならするでわからないようにして欲しい、黙って墓までもって行って欲しいというわけです。クレーヴの奥方の告白はその逆をいくものです。奥方は実際にしてもいない浮気を告白するのですから、馬鹿正直にもほどがあるというものです。

夫の側からすればこれほどたちの悪い告白はありません。不倫なら怒ることができます。奥方が反省しているのなら許すこともできます。しかし、奥方は何も悪いことはしていないし、これからもしないというのですから、怒ることも許すこともできません。

奥方のことばは夫にとって非常に残酷です。この時代には珍しいことですが、クレーヴ公は妻を熱烈に愛し崇拝しています。彼は妻が自分を愛していないことを知っていますが、それでもいつか振り向いてくれる日がくるだろうと信じて結婚生活を送ってきました。それなのに妻は別の男性に惹かれているというのです。

ひとは愛する者の身も心も自分のものにしたいと願います。それが無理なら、せめて心だけでもと思うものです。体はほかのひとのものであっても仕方がない、しかし心は自分のものであって欲しいのです。ところが奥方は、体は夫のものだが、心はほかの男性のものだと言うのです。それならいっそ自分を捨てて、その男と一緒になってくれた方がましだと言いたくなるのではないでしょうか。

奥方は夫に親愛の情と尊敬の念をもっているからこそ真実を打ち明けるのだと言い、「私をかわいそうだと思って導いてください。そしてできることなら私を愛してください」と言います。そんなことを言われれば夫としては「わかりました、そうします」と答えるしかありません。結局のところ奥方は自分で処理できない問題を夫に丸投げしているだけではないか、そんなふうにして責任を回避しているだけではないかとさえ思えます。

しかし、クレーヴ公はそのような奥方の態度を良しとします。もちろん、彼とて平静な気持ちではないでしょうが、泣いたり喚いたり怒ったりすることは一切なく、奥方を責めることもありません。それを言うならヌムール公も同じです。ヌムール公はもともとかなりのプレイボーイですから、もっと積極的な――というか強引な手段に訴えてもおかしくないのですが、奥方の意志を尊重して何ひとつ無理強いはしません。

クレーヴの奥方、クレーヴ公、ヌムール公の三人は立場を異にしていますが、価値観を共有しており、共通の基準に従って行動しています。むろん、心理的な葛藤はあるでしょうが、とるべき行動ははっきりしているのです。彼らは三人とも、感情を理性でコントロールしなければならないという十七世紀の恋愛観に忠実な人物だと言えるでしょう。

✽十七世紀の理想と現実

『クレーヴの奥方』は時代の精神に合致した小説です。しかし、それが当時の現実を描いているとは思わないでください。

十七世紀の貴族社会では、結婚は多くの場合、当人の意志で決めるものではなく、親が決めるものでした。結婚とはなによりまず家と家、財産と財産の結合だったのです。学校などというものはまだありませんから、独身の若い男女が知り合う機会はなく、特に女性は家で家庭教師に教育を受けるか、修道院で育てられるかで、一定の年齢になり社交界にデビューしたらすぐに結婚させられるのが当たり前でしたから、恋をするチャンスなどまったくありません。もし恋をするとすれば、それは結婚したあとのことにならざるをえません。ですから当時の貴族は男も女も、結婚後に愛人をもつのが当たり前でした。結婚と恋愛はまったく別のものだったのです。

『クレーヴの奥方』は十七世紀フランス貴族社会の理想を描いた作品であり、現実を描いた作品ではありません。その意味では、クレーヴの奥方もクレーヴ公もヌムール公も現実離れした人物であり、物語はきれいごとだと言うべきかもしれません。ただ、そのきれいごとに当時の人々が涙したこともまた事実なのです。自分は不倫をしておいて、愛し合いながら手さえ握らないクレーヴの奥方とヌムール公の物語に感動するというのは、随分矛盾しているようですが、人間の心とはそういうものではないでしょうか。

クレーヴの奥方やクレーヴ公やヌムール公のように理性的に振る舞えるかどうか、またそのように振る舞うことがいいことかどうかは、当然ながら意見が分かれるところでしょう。しかし、彼らが誠実であることは否定しがたい事実です。世間一般の道徳に対する誠実ではありません。目の前にいる他者に対する誠実です。ひとは誰かを傷つけずに生きていくことはできません。傷つけられるのはつらいことですが、傷つけることもまたつらいことです。しかし、そこから逃げるのではなく、たとえ相手を傷つけねばならないとしても最後まで誠実であり続けることの大切さと美しさ――『クレーヴの奥方』はそんなことを教えてくれる作品であるように思います。

以上みてきたように、十七世紀フランスの人々は、愛の狂気にとりつかれて自分にも周囲にも災いをもたらす人間は醜く、たとえどんなにつらくとも理性で感情をコントロールする人間が美しいという価値観をもっています。この時代の美学は抑制の美学であり、十二世紀の『トリスタンとイズー』の対極に位置するものと言えるでしょう。しかし、時代はつねに二つの極の間を揺れるものです。時代の振り子はその後、再び狂気の愛の側に振れていくことになります。次の章では、その典型とも言うべきファム・ファタル物語をみてみましょう。

コラム1　ルイ十四世の世紀

十七世紀半ばから十八世紀はじめにかけて、フランスは国王ルイ十四世（在位一六四三～一七一五年）のもと栄光の時代を迎えます。幼くしてブルボン朝第三代の国王となったルイ十四世を後見するため宰相となったマザランは、王に逆らう貴族たちの反乱（フロンドの乱）を鎮圧して中央集権を進めました。マザランの死後、ルイ十四世は親政を行ない、コルベールを財務総監に起用して重商主義政策をとるとともに、王権は神が付与したものであり、なんぴともこれに逆らうことはできないという王権神授説を掲げ、「太陽王」と呼ばれるほどの栄光と繁栄を手にして絶対王政を確立しました。「朕は国家なり」という彼のことばは、絶対主義君主の国家観を如実にあらわすものと言われています。

ルイ十四世はまたヴェルサイユに巨大な宮殿を建造し、ラシーヌやモリエールといった文学者を優遇・保護してきらびやかな宮廷文化を花開かせました。しかし、その一方で宮殿の建造や対外戦争に要した費用が次第に国庫を圧迫しフランスは財政危機に陥ります。その意味ではルイ十四世が残した負の遺産が一七八九年に起こるフランス革命を準備したとも言われています。

第3章　ファム・ファタルのつくり方

アベ・プレヴォー『マノン・レスコー』（一七三一）

✿十八世紀とはどんな時代か

話は十八世紀に入ります。ルイ十四世の絶対王政のもと繁栄を欲しいままにした十七世紀と一七八九年に勃発するフランス革命のはざまの時代にあたります。別の言い方をすれば、王政が衰退し、大革命を用意するさまざまな要素が生まれ育った時代とも言えるでしょう。

十七世紀の文化の担い手は貴族で、文学作品について言えば、作者も読者も登場人物もほとんどみな貴族でした。しかし、十八世紀には貴族でも農民でもない第三の階層――市民（ブルジョワ）が台頭してきます。彼らは平民ですが、経済的に豊かになり、それにつれて教育水準も上がり、本のひとつも読んでみようかということになったのです。

そんなブルジョワをターゲットとしたのが啓蒙主義です。みなさんも高校の世界史の授業でモンテスキューやヴォルテールやディドロやルソーの名前を目にしたことがあるはずです。彼らがいわゆる啓蒙思想家です。

「啓蒙」の「啓」は「ひらく」、「蒙」は無知蒙昧の「蒙」で「暗闇」を意味し、全体で「無知の暗闇に理知の光を当てる」というような意味です。フランス語では「リュミエール（Lumières）」と言い、文字通り「光」の意味です。また、英語では「エンライトンメント（Enlightenment）」と言い、ここにも「光（light）」が含まれています。新興勢力であるブルジョワたちを理知の光で正しい道に導こうとする思想が「啓蒙思想」であると言っていいでしょう。

啓蒙思想が十八世紀の表の顔だとすると、裏の顔はエロスと悪です。平民が経済力をもち文化的活動に加わるということは、もちろん大変結構なことだと思いますが、その一方で文化の通俗化をもたらします。例えば、美術の世界でこの時代にはやったものにエロティックな版画があります。貴族は洗練されたものを尊びますから、そういうものはあまり見ませんが、ブルジョワは大いに好んだのです。文学の世界においても、エロティックな物語や悪人を描いた物語が数多く書かれました。貴族による貴族のための文学では考えられなかった不道徳な物語が書かれるようになったのです。

プレヴォー（本名はアントワーヌ・フランソワ・プレヴォーですが、若い頃僧籍にあったことから、司祭の呼称「アベ」をつけてアベ・プレヴォーと呼ばれています）の『マノン・レスコー』はそういう時代に書かれた小説です。

✻デグリューとマノン

物語は「わたし」という人物がアメリカへ流刑になる女囚と彼女に付き添う青年に出会うところから

始まります。どう見ても品がいいとは言いがたい女囚たちの中でふたりの高貴さはきわだっており、「わたし」はふたりにいくらかお金を与えます。二年後、「わたし」はカレーの港で青年と再会します。青年はひとりきりで随分と打ちしおれた様子です。何があったのかを尋ねる「わたし」に青年は事情を語りはじめます。

青年の名前はシュヴァリエ・デグリュー。名門の出で神学校に通い将来を嘱望されていました。ある日、デグリューは素行が悪いため修道院に送られることになった女たちと出会います。そのなかにいたマノン・レスコーという女がデグリューに自分を連れて逃げて欲しいと頼みます。若気のいたりでしょうか、それともマノンの美しさにうたれたのでしょうか、デグリューは言われるままに彼女を連れてパリに逃げます。

パリではしばらくは幸せな生活が続きます。ところがある日、家に帰ってみるとドアの鍵が閉まっています。中からはマノンの声と男の声が聞こえます。どうやらマノンはデグリューに隠れて男を家に連れ込んでいるようです。

それからしばらくたったある日、デグリューが家に帰ると、突然、父親の命を受けた数人の男たちにつかまり、無理やり実家に連れ戻されます。どうして居場所がわかったのか不思議がるデグリューに父親は真実を告げます。金持ちのパトロンを見つけデグリューが邪魔になったマノンは、デグリューを厄介払いするために父親に手紙を書き居所を知らせたのです。

マノンにだまされたと知ったデグリューは心を入れ替えて勉学にはげみます。神学校の学生は課程を終え神父になる前に公開試験を受けます。公開ですから誰でも試験を見学することができます。デグリューの公開試験の日、マノンが姿をあらわしデグリューに面会を求めます。何をいまさらとデグリューはマノンを追い返そうとしますが、だましたことを詫びて涙を流すマノンの姿にほだされて、またもやすべてを捨ててマノンと駆け落ちします。

マノンは贅沢好きでお金のかかる女です。持ち金が尽きるとマノンはまたもや金持ちのパトロンを見つけ金を貢がせます。それでもまだ足りないのか、マノンはパトロンから金をだまし取る計画をたてデグリューを巻き込みます。そのためふたりは逮捕され投獄されてしまいます。

そんな目にあってもデグリューはマノンへの愛を捨てません。マノンに会いたい一念で彼は脱獄し、マノンを牢獄から救い出します。そこからまたマノンはパトロンを見つけ、金を貢がせ、あげくの果てに金をだまし取る……同じことの繰り返しです。

再び逮捕されたマノンはアメリカへの流刑を命じられます。デグリューは罪に問われません。父親が彼の釈放のため奔走したからです。しかし、マノンを愛するデグリューはアメリカまでついて行くことにします。「わたし」がふたりと出会ったのは、そのようなときだったのです。

当時のアメリカはもちろん独立前で、ところどころに入植者の町があるだけです。生活は決して豊かではありません。また、だからこそ流刑地として使われていたのです。この異郷の地でデグリューはマノンに結婚を申し込み、マノンも承諾します。長い旅路の果てにようやく小さな幸せを見つけたかに思えたふたりですが、天はふたりに苛酷な運命を与えます。遠いアメリカの地でふたりに何が起こるのか……。例によってここから先はみなさん自身で作品を読んでたしかめてください。

✿作者のことば——本気か言い訳か

『マノン・レスコー』は正式には『シュヴァリエ・デグリューとマノン・レスコーの物語』という題名で、全七巻からなる大長篇小説『社交界から隠退したある貴人の回想と冒険』の最終巻として書かれた作品です。現在では最初の六巻はすっかり忘れ去られていますが、この『マノン・レスコー』が作者アベ・プレヴォーの名を歴史に刻むことになりました。

プレヴォーは『マノン・レスコー』に「作者のことば」を添えて、どういう意図でこの小説を書いたかを述べています。その中でプレヴォーは、デグリューの物語は「情念の力の恐るべき実例」であり、輝かしい将来を約束されているのにそれを棒に振り、自ら不幸に飛び込んでいくデグリューは「徳と悪徳の混合、良き感情と悪しき行ないの不断の対比」をもつ人間であるとしたうえで、「良識ある人々はこの種の作品を不必要な娯楽とは思わないであろう。快い読書の喜びに加えて、そこには品性の薫陶に役立ちうる事柄が数多く見いだされるはずだ。私の考えでは、大衆を楽しませつつ教育することは、彼らに大きな奉仕をすることである」と書いています。随分もってまわった言い方ですが、要するにデグリューは悪い見本であり反面教師である、『マノン・レスコー』は将来ある若者がデグリューのようにならないようにするために書かれた教育的な書物であると言っているわけです。

「情念の力の恐るべき実例」というような言い方は前世紀のラシーヌを思わせるものですし、「大衆を楽しませつつ教育する」というところはブルジョワを理知の光で導こうとする啓蒙主義の考え方に合致しています。しかし、プレヴォーは本気でこんなことを言っているのでしょうか。いろいろ意見はあるところかと思いますが、私にはプレヴォーの書いていることは言い訳にしか聞こえません。

『マノン・レスコー』は少なくとも表面的には、将来有望な若者が悪い女に引っかかって堕落するという非常に不道徳な内容の物語です。そんな小説を出版すれば、あちこちから抗議が殺到し、場合によっては作者の人格さえ問われかねません。プレヴォーはそれに対して予防線を張ろうとしたのではないでしょうか。

世間的にみればデグリューはたしかに愚かかもしれません。しかし、彼は何があろうと最後までマノンを愛し続けます。プレヴォーはそのひたむきな姿を描こうとしたのであり、決してデグリューを悪い見本として描いたのではないように思えます。そしてまた、われわれ読者が『マノン・レスコー』に心うたれるのも、その点にあるのではないでしょうか。

✿デグリューの弱さと強さ

デグリューはマノンの魅力に引きずられ、どこまでも落ちていく「弱い」人間です。しかし、同時に自らの愛をまっとうする「強さ」をもった人間でもあります。

われわれごくふつうの人間もひとを好きになります。「このひとのためならなんでもできる。盗むことも死ぬことも殺すこともできる」と思うことだってあるかもしれません。その気持ちに嘘はありません。そのときは本気でそう思っているのです。しかし――ありがたいことに――実際には盗んだり死んだり殺したりするところまではいきません。だからこそわれわれは平和に生きていけるのです。しかし、なぜ自分の気持ちに忠実に生きられないのかという不満も当然残ります。われわれの人生のそのような不完全さを補ってくれるのが小説というものではないでしょうか。

小説の世界は決してわれわれが生きている現実の世界と別のものではありません。愛も憎悪も戦いも冒険も、小説の中にあるものはすべてわれわれの人生にもあります。ただ、われわれはそれを極限まで生きることはしないし、できません。その点でわれわれの人生は非常に中途半端なものです。小説の中の人物は自らの情熱をわれわれに代わって極限まで生き、それをわれわれに追体験させてくれます。マノンへの愛をどこまでも貫くデグリューは、悪い見本どころか、われわれの人生の不完全な部分を補ってくれるありがたい人物――「主人公」であると同時に「英雄」であるという二重の意味における「ヒーロー」――なのではないでしょうか。

✿ファム・ファタルとは何か

『マノン・レスコー』はファム・ファタル小説の元祖と言われる作品です。

みなさんは「ファム・ファタル（femme fatale）」ということばを聞いたことがありますか。「悪女」、「運命の女」、「宿命の女」などと訳されることもありますが、「ファム・ファタル」と「悪女」は似て非なるものですし、「運命の女」、「宿命の女」では意味がよくわかりませんから、そのままカタカナで「ファム・ファタル」と書くことも最近は増えてきました。「ファム（femme）」は「女」、「ファタル（fatale）」は「致命的な・致死的な」を意味するフランス語ですから、「ファム・ファタル」は「男を死にいたらしめる女」あるいは「男を破滅させる女」ということになるでしょうか。

フランス文学者でエッセイストの鹿島茂氏は「恋心を感じた男を破滅させるために、運命が送りとどけてきたかのような魅力をもつ女」というラルース大辞典の定義を紹介したうえで、ファム・ファタルの成立条件を三つあげています。

ある男にとってある女がファム・ファタルとなるためには、まず、男のほうが絶大な権力や高い地位や莫大な財産といった目に見えるプラスの価値を手にしている働き盛りの壮年であるか、あるいは立派な将来を嘱望された優秀な青年か、類まれな美青年であるという条件が必要になります。いっぽう、女のほうも、男が人生を棒に振ってもかまわないと思うほどの妖しい魔力を秘めた絶世の美女でなければなりません。そして、もう一つ最後に、二人が運命の仕組んだ悪戯としか思えないような偶然によって出会うという要素も不可欠です。

（鹿島茂『悪女入門――ファム・ファタル恋愛論』）

最初の条件は男の側に失うものがなければならないということで、これはよくわかるような気がします。転落の落差が大きければ大きいほど悲劇性は増すはずですし、つまらない男がつまらない女に引っかかってダメになった……ではまるで新聞の三面記事で、物語としてインパクトに欠けます。

「絶世の美女」という二つ目の条件は当たり前のようですが、若干の留保をつけたいと思います。鹿島氏も別の箇所で書いていますが、万人にとってのファム・ファタルなどというものは存在しません。ファム・ファタルは特定のひとりの男――その女を心から愛し、身も心も捧げた男――にとってのみファム・ファタルなのです。だとすれば、絶世の美女である必要はありません。ほかの男たちがどう思おうと、その男にとって美しければそれでいいはずです。

三つ目の条件は個人的にはよくわかりません。ラルース大辞典の「運命が送りとどけてきたかのような」という部分を尊重したのかもしれませんが、私自身は出会い方は問題ではない、大切なのは出会ったあとに何が起きるかだと思っています。

鹿島氏に対抗するわけではありませんが、私の考える条件をあげてみましょう。

①ファム・ファタルが破滅させるのは、彼女を心から愛し身も心も捧げた男ひとりだけである。

すでに述べたように、ファム・ファタルがファム・ファタルであるのはただひとりの男に対してのみです。ほかの男を破滅させることもあるかもしれませんが、それはおまけやついでにすぎません。主眼はあくまでひとりの男であり、その男の破滅です。

②ファム・ファタルは私利私欲のために男を破滅させるわけではない。

甘いことばで男をたぶらかして金を巻き上げる女性も世の中にはいますが、それはファム・ファタルではありません。そこがファム・ファタルと「悪女」の違う点です。ファム・ファタルは利用しようと思って男に近づくわけでは決してありません。ただ結果として男が破滅してしまうだけなのです。

③男は破滅することに心のどこかで同意している。

ファム・ファタルは男をだまして破滅させるわけではありません。男が勝手に彼女にのめり込み、勝手に自滅していくのです。いわば自業自得というか独り相撲であるわけですが、おもしろいのは男は決して自らの行ないを後悔せず、むしろそこに喜びを見いだしている点です。逆に言えば、ファム・ファタルの側に悪意はありません。この男を苦しめてやろうとか、破滅させてやろうとかいうつもりはまったくないのです。

✿マノンは悪い女か

『マノン・レスコー』のメインストーリー——デグリューとマノンの物語——は、デグリューの一人称で語られています。当然のことですが一人称の語り手は自分の知りうることしか語れません。デグリューはマノンのしたことはわかります。しかし、マノンがなぜそれをしたのかはわかりません。彼女の内面はデグリューにはわからないし、そうである以上、作中にも描かれないのです。ですから、読者にもマノンが何を思ってあのような行動をとるのかはわかりません。ただ、デグリューが伝える「事実」から推測するだけです。

マノンは「悪い女」なのかについては解釈が分かれるところではないかと思います。ざっと考えただけで、三つの解釈が可能です。

一つ目は、マノンは悪い女だったが、アメリカに同行したデグリューの真心に触れて改心し、心から彼を愛するようになったというものです。ある意味でこれが一番一般的な解釈かもしれません。どんなに悪い女でも真心をこめて愛せば想いは通じる、デグリューの献身が実を結びマノンは変わったのだと考えることは、非常に道徳的でもありますし、読む者をほっとさせてくれます。

別の考え方として、マノンは最初から最後まで悪い女である、アメリカで彼女が改心したようにみえるのは演技にすぎないというのもあります。アメリカに行く以前にもマノンは何度も改心するふりをしています。デグリューはそのたびマノンを信じますが、結局マノンは同じことを繰り返します。だとすれば、アメリカでの「改心」も同じかもしれません。

逆に、マノンは公開試験の日にデグリューに会いに来て以来ずっとデグリューを愛し続けていると考えることも可能です。少し奇妙な感じがするかもしれませんが、私自身はこの考え方をとっています。たしかにマノンは最初、修道院送りを免れるためにデグリューを利用します。それは動かしようのない事実です。しかし、その後はどうでしょう。デグリューは名門の出ですし将来有望な青年ですが、経済力はありません。お金のことを考えるなら、デグリューを捨てて金持ちのパトロンと一緒になる方がいいに決まっています。それなのにデグリューと一緒にいるというのは、彼を愛しているからではないでしょうか。私にはマノンが無垢な女に思えてなりません。

誠実な女マノン

マノンが無垢な女であり、本当にデグリューを愛しているのなら、なぜあれほどデグリューを苦しめるのか、愛する男がいるのに、なぜほかに男をつくり金を貢がせるなどということができるのか、という疑問もあるでしょう。非常にまっとうで健全な疑問だと思います。

しかし、マノンは自分のしていることが悪いことであるとか、デグリューを傷つけるとか、わかっているのでしょうか。世間的にはどうあれ、マノン自身は当たり前のことをしているだけであり、それがデグリューを傷つけるなどとは思っていないのではないでしょうか。

マノンの立場にたって考えてみましょう。マノンは贅沢が好きです。贅沢をするには当然お金が必要です。お金を稼ぐ手段がなければ、マノンとてつつましい生活に満足したかもしれません。しかし、マノンにはお金を、それも大金を稼ぐ手だてがあります。体を餌にパトロンを見つければ、お金は簡単に手に入るのです。ならば、その手だてを使ってお金を稼ぎ、その金でデグリューと楽しく暮らしてどこがいけないのでしょう。

もしマノンが現代の人間で、バリバリのキャリアウーマンとして働いて稼いだお金でデグリューと楽しく暮らしているなら、誰もそれが悪いなどとは言わないでしょう。むしろ立派な女だと賞賛するかもしれません。しかし、悲しいかな十八世紀にはキャリアウーマンなどというものは存在しません。マノンのような平民の女性がお金を稼ぐ手段は体を売ることよりほかないのです。マノンは愛する男と幸せに暮らすためにその手段を用いただけではないでしょうか。

マノンの立場を代弁するならば、「愛も欲しいが、贅沢もしたい。その両方の望みをかなえることのどこがいけないのか。デグリューに経済力はないが私にはある。自分が稼いだお金で愛する人と楽しく過ごして何が悪いのか」ということになろうかと思います。世間一般の良識には反しているかもしれませんが、それなりに筋の通った考え方ではないかという気がします。

デグリューがそのような考え方を受け入れられる男性なら、ふたりは高級娼婦とそのヒモとして——ある意味では幸せに——生きていけたでしょう。しかし、デグリューはそんな人間ではありません。彼は「愛があるなら、たとえお金はなくとも一緒にいるだけで幸福であるはずだ。愛があるなら、ほかの男には見向きもせず貞節を守るはずだ」と考えているように思えます。もちろんこちらも至極まっとうな考え方です。

デグリューとマノンの関係は、善と悪、被害者と加害者の関係ではありません。デグリューが苦しむのはマノンが「悪い女」だからではなく、恋愛に関するふたりの価値観が相容れないものだからです。デグリューが愛に対してひたむきで誠実であるのと同じく、マノンもマノンなりにひたむきで誠実である、しかし互いの価値観の違いからデグリューは苦しむことになる、言うなればデグリューの苦しみはふたつの「誠実」のすれ違いの結果である――私は『マノン・レスコー』をそんなふうにとらえています。

心と体

マノンがマノンなりに誠実であることを認めるとしても、彼女の行ないはやはり多くの読者にとって理解しがたいところがあります。

あるときマノンはＧＭ……氏という貴族からお金をだまし取る計画をデグリューにもちかけます。ＧＭ……氏はマノンが愛人になってくれるなら一万フラン渡すと言っているから、お金だけもらってふたりで逃げることにしよう、こっそり抜け出してくるので馬車を用意して劇場の裏で待っていて欲しいと彼女は言います。

しかし、いくら待ってもマノンはあらわれません。ようやくあらわれたのはまったく見知らぬ娘です。娘はマノンからの手紙をデグリューに渡します。手紙にはＧＭ……氏に引き止められて抜けられそうにないので、逃げるのは後日にしよう、今日のところはこの手紙を届けた娘と楽しくやって欲しいと書いてあります。自分は行けないので代わりにこの女と一夜をともにして欲しいというわけです。

激怒したデグリューは、ＧＭ……氏の邸宅に向かいます。首尾よくマノンと一対一で対面したデグリューは彼女をなじります。マノンは最初、訳がわからずぽかんとしていますが、やがてあの手紙がデグリューをそれほど怒らせることになるとは思ってもみなかったと言って事情を説明します。彼女の言い分はこうです――マノンは計画通りお金をもち逃げしてデグリューと合流するつもりでした。しかし、GM……氏と話しているうちに彼が非常に御しやすい男であることがわかりました。GM……氏はマノンを失って憔悴しているはずのデグリューを慰めるためにどんな力添えもいとわない、マノンのせいで絶縁した父親との仲もとりもとうと言うので、それならばお金をもち逃げするよりその方がふたりにとっていいだろうと判断して残ることにしたというのです。

みなさんはマノンの言い分を信じますか。マノンはその場をつくろうために適当なことを言っているだけだと考えることもできます。しかし、デグリューはマノンの天真爛漫さと善良であけっぴろげな話しぶりに心をうたれ、彼女は悪気なく罪をおかす女であり、軽卒で無鉄砲だがまっすぐで誠実だと考えて彼女を信じます。

意見の分かれるところかもしれませんが、私はデグリューの判断を支持します。繰り返しになりますが、贅沢がしたいというだけならデグリューといる必要はありません。彼と別れて金持ちのパトロンと一緒になる方がいいに決まっています。彼女はその気になればデグリューをうまく言いくるめて追い返し、GM……氏のもとにとどまって贅沢三昧の日々を送ることもできたはずです。しかし、彼女はデグリューの要求に従って一緒にGM……氏のもとを去ります。そんなことをするのはデグリューを愛しているからとしか考えられません。

みなさんの中にはマノンがこともあろうに若い娘をデグリューのもとにつかわし、その娘と一夜をともにするように言ったことに憤慨する方もおられるかと思います。この娘はＧＭ……氏の元愛人であり、彼女をつかいに出すのはＧＭ……氏の発案であったことがあとからわかるのですが、デグリューが彼女と一夜を過ごすことをマノンが了承したことに変わりはありません。しかし、そこにもマノンの価値観の特殊性がみてとれます。

マノンは愛と性、心と体を区別して考えます。彼女はＧＭ……氏に体を許すつもりでいますが、心はつねにデグリューとともにあります。彼女にとってそれは不貞でも裏切りでもありません。だからこそ彼女はデグリューが何を怒っているのかわからないのです。

マノンは自分がそうである以上、デグリューも同じだと思っています（男であれ女であれ、自分が浮気をするのはかまわないが恋人が浮気をするのは許さないという人間が世間には少なからずいるものです。そういう身勝手な人間と比べると、マノンがいかに公平かわかるのではないでしょうか）。だから、デグリューが誰と一夜をともにしようとなんとも思いません。それどころか、それでデグリューが喜ぶなら彼女も満足なのです。

われわれは手の離せない用事があって誰かを待たせなければならないとき、音楽でも聞いていてくださいと言ってＣＤをかけたり、これでも読んでいてくださいと言って雑誌を渡したりすることがあります。マノンはそれと同じ感覚でデグリューのもとに女を送ったのではないでしょうか。

誰と寝ようと心がつながっていればそれでいいというのがマノンの考えです。娼婦の論理だと言われればそれまでですが、これはこれで筋の通った論理だと思います。逆説的な言い方かもしれませんが、心と体を明確に区別し、恋愛を心の問題ととらえるマノンは愛に関してとても純粋な人物だと言えるのではないでしょうか。

✿デグリューは不幸か

デグリューはマノンに振り回されて落ちるところまで落ち、最後は遠いアメリカまで行ってしまいます。マノンと出会いさえしなければ彼には輝かしい未来が開けていたはずです。デグリューが立ち直るきっかけは何度かありました。親友のチベルジュは何度もデグリューを正道に立ち戻らせようと献身的な努力をします。しかし、デグリューはマノンを愛するがゆえに破滅に向かってひた走りに走ってしまいます。結末についてはぼかすことにしているので詳しくは書きませんが、作品の冒頭で「わたし」がデグリューと再会するとき、デグリューがひとりであることは、彼とマノンの恋が決してハッピーエンドにならないことを予告するものです。

世間的にはデグリューは愚かで不幸な男です。しかし、ひとりの女性にここまで打ち込めたことはある意味で幸せと言うべきではないでしょうか。彼は愛の喜びも悲しみも甘さも苦さもすべて味わい尽くしたのです。私はファム・ファタルの条件として男は破滅することに心のどこかで同意していると書きました。デグリューは聡明な若者です。マノンについて行けばどうなるかわからなかったはずがありません。しかし、それでもいいと彼は思ったのです。

唐突な話だと思われるかもしれませんが、明治の文豪、二葉亭四迷は英語の「アイ・ラブ・ユー」を日本語にどう訳すべきかを考えました。「我、汝を愛す」というのは直訳にすぎず日本語ではないと考えた四迷は、これを「死んでもいいわ」と訳しました。これこそがまさにデグリューの心境ではないでしょうか。デグリューはわが身を捨ててマノンという女を愛したのです。これほどの幸せがほかにあるでしょうか。

ファム・ファタルをつくるものは何か

ではなぜデグリューはマノンにそこまで惚れ込んだのでしょう。美しいからでしょうか。

マノンはとても美しいと書かれています。だからこそ多くの男が彼女のパトロンになろうとします。しかし、どんなふうに美しいのか、黒髪なのか金髪なのか、スマートなのかグラマーなのか、目は何色か、丸いのか切れ長か、鼻は高いのか低いのか、マノンの容姿は一切描かれていません。物語の語り手であるデグリューは聞き手の「わたし」が一度マノンに会っていることから、あらためてマノンの容姿を語る必要はないと判断したのでしょうか。それとも作者であるプレヴォーがマノンの容姿を読者の想像にゆだね、読者ひとりひとりが自分の好みのマノンを思い描けるようにしたのでしょうか。

マノンの容姿が描かれていないのにはもっと深い理由があるように、私には思えてなりません。デグリューはだまされているのではないかと疑いながらもつねにマノンの言うことに唯々諾々と従います。それは彼にとってマノンが理想の女性、夢の女性だからです。マノンは生身の女性ではありません。彼女はデグリューの夢が投影されるスクリーンです。スクリーンは白ければ白いほど映像を鮮明に映し出します。スクリーンによけいな色や模様があっては邪魔になります。マノンの容姿が描かれていないのは、そういう理由からではないでしょうか。

その点では彼女の内面についても同じです。マノンがひとりの人間として迷ったり悩んだりすれば物語のリアリティは増すかもしれませんが、スクリーンとしての機能は果たせません。内面が描かれていないからこそ、デグリューはそこに自分が本当に見たいと思うものだけを映すことができるのです。

マノンはデグリューの夢が生み出した幻です。だからこそデグリューを惹きつけてやまないのです。デグリューはマノンという女を通して自分の夢に殉じたと言えるでしょう。

ファム・ファタルは生身の女ではなく、男の夢や欲望を映すスクリーンです。それはなろうとしてなれるものではありません。ファム・ファタルをつくるのは女性ではなく、男性であり男性の欲望だからです。

マノンとは何者かと聞かれれば、大いなる空白だと答えるしかありません。われわれはマノンの無邪気さや誠実さについてあれこれ考えてきました。しかし、それさえもデグリューの欲望が生み出した幻影にすぎず、本当のマノンはわれわれにとって永遠の謎なのかもしれません。そしてだからこそマノンはわれわれの心をとらえて離さないのでしょう。

第4章　マノンの後継者たち（フランス篇）

メリメ『カルメン』（一八四五）、ゾラ『ナナ』（一八八〇）

✽『カルメン』――ドン・ホセとカルメン

十八世紀の『マノン・レスコー』に始まったファム・ファタル小説の伝統は二十一世紀の今日まで脈々と続いています。ここでは十九世紀に書かれた二つの小説、プロスペル・メリメの『カルメン』とエミール・ゾラの『ナナ』を紹介しましょう。

『カルメン』は歌劇で有名ですし、何度も映画化されているので、ご存知の方も多いでしょう。しかしそれだけにメリメの小説を読んだ方は意外に少ないのでないかという気がします。

物語は、考古学の調査でスペインのアンダルシア地方を訪れている「わたし」が、泉のほとりで休憩しているとき、ドン・ホセという男と知り合いになるところから始まります。「わたし」は最初ドン・ホセを警戒しますが、やがてうちとけ、その夜は同じ宿屋に泊まることになります。ドン・ホセがおたずね者の山賊であり、案内人が報償金欲しさに密告したことを知った「わたし」は、義侠心からでしょうか、警察が来ることをドン・ホセに知らせて彼を逃がします。

数日後、コルドバに着いた「わたし」は、ジプシー女の口車にのりあやしげな建物に誘い込まれますが、ドン・ホセがあらわれ助けてくれたため無事に帰ることができます（近年「ジプシー」ということばは差別語であるとして、「ロマ」と呼ぶことが推奨されていますが、まだなじみが薄い言い方だと思いますので、ここではあえて「ジプシー」ということばを使います）。数カ月後、再びコルドバを訪れた「わたし」はドン・ホセが逮捕され絞首刑になることを知り、面会に行って身の上話を聞きます。

バスク出身の青年ドン・ホセはもともとまじめな兵士でした。ある日、彼はタバコ工場に勤めるジプシー女カルメンと出会います。カルメンはうぶできまじめなドン・ホセをからかい、唇にくわえていたアカシアの花を投げつけ、花は彼の眉間に当たります。

同じ日、カルメンは同僚の女工と喧嘩をして、相手の顔にナイフで傷をつけて逮捕されます。ドン・ホセは彼女を連行することになりますが、彼女の妖しい魅力に魅せられたのか、はたまたバスク語で話しかけてきたことに心が動いたのか、わざと転んで彼女を逃がします。

その後、偶然カルメンと再会したドン・ホセは彼女と一夜をともにします。カルメンをめぐって同じ隊の中尉と喧嘩になり殺してしまったドン・ホセは軍から脱走し、カルメンの愛人となって盗賊の一味に入り、カルメンの夫ガルシアを刺し殺します。しかし、自由な女カルメンは、やがて闘牛士のリュカスに心を移します。ドン・ホセはリュカスのことは忘れて、ふたりでどこか遠くへ行き一緒に暮らそうとカルメンに言います。しかし、カルメンは首を縦に振ろうとしません。

嫉妬に狂ったドン・ホセがどのような行動に出るか、カルメンはどう対応するか……有名な物語ですから結末をご存知の方も多いでしょうが、ここではそれは伏せておきます。

❀「枠物語」の意味

『カルメン』の中身を考える前に、物語の形式について少し考えてみましょう。『カルメン』は『マノン・レスコー』と同じく、「わたし」という人物が主人公と出会い、身の上話を聞くという形をとっています。中心となる物語を、「わたし」と主人公の出会いの物語が額縁のように取り囲んでいるというわけです。このような形式を「枠物語」といいます。

枠物語にはいくつかの効用があります。ひとつは、物語の信憑性を高める効用です。ただたんに物語を語るだけなら、「そんなのどうせつくり話じゃないか」と言われる可能性があります。枠物語は「わたし」が当事者から直接話を聞くという形をとることで、そこで語られる物語が本当にあった出来事だと読者に保証するのです。

枠物語にはまた作者の責任を回避させるという効用もあります。『カルメン』にしても『マノン・レスコー』にしても、ある意味で非常に不道徳な物語です。「そんな不道徳な物語を書くとはけしからん」と作者に累が及ぶ可能性も少なくありません。そういうときに、「いや、これは私がつくった物語ではないのです。ひとから聞いた話であり、私は聞いたままを書いただけです」という言い訳を用意しておくという効用が枠物語にはあります。

しかし、私が最も重要だと思うのは第三の効用です。第3章にも書きましたが、ファム・ファタルはつねに特定の男にとってのみファム・ファタルなのであり、万人に対するファム・ファタルなどというものは存在しません。つまり、ファム・ファタル物語は当事者である男の一人称でしか語りえないのです。しかし、当然のことながら、当事者の物語はきわめて主観的で感情的ですから、読者に伝えるにはワンクッション必要です。そこで「わたし」というもうひとりの語り手の登場です。

枠物語は、ひとりの女のためにすべてを失ってしまった男の声を読者に届けるために必要な装置なのです。枠物語はファム・ファタル物語を直接読者に伝えるのではなく、「わたし」という聞き手＝善意の第三者を通して伝えることで相対化していると言えるでしょう。『カルメン』と『マノン・レスコー』がともに枠物語という形式をとっているのは決して偶然ではないように思えます。

✽カルメンは悪女か

では次に物語のヒロインであるカルメンについて考えてみましょう。カルメンはもちろん、犯罪者です。ものを盗むことも人を殺すことも平気です。その点では「悪女」と言って差し支えはありません。しかし、恋愛においてはどうでしょうか。彼女は本心からドン・ホセを愛したのでしょうか。それともたんに彼を利用しただけなのでしょうか。

最初の段階でカルメンがドン・ホセを利用したことはたしかでしょう。カルメンを逃がした罰として営倉に閉じ込められたドン・ホセにカルメンは偽名を使ってパンを差し入れます。パンの中には金貨と脱獄用のやすりが入っています。逃がしてもらった礼というわけで、カルメンの恩義に厚い性格を示すものですが、ドン・ホセの方はともかく、カルメンはここではまだドン・ホセを愛しているとは思えません。

カルメンと再会したとき、ドン・ホセは馬鹿正直にもパンに入っていた金を返すと言い張ります。カルメンはその金で大量の菓子を買い込み、ドン・ホセを連れて部屋に入り彼の首に抱きつきます。やがて日が暮れると、隊に帰らねばならないというドン・ホセを彼女は鼻で笑います。本気で馬鹿にしたのか、それともそうすればドン・ホセは帰らないだろうと計算したのかは微妙なところですが、ドン・ホセは翌朝までとどまります。

この段階ではカルメンはドン・ホセに惹かれているようです。しかし、まだドン・ホセと一緒になろうとまでは思っていません。彼女はドン・ホセが盗賊の仲間になれば喜んでロミ（妻）になると言いますが、その一方でそんなことはできない話だ、もう私のことを想ってはいけないとも言い、彼女自身、心が揺れているようにも見えます。

ドン・ホセは「わたし」にホセ・マリアという山賊の話をしています。ホセ・マリアはきれいで気だてのいい女を連れていましたがいつも虐待し、自分はほかの女を追いまわすくせにやきもちやきで、ナイフでけがをさせたこともあるとのことです。ホセ・マリアにかぎらずカルメンのまわりの男たちは多かれ少なかれそんなふうだったのではないでしょうか。だからこそ、カルメンは男勝りの気性になったのだと言えるでしょう。そしてまた、だからこそドン・ホセに惹かれたのではないでしょうか。まじめで馬鹿正直で献身的なドン・ホセは、カルメンにとって非常に新鮮な存在だったのです。

ドン・ホセが盗賊の仲間になり、カルメンの夫ガルシアを殺してからしばらくは幸せな日々が続きます。おそらくカルメンは本気でドン・ホセを愛していたのでしょう。しかし、ある日、カルメンはドン・ホセに「わかってる？　あんたが正式にロム（夫）になってからは、ミンチョロ（恋人）だった頃ほどあんたが好きでなくなったわ。あたしはしつこくされるのは嫌いだし、命令されるなんてまっぴらよ。あたしの望みは自由であること、自分のしたいことをすることなの」と言います。ここには束縛したい男と束縛されることを嫌う女の気持ちのすれ違いがみられます。

ふたりで一緒にアメリカへ行こうと言っても一向に首を縦に振らないカルメンにドン・ホセは「じゃあお前はリュカスが好きなんだな」と言います。するとカルメンは「ええ、いっときはあの男を好きになったわ。あんたを好きになったみたいにね。たぶんあんたのときほどじゃないけど。いまあたしはなんにも好きじゃないの。あんたを好きになった自分が憎いわ」と答えます。このことばは短く単純でありながら、なかなか含むところが多いように思います。

日本語にしてしまうとわかりにくいところがありますが、「じゃあお前はリュカスが好きなんだな（Tu aimes donc Lucas ?）」というドン・ホセの問いは現在形です。それに対してカルメンは「ええ（Oui）」と答えますが、それに続く「いっときはあの男を好きになったわ（je l'ai aimé [...] un instant）」では複合過去形と呼ばれる時制が使われています。複合過去形には現在完了と過去の両方のはたらきがありますから、いまもリュカスを愛しているという意味にもなりえますが、「いまあたしはなんにも好きじゃないの」ということばとあわせて考えれば、リュカスへの想いは一時的なものであり、いまはもう好きではないと言っているように聞こえます。さらにカルメンはリュカスとドン・ホセを比較して「あんたを好きになったみたいに」とふたりを同列に並べますが、すぐに「たぶんあんたのときほどじゃないけど」と言い直しています。

ドン・ホセはカルメンが自分と一緒にアメリカへ行きたがらないのはリュカスが好きだからだ、カルメンは自分と別れてリュカスと一緒になろうとしていると考えて嫉妬に狂っています。しかし、カルメンにとってリュカスはそれほど大切な男ではないように思えます。カルメンは恋多き女です。ドン・ホセの前にはガルシアがいましたし、ドン・ホセが知らないだけで、おそらくほかにも大勢の恋人がいたのでしょう。リュカスはそのような大勢の男たちのひとりにすぎないのではないでしょうか。

カルメンがドン・ホセを拒むのは、ほかに好きな男ができたからではなく、何ものにも縛られず自由に生きたいからではないでしょうか。ドン・ホセにとってひとを愛するということは、相手のことをなによりも大切にし優先することです。彼はカルメンに対してそれを実行しますし、カルメンにもそれを要求します。彼の愛はよく言えば献身、悪く言えば束縛です。カルメンはそんな愛し方はできないし、そんな愛には耐えられません。彼女は自由な女です。どんな男のためであろうと、自由を犠牲にすることはできません。

ドン・ホセとカルメンの関係はいちずな男と浮気な女の関係ではありません。そこにあるのは縛りたい男と縛られたくない女の対立です。デグリューとマノンの場合と同じく、ドン・ホセとカルメンの場合もまた、愛に関するふたりの価値観がすれ違ったと言うべきでしょう。

✿カルメンの誠実さ

ドン・ホセに脅されてもカルメンはひるまず自分を曲げません。「やっぱりあなたが好き。あなたと一緒にアメリカへ行くわ」と適当に嘘をついてその場をしのぎ、あとから逃げてしまえばいいようなものですが、そんな発想はカルメンにはありません。彼女は妙なところで意固地というか、嘘をつけない女なのです。

いや、嘘などつかなくても逃げるチャンスはいくらでもありました。ドン・ホセは宿屋でカルメンと言い争ったあと、近くの隠者の庵へ行きミサをあげてもらいます。彼はカルメンはもういなくなっているだろうと考えながら宿屋に戻りますが、彼女はまだそこにいます。彼女はなぜ逃げようとしないのでしょう。おそれをなしたと言われたくないからだろうとドン・ホセは考えますが、そうではないように思えます。

カルメンは自分のことばや行ないがドン・ホセを傷つけていることを知っています。また、自分がドン・ホセに道をあやまらせたことも知っています。しかし、だからといって自分を偽ってドン・ホセの言う通りにすることはできません。だから、その代わりにドン・ホセに何をされてもいいと思っているのではないでしょうか。それが一度は心から愛した男、彼女のためにすべてを犠牲にした男への彼女なりの筋の通し方なのです。カルメンは自分に対してもドン・ホセに対してもこのうえなく誠実な女性と言うべきではないでしょうか。

✻地域性と民族性

第3章で私は『マノン・レスコー』ではマノンの具体的な容姿や服装は描かれていないと言いました。では『カルメン』はどうでしょうか。カルメンの外見は「わたし」の目とドン・ホセの目の両方からかなり詳しく描かれています。コルドバの街で黒づくめの質素な身なりでジャスミンの花を髪にさしたカルメンと出会った「わたし」は、彼女の銅色の肌や、少し斜視気味だがぱっちりした目や、厚いが形のいい唇や、剝いたばかりのアーモンドのように白い歯や、太いが烏の濡れ羽色の長い髪を描写したあと、「彼女の欠点には必ず美点がともなっており、コントラストによって美点がより目立つのだ」と述べ、さらに「それは奇妙で野性的な美であり、最初は驚くが忘れられなくなる容姿であった」と続けています。

場面が夜だということもあってこのときのカルメンのイメージは「黒」です。それに対してドン・ホセがカルメンにはじめて会う場面では、彼女は穴のあいた白い絹のストッキングに短い赤のアンダースカートを履き、赤いモロッコ革の靴には真っ赤なリボンをつけ、ブラウスにアカシアの花をはさんでいます。ここでの彼女のイメージは情熱を示す「赤」だと言えるでしょう。いずれの場合もカルメンはマノンとは違って美点と欠点をあわせもつ女、つまり生身の女として描かれていると同時に、ジプシーという民族性が強調されているように思えます。

民族性は『カルメン』の重要な要素です。カルメンはジプシー女です。ジプシーとは一カ所に定住せず、村々を回って歌や踊りを見せたり占いをしたり小物を売ったりしながら旅から旅の生活を送る民族で、ヨーロッパの多くの国で盗みや誘拐をする者たちと言われて差別の対象となっていました。平気で犯罪をおかし、自由を謳歌するカルメンは、当時のフランス人がもっていたジプシーのイメージそのもの――というかステレオタイプではないかと思います。

一方のドン・ホセはバスク人です。バスク人とはフランス・スペイン両国にまがたるピレネー山脈に住む独自の言語と伝統をもつ民族で、現在でも独立運動が存在しています。ドン・ホセはこのバスクの貴族（前にも書きましたが「ドン」というのは貴族の称号です）ですが、スペイン国内ではあくまでもマイノリティです。彼がカルメンを逃がすのは、彼女の美しさに惹かれたからでしょうが、彼女がバスク語で話しかけ自分もバスクの生まれだと嘘をついたことも大きな原因ではないかと考えられます。

物語の舞台がスペインであることも重要です。作者のメリメは考古学者であり、調査のためヨーロッパ各地を旅しました。彼はその土地その土地で珍しい風習や気質に触れ、それを題材に小説を書いたのです。『カルメン』もメリメがマドリードである伯爵夫人から聞いた実話をもとにしていると言われています。メリメの関心はいまで言う文化人類学的なものであり、だからこそ彼は物語の後に一章を付け足し、ジプシーの風俗・文化・言語について解説しているのです。

『カルメン』の物語はカルメンがジプシーであり、ドン・ホセがバスク人であり、舞台がスペインだからこそ起きたものです。別の言い方をすれば、フランスでは、あるいはフランス人の男女の間では起こらないはずの物語なのです。メリメ自身はドン・ホセやカルメンの生き方に賛同したり共感したりしているわけではないと思います。むしろ、なるほどスペインにはそういう話があるのか、ジプシーの中にはそういう生き方をする女もいるのかというように物語を外からみているような気がします。

『マノン・レスコー』は地域や民族を問わず誰にでも起こりうる物語として書かれています。作者自身も含めて誰もがデグリューたりうるのです。それに対して『カルメン』はフランスでは到底起こりえないような珍しい物語を紹介するというスタンスで書かれています。『カルメン』は決して自分には起こらない物語なのです。

カルメンは正統的なファム・ファタルでありマノンの後継者です。ドン・ホセはまじめで働き者の青年ですから、軍隊にとどまっていれば高い地位につくこともできたはずです。しかし、カルメンを愛したばかりに落ちるところまで落ちてしまいます。とはいえ、カルメンは決してドン・ホセを利用したわけではありません。彼女は彼女なりにドン・ホセを愛していたはずです。自由を大切にする彼女は束縛を嫌ってドン・ホセを拒絶しますが、その場合でもいかにも彼女らしいやり方で最後まで筋を通します。カルメンは命を賭して最後の最後まで誠実を貫いた人物だと言えるでしょう。

✽ゾラの「ルーゴン゠マッカール叢書」

では次にエミール・ゾラの『ナナ』をとりあげましょう。『ナナ』は「ルーゴン゠マッカール叢書」の第九巻にあたります。

ゾラは文学に自然科学の方法を応用し人間や社会を観察・分析する自然主義を提唱しました（自然主義の「自然」は大自然という意味の「自然」ではなく、自然科学の「自然」です）。その際彼が援用したのが、当時流行していた「決定論」という考え方です。みなさんは人間の性格や行動を決定するものは何だと思いますか。科学がめざましい発展を遂げ、すべては科学によって解明されると信じていた十九世紀後半のフランス人たちにとって、それは「遺伝」と「環境」でした。ある一定の実験をある一定の手順と状況で行なえばつねに同じ結果が出るように、ある「遺伝」をもった人間をある「環境」に投げ込めばつねに同じ結果が出るはずだと考えたのです。

ゾラはその「実験」の場として全二十巻からなる「ルーゴン゠マッカール叢書」を書きました。「第二帝政下におけるある家族の自然的社会的歴史」という副題をもつこのシリーズは、アデライード・フークという女性がピエール・ルーゴン、アントワーヌ・マッカールというふたりの男との間にもうけた子どもとその子孫たちがフランス第二帝政期にどのような人生を送るかを描いた一大絵巻です。ある意味では、バルザック（バルザックについては第7章と第8章でとりあげます）が王政復古期を舞台に「人間喜劇」でしようとしたことを、ゾラは第二帝政期を舞台にしようとしたとも言えるでしょう。

今日では「決定論」を信じる人はまずいません。しかし、「決定論」がすたれても読み継がれるだけの魅力がゾラの小説にはあります。なにより驚かされるのはゾラの小説の現代性と迫力です。例えば「ルーゴン＝マッカール叢書」第十八巻の『金』は証券取引の世界を描いていますが、株価を操作して大もうけをたくらむ主人公アリスティッド・サッカールとユダヤ人銀行家グンデルマンの戦いは現代の日本で起こっても不思議はないような気がします。また、小説の中である人物が餓死したとかアルコール依存症で死んだとか書かれていても、ふつうは「ああ、そうなんだ。気の毒に」ですんでしまうことが少なくないように思いますが、ゾラの手にかかると死の壮絶さがありありと描き出され、読んでいて背筋が寒くなるほどです。これからとりあげる『ナナ』にも同じことが言えます。

✿『ナナ』――ナナという生き方

主人公はナナと呼ばれる駆け出しの女優で、本名をアンナ・クーポーといいます（彼女は「ルーゴン＝マッカール叢書」第七巻の『居酒屋』に登場するジェルヴェーズとクーポーの娘です）。ナナはヴァリエテ座の『金髪のヴィーナス』という芝居で初舞台を踏みます。役はちょい役ですし歌も演技も下手くそですが、大胆に肌を露出したナナに観客は魅了されます。一夜にして人気者になった彼女のもとには男たちが殺到し、ナナは貴族や金持ちのブルジョワをパトロンにして金を貢がせます。ナナに夢中になった男たちは次々と破滅していきます。

『ナナ』のあらすじは言ってしまえばこれだけです。もちろん、途中いろいろな事件が起きますが、基本的にはナナをめぐって地位も財産もある男たちが堕落し破滅していく姿が繰り返し描かれているだけです。とはいえ、ある男は破産し、ある男は自殺し、またある男は犯罪に手を染めるといった具合に、破滅の仕方のヴァリエーションが豊富なためまったく退屈はしません。

ナナが男と付き合うのは金のためです。誰か特定の男を愛しているというわけではありません。彼女も一度は損得を離れて男を愛そうとしたことがあります。同じ劇団に所属する俳優フォンタンとの同棲がそれにあたります。しかし、フォンタンはどうしようもない男で、ナナに生活費を渡さず、外に愛人をつくるばかりか、ふたりの部屋に愛人を連れ込みます。フォンタンはさらにことあるごとにナナに暴力をふるいます。いまで言うドメスティック・ヴァイオレンスですね。結局ナナはフォンタンと別れて高級娼婦に戻り、以前と同じことを繰り返します。

もうひとりナナが愛そうとした男がいます。ナナが十六歳のときに生んだ息子のルイです。ナナは金を払ってルイを田舎の乳母のもとに預けていましたが、パトロンがつき生活が安定すると自宅に引き取り伯母のルラ夫人に面倒をみさせます。ナナはルイを溺愛するかと思えば、次の瞬間には忘れてしまいます。当時のフランスでは親が子どもをよそに預けたり、親戚の誰かに面倒をみさせたりすることは珍しいことではありませんでしたが、溺愛と無視を繰り返すナナは、現代のネグレクトの問題を彷彿《ほうふつ》とさせるものがあります。いささかこじつけめいているかもしれませんが、こんなところにもゾラの現代性がみられるような気がします。

✿ナナはファム・ファタルか

ナナはたくさんの男たち——名門の貴族や裕福なブルジョワ——を堕落させ破滅させます。しかし、ナナ自身は決して悪い女ではありません。私が好きなエピソードがあります。カトリックには自分の名前にちなんだ聖人をまつる祝名節というものがあります。ナナの祝名節にはたくさんの男たちが高価なプレゼントを贈ります。ナナに思いを寄せるフィリップという男は全財産をはたいてザクセン焼きのボンボン入れをプレゼントしますが、ナナが蓋を開け閉めしているうちに蝶番《ちょうつがい》がはずれてこわれてしまいます。ナナはおもしろがって笑いますが、フィリップの目が涙でうるんでいるのを見て申し訳ないと思ったのでしょう、ほかのプレゼントをすべて次から次へとこわしていきます。

せっかくもらった高価なプレゼントをこわしてまわるなど正気の沙汰ではありません。しかし、それはフィリップに対するナナなりの精一杯の謝罪ではないでしょうか。行ないはどうあれ、ナナ自身はまったくと言っていいほど悪意のない無邪気な女性なのです。その点ではマノン・レスコーと同じです。

しかし、彼女はファム・ファタルとは言えません。すでに述べたように、ファム・ファタルというものはただひとりの男にとってのみファム・ファタルであり、万人にとってのファム・ファタルなどというものは存在しないからです。ナナはファム・ファタルと言うよりむしろ「時代と寝た女」ではないでしょうか。「時代と寝た女」というのは、ある時代が必要とした偶像であり、その時代の男たちの注目を集めシンボルと化した女性です。ファム・ファタルは男の夢や欲望を映すスクリーンだと言いましたが、ナナはひとりの男の欲望ではなく、時代の欲求を映す存在なのです。

それを象徴するのが有名な競馬場の場面です。ナナは男たちと連れだってブーローニュの森のロンシャン競馬場に行きます。それまでイギリスの馬がずっとレースに勝ってきたなかで、フランスの馬が優勝して観客は大喜びします。ナナの取り巻きのひとりであるヴァンドゥーヴル伯爵が所有するナナという馬です。熱狂した観客は口々に「ナナ、ナナ」と叫び声を上げます。

群衆の「ナナ、ナナ」という叫びはもちろん、馬に向けられたものであり、ナナという女性に向けられたものではありません。しかし、彼女は自分が喝采されているような気持ちになります。「日の光を浴びてすっくと立ち、空の青と白をまとい金髪をなびかせた」彼女は「パリの女王」として民衆の上に「君臨」します。この瞬間ナナはまさにフランスという巨大な帝国のシンボルとなるのです。

ちなみにこのあとヴァンドゥーヴルは不正が発覚します。ナナに貢いで破産寸前だった彼は、優勝候補の持ち馬の名前をナナと変えて賭け率を有利にして大金をもうけようとたくらんだのです。すっかり面目を失い馬主の会から除名された彼は、厩《うまや》に火を放ち愛馬もろとも自殺します。そこにはナナへの愛に殉じた男の悲壮な美しささえ感じられますが、ゾラは決して美しい話では終わらせません。別の情報によるとヴァンドゥーヴルは自殺をはかったものの最後の瞬間に怖くなり、馬を置いて自分だけ助かろうとして窓から飛び出したというのです。「なあんだ」と幻滅しそうなところですが、私はむしろそこにすごみを感じます。ナナに狂った男はまっとうな死に方をすることすらできないのです。

✻怪物をつくったものは何か

男たちを次々と虜にしては破滅させるナナは破壊の女神であり無邪気な怪物です。一体何がこの怪物をつくったのでしょう。先に紹介した「決定論」の考え方に従えば、答えは「遺伝」と「環境」ということになるのかもしれません。しかしそれ以上に、ナナは無意識のうちに上流階級に対する貧民階級の復讐の道具となったように思えます。

第十三章——最後から二つ目の章の最後でゾラはナナの犠牲になった男たちを列挙したうえで次のように書いています。

彼女の破壊と死の作業は完成したのだった。場末のゴミから飛び立った蠅は社会の腐敗の酵素を運び、体に止まるだけであの男たちに毒を盛ったのだ。それはいいことだった。正しいことだった。彼女は自分の世界、貧しい人々や見捨てられた人々の仇をとったのだ。そして彼女の性が栄光につつまれて虐殺の戦場を照らす朝日のように横たわる犠牲者の上にのぼり輝く間も、彼女は自分のしていることを知らぬ美しい獣のように無意識のまま、いつもいい子だったのだ。彼女はまるまると太り脂がのり健康で陽気なままだった。あんなこと［男たちの死や破滅］はすべてもうどうでもいい。彼女にとって自分の邸宅はあまりにくだらなく、あまりに小さく、邪魔っけな家具でいっぱいに思えた。［……］彼女は清潔で堅固で、いままで一度も男に奉仕したことがないかのように初々しい様子だった。

ここでナナは黴菌を運び病気を伝染させる「蠅」に喩えられていると同時に、「自分のしていることを知らぬ美しい獣」つまり肉食獣に喩えられています。みなさんはテレビでライオンやヒョウが獲物を殺して食べるところをご覧になったことがありますか。非常に残酷で凄惨なシーンですが、当然ながらライオンやヒョウはそれを自覚していません。われわれが鯵フライ定食や豚の生姜焼き定食を食べるのとまったく同じように当たり前に食事をしているだけなのです。ナナも同じです。蠅が黴菌を運ぶのや、ライオンがシマウマを襲うのと同じく、ナナが男を破滅させるのも自然の摂理に従っているだけであり、非難するのはお門違いなのです。

特におもしろいのはナナが男たちを破滅させたことが「いいこと」、「正しいこと」とされていることです。どうしてそのような理屈が成り立つのでしょう。作者のゾラはドレフュス事件に際して新聞に「わたしは弾劾する」というドレフュス支持の論説を発表したことからもわかるように、社会正義や政治改革に大きな関心をもつ人物でした。彼は第二帝政の進歩と繁栄の中で貧しい人々が見捨てられている現実に憤りを感じ、すべての人が平等に生きられる社会を夢みていたのです。彼にとって上流階級の没落は来るべき社会の建設のために必要であると同時に必然でした。ナナ自身は自分の本能なり気質なりに従って気ままに生きているだけですが、歴史の流れという大きな視点から見れば貴族やブルジョワを内側から腐敗させてその没落を早める役割を果たしているのです。逆説的に聞こえるかもしれませんが、彼女の行ないは理想の社会を実現するための必要悪であり、彼女は知らないうちに社会を変革するためのコマとなっているのです。

❀「ベルリンへ、ベルリンへ」

さきほどの引用のすぐあと、ナナはすべてを売り払い突然、姿を消します。ある者はナナはトルコのスルタンの愛人となり権勢をふるっていると言い、ある者は落ちぶれてカイロの淫売宿で体を売っていると言い、またある者はロシアの大公の愛人になっていると言いますが、本当のところはわかりません。個人的にはこの物語はここで終わってもいいのではないかと思います。役目を果たし終えたナナはいずこともなく姿を消し、その消息は誰にもわからないというのもなかなか美しいのではないでしょうか。
しかし、ゾラはナナの運命を最後まで書ききります。
七月のある日、ナナはパリに戻って来ます。彼女は天然痘にかかり、あれほど男たちを虜にした美しい顔は見る影もありません。おりしも普仏戦争が始まったところで、街は愛国心に駆られて「ベルリンへ、ベルリンへ」と叫ぶ群衆でごった返しています。そんななかナナは豪華なホテルの一室で死んでいきます。

かつて競馬場で「ナナ、ナナ」と叫んでいた群衆が、ナナのことなどすっかり忘れて「ベルリンへ、ベルリンへ」と叫んでいる姿には、生と死のコントラスト、個人の運命など歯牙にもかけない社会の残酷さが感じられます。しかし、そこに因果応報をみるべきではないと思います。ナナは男を破滅させたバチがあたって悲惨な運命を迎えるのだと考えることは、この作品の本質を見失うことだと思います。

そもそも悲惨な運命に見舞われるのはナナだけではありません。「ベルリンへ、ベルリンへ」と叫びながら戦争に突入していくフランス人も同じです。普仏戦争は一八七〇年七月十九日に始まったフランスとプロイセンの戦争です。当時ドイツは小国に分かれていました。プロイセンはその中のひとつです。国内をひとつにするには外部に敵をつくるのが一番です。プロイセン国王ヴィルヘルム一世とその宰相ビスマルクは、フランスを挑発し戦争を始めることによってドイツを統一しようとしました。ナポレオン三世の帝政のもと栄華を誇っていたフランス人にとって小国プロイセンなど恐れるに足りません。一気にひねりつぶしてやると意気込んで戦いに臨んだのですが、あっという間に負けてしまい、ナポレオン三世はフランス北東部にあるセダンでプロイセンの捕虜となり皇帝の地位を降ります。その後、ヴィルヘルム一世はこともあろうにヴェルサイユ宮殿でドイツの統一を宣言して自らドイツ帝国皇帝の座につき、敗北したフランスはアルザス・ロレーヌを奪われたうえ莫大な賠償金を負うことになります。『ナナ』は普仏戦争開戦で終わっていますから、もちろんそういうことは書かれていません。しかし、ゾラは知っていますし、読者も当然知っています。そう考えるならば、ナナの悲惨な死はフランスの行く末を予告しているとも言えそうです。

✽ゾラのオプティムズム

貴族やブルジョワの男たちはナナによって破滅し、ナナは天然痘で醜くなって死んでいき、フランスは敗北に向かう――その意味では『ナナ』は非常に悲惨な物語です。しかし、その根底には長い目で見れば社会は必ず良い方向に進むというゾラのオプティムズムがあるような気がします。

「ルーゴン＝マッカール叢書」第十三巻に『ジェルミナール』という作品があります。炭坑で働く労働者たちの生活と労働争議を描いた小説で、ストライキは失敗し、アナーキストの破壊工作により炭坑は壊滅的な打撃を受けて、多くの坑夫が死ぬというまったく救いのない話ですが、ラストシーンは奇妙なほど明るく、輝く太陽のもと大地から生命が吹き出し育っていく情景が描かれています。共和暦で「芽生えの月」を意味する「ジェルミナール」――われわれの暦で三月下旬から四月中旬にあたります――というタイトルにふさわしいラストですが、一体この明るさはどこからくるのでしょう。

ゾラは『ジェルミナール』を「畝《うね》の中でゆっくりと人間たちが芽生え、復讐の黒い軍勢となって来るべき時代の収穫に備えて育ちつつあった。その芽生えはやがて大地をはちきれさせることだろう」という文で締めくくっています。そこには今回のストライキは失敗したが、ここで始まった労働者の意識のめざめはフランス全土に広がり、いつか結実するだろうというゾラの希望が感じられます。

過熱した労働争議は労使双方に甚大な被害を与え、多くの人命が失われました。その結果、何かが変わるならまだしも、労働条件はまったく改善されていないのですから、彼らの死は一見犬死にのように思えます。しかし、歴史という大きな視点からみれば、より良い社会の実現に寄与しているとゾラは信じているのではないでしょうか。もちろん、暴力や破壊はないに越したことはありません。しかし、語弊を恐れずに言うなら、ナナが男たちを破滅させたことが「いいこと」、「正しいこと」であったのと同じく、炭坑で起こった悲惨な出来事は理想の社会の実現のために必要なものだったと言えるのではないでしょうか。

エネルギーというものはすべてそうですが、民衆のエネルギーもまた盲目的です。そこには善悪や正邪の区別はありません。したがって信じられないほどの破壊をもたらすこともあります。しかし、破壊もまた建設のための重要なステップなのではないか——ゾラの中には民衆のもつエネルギーへの信頼があるように思われてなりません。

『マノン・レスコー』は時間や空間を超越した普遍的な物語です。この世に男と女がいるかぎり、デグリューのような男、マノンのような女は生まれるでしょう。『カルメン』はそこに地域性と民族性を付け加えました。一方、『ナナ』が付け加えたのは時代性です。ファム・ファタルをつくるのは男の夢と欲望だと私は書きました。それに対してナナという「怪物」をつくったのは、時代とその時代を生きる民衆の要請だと言えるでしょう。

第5章　マノンの後継者たち（日本・アメリカ篇）

谷崎潤一郎『痴人の愛』（一九二四〜一九二五）、フィッツジェラルド『グレート・ギャツビー』（一九二五）

✽ファム・ファタルはフランスの専売特許か

先に紹介した『悪女入門――ファム・ファタル恋愛論』の中で鹿島茂氏は「ファム・ファタルは、フランスの専売特許で、文化的輸出品なのです」と書いています。ファム・ファタルということば自体フランス語であり、日本語や英語に訳せないものですから、鹿島氏の言う通りだとも考えられますが、ではフランス以外の国にファム・ファタル物語がないのかというと、決してそのようなことはないと思います。

ここからは、しばらくフランスの地を離れ、『マノン・レスコー』に始まるファム・ファタル物語の外国ヴァージョンとして日本の谷崎潤一郎の『痴人の愛』とアメリカのスコット・フィッツジェラルドの『グレート・ギャツビー』をとりあげてみたいと思います。

✿『痴人の愛』――支配／被支配の逆転

みなさんは谷崎潤一郎という作家にどのようなイメージをおもちでしょう。古きよき日本の伝統や美を大切にする老大家というイメージでしょうか。たしかに『細雪』や『陰翳礼讃』（フランス人はやたらにこれが好きです）の作者としての谷崎のイメージはそうだと思います。しかし同時に、谷崎はマゾヒズムやフェティシズムを描いた作家でもあり、『痴人の愛』はエロスの作家谷崎の面目躍如たる作品であると言えます。

『痴人の愛』は三十六歳の河合譲治が二十八歳から三十二歳までの四年間を振り返って手記を書いているという形をとっています。物語はきまじめな独身サラリーマンの譲治が行きつけのカフェで働く十五歳の少女ナオミを自分の理想の女性に育てるために家に引き取るところから始まります。若い独身男性が十五歳の少女を自宅に住まわせるというのは現在ではちょっと考えられませんが、昔は住み込みの女中というものが珍しくはありませんでしたし、ナオミの家は貧しく、カフェの女給をしていてもどうせ将来は体を売る羽目になることは目に見えているのだから、譲治に預けてもいいだろうということで双方納得したうえで奇妙な共同生活が始まります。

譲治はナオミを教育するために英語やダンスを習わせますが、ナオミは一向に上達しません。やがて彼女は奔放で淫蕩な性格を発揮してボーイフレンドをつくり、譲治を手玉にとるようになります。最初のうち譲治はナオミの浮気を信じようとしませんが、動かぬ証拠が見つかるとそうはいきません。彼は意を決してナオミを家から追い出します。しかし……。

お気づきの方も多いと思いますが、『痴人の愛』は明らかに『源氏物語』の「若紫」の物語を意識して書かれています。しかし、同じなのは少女を自分の理想の女性に育てるために引き取るという設定だけで、その後の物語はまったく違った方向へと進んでいきます。

『痴人の愛』のおもしろさは、支配／被支配の関係がいつの間にか逆転してしまうところにあると言っていいでしょう。ナオミを監督し教育するはずだった譲治がナオミに支配され振り回されるようになるのはなぜなのでしょう。

ひとつ手がかりになりそうなのは、譲治のなかにある西洋人へのあこがれとコンプレックスです。『痴人の愛』は一九二四年（大正十三年）から二五年（大正十四年）にかけて最初は『大阪朝日新聞』に、次いで雑誌『女性』に発表された作品です。当時の日本人としては西洋人にあこがれやコンプレックスをもっているというのは珍しいことではないでしょうが、譲治の場合は徹底しています。

彼は当時のことばで言う「ハイカラ」趣味で何ごとにつけても西洋風のものが好きです。だからナオミにも英語や社交ダンスを習わせますし、自分が住んでいる日本家屋に西洋式のバスタブをもち込むなどという無茶なこともします。また、ダンスの先生であるシュレムスカヤ夫人と踊ったときは、その背の高さや手の白さにうっとりして、ほかのみんなが臭くて仕方がないと言う彼女の腋臭《わきが》と香水の混じり合った臭いをむさぼるように嗅ぎます。ナオミに目をつけたのも、彼女の名前（本当は「奈緒美」なのですが、譲治の手記ではつねに「ナオミ」とカタカナで表記されています）が西洋風だからであり、目鼻立ちがはっきりして彫りが深く日本人離れした顔立ちだからです。

譲治は西洋人にあこがれ、西洋人のようになりたいと願いながら、自分はどうしても西洋人にはかなわないと思っているようです。いや、むしろかなわないからこそあこがれていると言うべきかもしれません。恋愛においてもしかりです。彼の心の奥底には、強い女性へのあこがれと同時に、彼女に支配され身も心も尽くして奉仕したいという願望があるのではないでしょうか。そう考えるならば、譲治がナオミに支配されるようになるのはある意味で必然と言うべきかもしれません。

ナオミは悪い女か

マノンにせよ、カルメンにせよ、これまでみてきた女性はみな男を破滅させます。しかし、悪女ではないと私は言いました。それに比べるとナオミは明らかに悪女です。

マノンやカルメンには経済力がありますが、ナオミにはありません。彼女は経済的に譲治に依存しています。ナオミが譲治を愛しているとはとても思えません。彼女が譲治と一緒にいるのは明らかにお金が目的です。譲治といればお金の心配をせず好きなことができる――ナオミにとって譲治は利用価値の高い男、非常に都合のいい男なのです。

マノンは自分がデグリューを苦しめているとはまったく思っていません。カルメンは自分がドン・ホセを苦しめていることを知っていますが、彼女にとってなによりも大切な自由を守るためにはやむをえないことと思っています。それに対してナオミは自分が譲治を苦しめているのを知ったうえで、それを楽しんでいるように見えます。ナオミにははっきりと悪意が感じられます。

しかし、だからこそ譲治はナオミから離れられないのではないでしょうか。譲治は自分を愛してくれているかどうかわからないつれない女にすべてを捧げ奉仕し、なおかつその女に振り回されこけにされることを喜びとしているように思えます。

ファム・ファタルの条件のひとつとして私は「男は破滅することに心のどこかで同意している」というのをあげました。それをもう一歩進めれば、愛する女に振り回され破滅することを望んでいるということになります。つまり程度の差はあれ、ファム・ファタルを愛する男は精神的な意味でマゾヒストなのです。

とはいえデグリューやドン・ホセの場合、マゾヒズムは潜在的なものにとどまっています。彼らは愛する女にすべてを捧げ破滅していきますが、それはいわば結果としてそうなっただけで、彼ら自身は——少なくとも表面的には——愛する女とふたりで平和に暮らすことを望んでいたはずです。

しかし、讓治は違います。讓治には最初からはっきりとマゾヒズム的傾向が読み取れます。しかもそのマゾヒズムは精神的なものにとどまらず、きわめてセクシュアルな形をとります。讓治がナオミを風呂に入れて体を洗ってやったり、四つん這いになってナオミを背中に乗せてお馬さんごっこをしたりする場面はその顕著な例と言えるでしょう。非常に衝撃的な場面ですが、もちろん、讓治にも言い分はあります。体を洗ってやるのはみだしなみを整えるためであり、お馬さんごっこをするのはまだ幼さの残るナオミと遊んでやるためです。しかし、たとえ当初は性的な意味がない行為であったとしても、讓治がそこにマゾヒスティックな性の喜びを感じていることは明らかでしょう。讓治の性的倒錯はラスト近く、ナオミが讓治に腋の下の毛を剃らせるところで頂点に達します。

讓治は自分では意識していないでしょうが、最初から愛する女に振り回されこけにされることを望んでいて、だからこそナオミをそういう女につくりあげたように思えます。ナオミは彼の「失敗作」ではありません。彼の——おそらくは無意識の——欲望に応じた「傑作」なのではないでしょうか。讓治はナオミという女を素材として自らの理想の女をつくりあげたのです。ナオミはマノンやカルメンとはまったく違ったタイプの女性であり、悪女にほかなりませんが、同時にファム・ファタルと呼ぶにふさわしい女性と言えるでしょう。

譲治は幸せか

『マノン・レスコー』は悲劇的な結末を迎えます。しかし、考えようによってはデグリューは幸せなのではないかと私は言いました。ドン・ホセについても同じことが言えるように思えます。では譲治はどうでしょうか。

『マノン・レスコー』や『カルメン』とは違い『痴人の愛』は現在も進行中の物語です。譲治は結局ナオミとよりを戻し、横浜の洋館に移り住みます。同時に会社もやめて、田舎の財産を整理し会社をつくって、実務はすべて友人に任せます。世間的にみれば、譲治は破滅するどころか、実に結構な身分だと言うべきでしょう。

もちろん、ナオミの性分は変わりません。いや、変わってくれては困るのです。彼女は譲治に見せつけるかのように次から次へと外国人の男をボーイフレンドにします。「彼女の浮気と我が儘とは昔から分っていたことで、その欠点を取ってしまえば彼女の値打ちもなくなってしまう」と譲治は手記に書いています。浮気とわがままこそがナオミのナオミたる所以であり、譲治にとってはそんなナオミがなにより大切なのです。譲治はこの最後の段階でナオミという女の本性を知ると同時に、己と己の中にある隠れた欲望を知り、それを受け入れているように思えます。

「これで私たち夫婦の記録は終りとします。これを読んで、馬鹿々々しいと思う人は笑って下さい。教訓になると思う人は、いい見せしめにして下さい。私自身は、ナオミに惚れているのですから、どう思われても仕方がありません」と譲治は書いています。『マノン・レスコー』の作者アベ・プレヴォーは「作者のことば」の中で、デグリューの物語は「情念の力の恐るべき実例」であり、『マノン・レスコー』はデグリューを反面教師として読者を教育する書物であると書いていました。「教訓になると思う人は、いい見せしめにして下さい」という譲治のことばはそのことを思い出させますが、譲治はそんなことを本気で言っているわけではありません。「私自身は、ナオミに惚れているのですから、どう思われても仕方がありません」ということばはへりくだっているように見えて、その実、世間一般の道徳がどうあれ、自分は自分の道を行くという決意があらわれているように思います。その意味では、譲治の物語は彼が自分の本性に気づき、それを受入れていく過程を描いた物語と言えるかもしれません。

「ナオミは今年二十三で私は三十六になります」と譲治は手記を締めくくっています。ふたりの関係は一体いつまで続くのでしょう。おそらくは譲治のお金が続くかぎり続くのでしょうし、田舎の財産を整理した際の金額二、三十万——新潮文庫版の細江光氏の注釈によれば、現在のお金に換算して四〜六億円——を考えれば一生ということになることでしょう。そして、そんなふうにしていつまでも暮らしていくことが譲治にとって最高の幸福なのです。その意味では『痴人の愛』もまたハッピーエンドの物語と言えるのではないでしょうか。

『マノン・レスコー』、『カルメン』はすれ違いの物語です。ふたりの生き方や価値観がすれ違ってしまった以上、恋は終わらねばなりません。一方、譲治とナオミはすれ違っているように見えて、実は似合いのカップルです。一見したところ彼らは利用し利用されるという関係に見えますが、その実、支配したい女と支配されたい男という非常に特殊な形でギブ・アンド・テイクが成り立っています。だからふたりはいつまでも一緒にいられるし、また一緒にいることが幸せなことなのです。形はまったく異なりますが、デグリューやドン・ホセと同じく、譲治も自らの恋を極限まで生き、そこに幸せを見いだしていると言えるでしょう。

✽『グレート・ギャツビー』――ギャツビーの恋

では次にアメリカのスコット・フィッツジェラルドが書いた『グレート・ギャツビー』をみてみましょう。『グレート・ギャツビー』は中西部からニューヨークに出て来た青年ニック・キャラウェイによって語られる一人称の物語です。

時は一九二二年、ニューヨーク郊外のロングアイランドに住んでいるニックは、隣りの豪邸の主人ギャツビーに興味をもちます。ギャツビーは毎夜、大勢の客を呼びパーティーを開いているのですが、本人はパーティーには出ず、客が帰ったあと、ひとり水辺に出ては対岸の家の緑色の光をじっと見つめています。

ある日、ニックはギャツビーの招待を受け、対岸に住んでいるデイジーという女性が彼の遠縁にあたるというのは本当かと尋ねられます。その通りだと答えると、ギャツビーはデイジーに引き合わせて欲しいと頼みます。

ニックには最初なんのことかわかりませんが、次第に事情が明らかになります。五年前、第一次世界大戦中のことです。将校だったギャツビーは、デイジーと知り合い恋におちました。しかし、名門の令嬢であるデイジーと貧乏将校のギャツビーの恋が実るはずはなく、デイジーは同じ名門の男と結婚してしまいます。デイジーのことが忘れられないギャツビーは、戦後かなり強引なやり方で――ということはつまり違法なことにも手を出して――莫大な財産を築き、デイジーが住む家の対岸に豪邸を建て、いつかデイジーが来てくれるのではないかと、毎夜、豪華なパーティーを開いています。彼が見つめていた対岸の緑色の光は、デイジーが住む家の明かりだったのです。

不幸な結婚生活を送っていたデイジーはギャツビーとの再会を喜び、彼の愛を受け入れて離婚を決意します。ふたりはニックやデイジーの女友だちでニックと微妙な関係にあるジョーダンを交えてデイジーの夫トムと話し合いの場をもちますが決裂し、車に飛び乗って走り去ります……。

✽「ロストジェネレーション」と「狂乱の二〇年代」

作者のフィッツジェラルドは「ロスト・ジェネレーション（失われた世代）」を代表する作家と言われています。ロスト・ジェネレーションとは第一次世界大戦期（一九一四〜一九一八）に青春を過ごしたアメリカ人を指し、作家で言えばフィッツジェラルドのほかにもヘミングウェイやドス・パソスがこの世代に属します。ギャツビーやニックもこの世代の若者で、ふたりとも第一次世界大戦に従軍し激戦を経験しています。

ギャツビーの物語はこの時代だからこそ成立しました。ギャツビーは中西部の田舎町に生まれた貧しい青年です。ふつうならば名門の令嬢と知り合う機会はありません。戦時中であったからこそ、ふたりは出会うことになったのです。また、ギャツビーが成り上がれたのも戦後の混乱のおかげです。特にこの頃アメリカでは禁酒法が施行されていましたから、密造酒の製造・販売に手を出せば短期間で巨万の富をつくることも決して不可能ではなかったのです。

第一次世界大戦後、一九二〇年代にアメリカは急速な経済的発展を遂げ、「狂乱の二〇年代」と呼ばれる時期に入ります。人々はジャズやチャールストンに熱狂し、フラッパーと呼ばれる新奇なファッションが流行しました。しかしその一方で、貧富の差や都心部と農村部の格差が広がっていきます。中西部の貧しい家に生まれ戦後の混乱の中で富を築いたギャツビーの恋は、富める者と貧しい者、東部と中西部、昔からの財閥と新興財閥といった幾重もの社会的な壁を乗り越えようとするものなのです。『グレート・ギャツビー』はギャツビーの切ない恋の物語であると同時に、ひとつの時代、ひとつの社会を描く試みであると言えるでしょう。

✿デイジーはファム・ファタルか

ギャツビーは愛する女と再会したい一心で巨万の財を築きました。デイジーもギャツビーの情熱にうたれ、夫と別れてギャツビーと一緒になる決心をします。そんなふたりの物語がなぜファム・ファタル物語なのでしょうか。

結末を隠しながら語るのは非常にむずかしいのですが、結局ふたりの恋はかなわずに終わります。ある事情からギャツビーは破滅し、デイジーは何ごともなかったかのように夫のもとに戻るのです。彼女はギャツビーを愛していたのかもしれません。しかし、最終的には愛よりも生活の安定をとるのです

（いや、それどころか最後にニックはデイジーについてある衝撃的な事実を知るのですが、それが何かを言ってしまうとネタバレになってしまいますので、ここには書かずにおきます）。

そもそもデイジーは本当にギャツビーを愛していたのでしょうか。彼女にとってギャツビーは若い頃にほのかな恋心を抱いたことがある男、そのままならば思い出のアルバムの中にしまい込まれたままになっていたはずの男にすぎないのではないでしょうか。彼女がギャツビーに惹かれたのは、彼が金持ちだからであり、彼と一緒になれば不幸な結婚生活から逃げ出すことができると思ったからではないでしょうか。そうだとすればデイジーはギャツビーを利用しようとしただけではないかという気もしてきます。

デイジーはギャツビーが全身全霊をかけて愛するに値しない女です。ただ、だからといって彼女を責めるのは酷ではないかという気もします。デイジーはお金持ちのお嬢さんです。たとえ貧しい将校に心が動いたことがあったとしても、そんなものは気の迷いにすぎません。当然のごとくお金持ちの青年と結婚します。結婚後は子宝にも恵まれ、何不自由のない生活です。しかし、夫はよそに女をつくり妻のことを顧みません。そんなとき若い頃に出会った男が金持ちになって会いに来て、彼女のことを片時も忘れたことがない、一緒になって欲しいと言うのです。拒めという方が無理な話ではないでしょうか。

デイジーは結局のところどこにでもいるようなふつうの女性です。そんな女性がギャツビーの愛に応えられるはずはありません。いや、どんな女性だってそれは同じことです。ギャツビーとデイジーの再会の場をつくったニックは、ギャツビーが異様なまでに興奮しナーバスになっているのを見て、「今日の午後だってデイジーが彼の夢に追いつかないことが何度もあったに違いない——しかし、それは彼女のせいではなく、彼の幻想の力が大きすぎるからだ。それは彼女を超え、すべてのものを超えてしまっていたのだ」と述べています。彼の夢に応えられる女性などこの世には存在しません。そうである以上、誰がデイジーを責められるでしょうか。

デイジーという「ふつうの女性」を「理想の女性」につくりあげたのはギャッツビーです。その意味で『グレート・ギャッツビー』は『マノン・レスコー』に似ています。デグリューと同様にギャッツビーも女を白いスクリーンにして、そこに自らの夢を投影しているのです。デイジーはまさしくその点においてファム・ファタルであると言えるでしょう。

✼語りと題名――ギャッツビーとニック

ファム・ファタル物語は当事者である男の一人称でしか語りえないと私は言いました。しかし、『グレート・ギャッツビー』は傍観者であるニック・キャラウェイが語り手になっています。これは一体どういうことでしょうか。

思うに『マノン・レスコー』や『カルメン』と『グレート・ギャッツビー』とでは書きたいもの、物語の主眼となるものが違うのではないでしょうか。そのことは題名にもあらわれているように思えます。『マノン・レスコー』や『カルメン』は女性主人公の名前がそのまま題名になっており、恋する男が自らの恋物語を語り、それを「わたし」という人物が聞くという形をとっていました。それに対して『グレート・ギャッツビー』は男性主人公の名前が題名になっており、恋する男をたまたま近くで観察することになった語り手が物語を語るという形をとっています。つまり『マノン・レスコー』、『カルメン』は夢の女を語る物語ですが、『グレート・ギャツビー』は夢みる男を語る物語なのです。『マノン・レスコー』の中心はマノンという女であり、『カルメン』の中心はカルメンという女です。しかし、『グレート・ギャツビー』の物語の中心はデイジーではありません。それはギャツビーとデイジーの恋ですらなく、ギャツビーそのひとであり、彼の夢と情熱です。『マノン・レスコー』、『カルメン』の「わたし」はたんなる聞き手にすぎません。しかし、ニックはひとりの人間として個性を与えられ、ギャツビーの物語の中で重要な役割を果たします。彼はまたギャツビーが知りえないこと——デイジーがギャツビーの夢みたような女性ではないということ——を知っています。しかし、それでもなお、いや、だからこそ彼はギャツビーを驚異と感嘆の目で見つめるのです。

『マノン・レスコー』、『カルメン』の「わたし」は善意の第三者です。彼らはもちろんデグリューやドン・ホセを愚か者として切り捨てることはしませんが、だからといって肩入れすることもしません。そういう存在だからこそ、語り手である当事者と読者の橋渡しをして物語を相対化する役割を果たせるのです。それに対してニックはギャツビーの夢とギャツビーが生きている現実の違いをはっきり知ったうえで、なおかつギャツビーを支持します。

だからギャツビーの物語は観察者であるニックを変えずにはおきません。ニックはデイジーに紹介された女性プロゴルファーのジョーダンとデートを重ねています。そのまま順調にいけばジョーダンと結婚して、上流階級の仲間入りをすることもできたかもしれません。しかし、物語の最後で彼は故郷の町に戻る決意をします。ニックはギャツビーの夢や情熱を押しつぶす都会の現実に絶望して、ニューヨークを去って行くのです。

✽夢をみる力——ギャッツビーはグレートか

『グレート・ギャッツビー』は夢というもののもつおそろしいまでの力を描いた小説です。われわれはよく若者にもっと夢をもてと言いますし、夢をもって生きることはすばらしいことだと言います。しかし、本当にそうでしょうか。夢はひとを生きさせるものかもしれませんが、同時にひとを苦しめるものであり、殺すものでもあるのではないでしょうか。

ギャッツビーはまさに夢に生き、夢に死んでいく男です。夢などみなければもっと楽に生きられたかもしれません。しかし、彼は夢をみてしまったし、夢にとりつかれてしまったのです。その意味ではギャッツビーは夢にあやつられた男とも言えるように思えます。

しかし、語り手であるニックが讃美するのはまさにそこです。物語の最後でニックははじめてデイジーの家の緑色の光を見つけたときのギャッツビーの驚きと喜びをはじめて新大陸にやって来た船乗りたちのそれになぞらえ、「彼［ギャッツビー］は長い旅の果てにこの青々とした芝生にたどりついたのだ。そのとき彼の夢はあまりに近くにみえて、つかみそこなうことなどありえないと思えたに違いない。しかし、彼は夢がすでに自分の背後にあるということを知らなかったのだ」と述べています。

「夢がすでに自分の背後にある」というのはどういうことでしょうか。ここで言う「背後」を地理的にとらえてアメリカ中西部をあらわすと解釈することももちろん可能です。夢は大都会ニューヨークではなく、ギャッツビーやニックの故郷である中西部にあるということで、この解釈はそのあとに続く「それ［ギャッツビーの夢］は街の彼方のどこか、夜の下で共和国の暗い平原が続いているところにあったのだ」という箇所とも合致しますし、ニックの故郷に帰る決意とも合致します。

また、この箇所をギャッツビーの個人史と結びつけ、「背後」とはギャッツビーの過去をあらわすと解釈することも可能です。つまりギャッツビーの夢――デイジーとの恋――は過去のものでしかないということです。ギャッツビーは過去は取り戻せると信じていましたが、それは不可能だったというわけです。

どちらも正当な解釈だと思いますが、私自身は別の解釈をもっています。唐突な話ですが、糸井重里氏がどこかにこんなことを書いていました――四歳か五歳の女の子がフランス人形で遊んでいます。清楚な顔立ちの人形は女の子にとってはお姉さんです。時が流れ女の子は大人になります。物置を整理していると昔遊んでいた人形を見つけて「まあかわいい」と言います。そのとき人形は明らかに年下です。一体いつの間に女の子は人形の歳を追い越したのでしょう。追い越したというからには、同じ歳であった時期があったはずですが、そんな時期は存在しません――夢もこれと同じではないでしょうか。女の子がいつの間にか人形の年齢を追い越してしまったように、ギャッツビーは知らぬ間に自分の夢を追い越してしまったのです。

夢というものはいつも人間の前か後ろにあります。それは決して人間とともにはなく、ましてや人間の手の中にはないのです。人間は夢を追いかけます。ついに追いついたと思う瞬間もあるかもしれません。しかし、そのときでも夢は人間の手を逃れていき、人間はただ夢の脇を通り過ぎるだけです。悲しいことかもしれませんが、夢とは本来そういうものではないでしょうか。

ギャッツビーは夢を追い求めて破滅しました。彼の破滅にはさまざまな人々の思惑や偶然がからんでいます。しかし、どのような形であれ、破滅することは必然であり、最初からわかっていたことではないでしょうか。われわれは「夢をかなえる」と言いますが、これは語義矛盾です。「かなう」ものなど

「夢」ではありません。「かなわない」から「夢」なのです。そして、だからこそ美しく、われわれを虜にするのです。

『グレート・ギャツビー』は人間が夢を追いかけ、夢を取り逃がし、ただ脇を通り過ぎる過程を描いた作品です。題名は彼に「グレート（偉大なる）」という形容詞を与えています。これを皮肉ととらえることもできるでしょう。ギャツビーの築き上げたものは幻にすぎず、彼の努力はすべてむなしかった、彼は結局、都会の名門の女性を手に入れようとして失敗した成り上がりの田舎者にすぎないという考え方です。もちろんそういう現実も一方にはありますし、そこがまたこの作品の魅力でもあります。しかし、私は「グレート」を素直に受け取りたいと思います。ギャツビーは夢をみる力と夢に向かって進む力の両方をもつ人間です。夢をみない、あるいは夢をみたとしても途中で忘れてしまったりあきらめてしまったりすることが多いわれわれにとって、ギャツビーを「グレート」と呼ばずして何を「グレート」と呼べばいいのでしょう。

『グレート・ギャツビー』は次のように終わります。

ギャツビーはあの緑の光を信じ、毎年毎年ぼくらの目の前を遠ざかっていく至福の未来を信じたのだ。あのとき未来はぼくらの手の中をすり抜けていった。しかし、かまうものか——明日はもっと早く走ろう、もっと遠くまで手を伸ばそう……そうすればある朝突然——。

だからぼくらは流れに逆らうボートとなって、絶えず過去に押し流されながら漕ぎ続けるのだ。

この箇所は夢に向かって突き進む美しく希望にみちた一節に感じられるかもしれません。しかし、夢はかなわないものであるのなら、人間にできるのは夢をかなえることではなく、夢の脇を通り過ぎることでしかないのなら、随分むなしい話にも思えます。しかし、それでいいのではないでしょうか。たとえ手に入らないとわかっていても追い求めずにいられない——人間をそんなふうに駆り立てるのが夢の力であり、そこにこそ夢に殉じたギャツビーの悲しさと美しさがあるように思えます。

ファム・ファタル小説にはその定義からしてマゾヒスティックな要素が含まれています。その部分をはっきりと前面に押し出した作品が谷崎潤一郎の『痴人の愛』です。一方、スコット・フィッツジェラルドの『グレート・ギャツビー』は、夢の女を描くファム・ファタル小説を裏返すような形で夢みる男を描いた作品です。どちらも『マノン・レスコー』に始まるファム・ファタル小説の伝統を継承しながら、そこに新しいものを加えた作品であると言えるでしょう。

コラム２　小説と映画

この本でとりあげている作品のほとんどは映画化されています。そのすべてを観たわけではありませんから断定的なことは言えませんが、名作の映画化が名作とはかぎりませんし、人物設定や時代背景が変わっているものや、極端な場合にはストーリーに変更が加えられているものもあります。私自身、映画は大好きですが、だからこそ映画だけを観て原作を読んだ気にならないでいただきたいと思います。表現手段が異なる以上、やはり小説と映画は別のものと考えるべきでしょう。

ただしなかには自信をもっておすすめできる映画もあります。そのひとつがジャック・クレイトン監督、フランシス・フォード・コッポラ脚本、ロバート・レッドフォード、ミア・ファロー主演のアメリカ映画『華麗なるギャツビー』（一九七四）です。二枚目俳優の代表格であるロバート・レッドフォードがギャツビーを演じるのはいいとして、非常にチャーミングですが万人が認める美人とは言いがたいミア・ファローがデイジーを演じることに最初は少し違和感がありましたが、観ているうちにだんだんはまり役に思えてきます。また、小道具の使い方も非常にうまく――特に目医者の看板の使い方が秀逸です――なにより映像が美しいところがとてもいいと思いました。原作の『グレート・ギャツビー』とあわせて是非ご覧ください。

第6章　プレイボーイとプレイガール

ラクロ『危険な関係』（一七八二）

✿オム・ファタル小説は存在するか

『マノン・レスコー』から始めて三章にわたってファム・ファタルの話をしてきました。ファム・ファタルは男を破滅させる女ですが、では逆のパターン、つまり女を破滅させる男の物語はないのかという疑問が湧いてきて当然だと思います。不思議なことにファム・ファタルということばはあっても、オム・ファタル（オム homme は「男」の意味です）ということばは存在しません。

もちろん、男が女を破滅させる物語はいくつもあります。アドルフという青年がある伯爵の愛人の女性を好きになり口説き落として一緒に暮らすようになったものの、だんだん女性を重荷と感じるようになりついには捨ててしまうというバンジャマン・コンスタンの『アドルフ』や、ウジェニーという女性が戻って来るはずのない男をいつまでも待ち続け裏切られるというバルザックの『ウジェニー・グランデ』などがそうですし、あとで紹介することになるフロベールの『ボヴァリー夫人』もそうかもしれません。しかし、そこにはファム・ファタル小説にみられるような悲壮な美しさはないように思えます。私はファム・ファタルによって破滅した男たちについて、考えようによっては彼らは幸せではないかと言いました。しかし、男によって破滅した女たちについて同じことは言えません。同じことをしているはずなのに、女性が破滅すると不幸なだけなのです。一体なぜこんなおかしなことになるのでしょう。

ここではもう一度十八世紀フランスに戻り、プレイボーイとプレイガールが結託して無邪気な乙女や貞淑な人妻を破滅させる物語、ラクロの『危険な関係』をとりあげ、男と女の非対称性について考えてみましょう。

✽書簡体小説とは何か

すでに言いましたように、十八世紀フランス文学の特徴のひとつは、人間の心に潜む悪を描いた文学作品の出現です。これからお話しするピエール・ショデルロ・ド・ラクロの『危険な関係』はそのような「悪の文学」の代表作のひとつです。

物語は一七××年八月三日から翌年の一月十四日までの五カ月あまりの間に書かれた百七十五通の手紙から成り立っています。このように手紙（書簡）だけで構成されている小説を「書簡体小説」といいます。

昔はいまとは違い電話や電子メールがあるわけではありませんし、交通手段もかぎられていたため、会いたいひとにすぐに会うというわけにはいきませんでした。だから、昔のひとは実によく手紙を書きました。手紙は用件を伝える道具というよりおしゃべりの道具であり、身辺に起こったさまざまな出来事だけでなく、書き手の人柄や人生観をあらわす表現手段でもありました。だから、十七世紀には手紙をサロンで朗読したり回し読みしたりすることもよくありましたし、一冊の本にまとめて出版することもありました。なかでも有名なのがセヴィニエ夫人の『書簡集』です。手紙は「私信」というより「作品」だったのです。

そうなると今度は、贋の手紙、誰かが書いた手紙という形をとって自分の思うところを述べようとする人間が出てきます。例えばパスカルの『田舎人の手紙』がそうです。パスカルは田舎に住む人が手紙の中で宗教問題について素朴な疑問を投げかけるという形をとって、カトリック内部で少数派であったジャンセニストを擁護しています。

ではいっそのこと手紙だけで物語を書いてはどうかということで、十八世紀に入るとモンテスキューの『ペルシャ人の手紙』やルソーの『新エロイーズ』など数多くの書簡体小説が書かれるようになります。『危険な関係』は書簡体小説というジャンルを代表する作品です。

❉ヴァルモン子爵とメルトイユ公爵夫人

稀代のプレイガール、メルトイユ公爵夫人は、自分を捨てたジェルクール伯爵に復讐するため、かつての愛人でありプレイボーイとして名をはせているヴァルモン子爵に伯爵の婚約者セシルを誘惑するよう依頼します。修道院から出たばかりで世間知らずのセシルが若い騎士ダンスニーと惹かれ合っていることを知ったヴァルモンは、ふたりの間のとりもちを買って出ることでセシルの信頼を得ます。また、ヴァルモン子爵はセシルを誘惑する一方で、信心深く貞淑な女性ツールヴェル法院長夫人をも誘惑し、そのどちらにも成功します。

当初は同盟関係にあったヴァルモンとメルトイユ夫人ですが、やがてふたりの間にどちらが誘惑の手管にすぐれているかで競争心が芽生えます。同時にまた、ヴァルモンがセシルの誘惑に成功した褒美《ほうび》としてメルトイユ夫人に復縁を迫ったのを夫人が拒んだことから、ふたりは仲違いして互いに激しく傷つけ合うことになります……。

『危険な関係』はある意味で非常に気分の悪い小説です。物語を読み進めるうちにわれわれはヴァルモン子爵とメルトイユ夫人がはりめぐらした誘惑の罠にセシルやツールヴェル夫人がいともやすやすと落ちるところを見せつけられることになるからです。これまでみてきた作品には根底に愛がありました。しかし、『危険な関係』に愛はありません。あるのはただ誘惑と誘惑のための手練手管だけです。

世の中には体目当てに女を誘惑する男や、お金目当てに男を誘惑する女がいます（逆のケース、つまり体目当てに男を誘惑する女、お金目当てに女を誘惑する男もいなくはないでしょうが、人数を比べれば格段に少ないと思います。ここにも男と女の非対称性がみられます）。不純だと言えばその通りですが、決して理解できない話ではありません。人間というのはそういうものだと思います。

ヴァルモンやメルトイユ夫人はそれよりもずっとたちが悪いように思えます。彼らの目的は体でもお金でもなく、自尊心を満足させることです。彼らは他人を支配し、思いのままにあやつるのがおもしろくて仕方ないのです。彼らは相手の苦しみを歯牙にもかけません。それどころかそこにサディスト的な喜びを感じています。

こんな不道徳な物語を書いた作者ラクロはさぞかし遊び人でたくさんの女性を泣かせたのだろうと思

うのが当たり前です。実際、『危険な関係』が出版された直後、多くの人々がヴァルモンとラクロを同一視し、ではメルトイユ夫人は誰だろうとモデル探しをしたという話が残っています。ところがどっこいラクロはまじめで優秀な軍人であり、家ではよき夫よき父親だったというのですから、人間というのはわからないものです。

当然のことでしょうが、人間の心の中には善と悪の両方があります。それはどんな善人でも同じことです。多くの場合、われわれは自分の中にある悪から目を背け、その声に耳を貸さないようにしています。しかし、ラクロは自分の中にある悪の声に——ある意味で素直に——耳を傾け、それを材料にして『危険な関係』を書いたのではないでしょうか。そして、だからこそ『危険な関係』はわれわれの中にある悪へのあこがれのようなものを刺激するのではないでしょうか。『危険な関係』は「悪の文学」の名にふさわしい作品ではないかと思います。

✤書簡体小説としての『危険な関係』

『危険な関係』は書簡体小説という形式をフルに活用した作品です。

書簡体という形式は、作者が偶然手に入れた他人の手紙をそのまま出版するという形をとるものですから、枠物語と同じく物語の信憑性を高めると同時に作者の責任を軽減するはたらきをもっています。しかし、それだけではありません。

書簡体小説にはひとりの人物が書いた手紙をまとめたものと複数の人物が書いた手紙を集めたものとがありますが、『危険な関係』は後者のタイプです。したがって読者はひとつの出来事を複数の視点から見ることになります。例えばヴァルモンがセシルとダンスニーの恋のとりもちをすることは、セシルから見ると純粋な好意のあらわれです。だからセシルが友人に宛てた手紙ではヴァルモンは信頼できる人物、すてきなおじさまとして描かれています。しかし、すでに述べたように、ヴァルモンの行為はセシルを誘惑するための策略にすぎません。メルトイユ夫人に宛てた手紙の中でヴァルモンは、セシルがいかにだまされやすいかを笑い、自分がどんな策略を使っているかを自慢げに書きたてています。ツールヴェル夫人についても同じことが言えます。ヴァルモンは高潔な人間を装い、ツールヴェル夫人に美辞麗句を並べた手紙を書きます。しかし、その直後に置かれたメルトイユ夫人宛の手紙には、ツールヴェル夫人宛の手紙はベッドの中で娼婦の背中を机にして書いたものだと書かれています。このように読者はひとつの事柄の表と裏、見せかけと実体の両方を見ることになります。

手紙の大きな特徴は差出人が手紙を書いた時点とその手紙を受け取った人物が手紙を読む時点の間に時間的なずれが生じることです。そのことが皮肉な効果を生むことがあります。ずれの間に何かが起こり、手紙の内容が意味をもたなくなったり、意味がすっかり変わってしまったりすることがあるのです。ツールヴェル夫人はヴァルモンに惹かれながらもその求愛を拒み、ヴァルモンはある神父を通じて夫人から受け取った手紙を返却する約束をします。その経緯をツールヴェル夫人の手紙で知った友人は、ヴァルモンを改心させた夫人の貞淑さを褒めたたえる返信を書きます。しかし、実際にはツールヴェル夫人が友人に手紙を書き、友人がそれに返信するまでの間に、夫人はヴァルモンの誘惑に負けて彼に身を任せてしまっているのです。

書簡体小説では読者は断片から全体を構築しなければなりません。手紙の書き手も受け手もそれぞれ相手が何者でどういう状況に置かれているかを知っているのが前提ですから、書き手はわざわざ事情を説明しません。もしそんなことをすれば手紙の「本当らしさ」が損なわれてしまいます。だから、読者は個々の手紙を手がかりに一体何が起こっているのか、物語の全体像を推測しなければなりません。現代の若い読者にはまどろっこしいことかもしれませんが、逆に言えばひとつひとつの断片をつなぎ合わせてひとつの物語をつくりあげるというジグゾーパズルにも似た喜びと達成感が書簡体小説にはあります。

電話の発達とともに人々はあまり手紙を書かなくなり、それとともに書簡体小説という形式はすたれたかに見えます。しかし、現代では携帯メールのやりとりという形をとった小説も出てきているようです。書簡体小説は新しい息吹を吹き込まれ復活することになるかもしれません。

✽プレイボーイの勲章、プレイガールの勲章――男と女の非対称性（その一）

みなさんはプレイボーイというものをどうお考えですか。そんなのけがらわしいと言う人も当然いると思います。非常に健全な考え方です。しかし、そう言いながらも男性ならば少しうらやましく思う気持ち、女性ならば少し好奇心をそそられる気持ちがあることもまた事実ではないでしょうか。

「英雄色を好む」ということばもあるように、世間はプレイボーイに対しては比較的寛容です。しかし、プレイガールに対してはそうではありません。世間は百人の女と寝た男は受け入れても、百人の男と寝た女を容易には受け入れないように思えます。逆に、ある程度の年齢になって一度も女性と付き合ったことのない男性は、いい歳をして情けない、奥手だと馬鹿にされ、一度も男性と付き合ったことのない女性は清純な乙女として褒めそやされるという傾向も比較的最近まであったように思えます。男女同権というわりには随分と不公平な話です。

なぜそんなおかしなことが起きるのでしょう。思うにわれわれの社会がいまだに男性中心に動いているからではないでしょうか。男というのは勝手なもので、自分は浮気をしてもかまわないが妻の浮気は絶対に許さないという男性は少なくありません。その結果、自分（男）は大勢の女と付き合ってもいいが、妻（女）はひとりの男に貞節を尽くさねばならないという道徳が生まれたのではないでしょうか。

男は勝手だと言いましたが、本当は女だって同じでしょう。もし社会が女性中心に動いていたら、逆の道徳、つまり女は大勢の男と付き合ってもいいが、男はひとりの女に貞節を尽くさねばならないという道徳が生まれていたかもしれません。要は力関係であり、強者の側にたった人間が自分たちの願望を正当化して弱者を従わせるために道徳をつくりあげただけではないかという気がします。

そういう状況の中でプレイボーイになるのはある意味で簡単です。とっかえひっかえ恋人をたくさんつくれば、ほとんど自動的にプレイボーイになれるからです。そうやってヴァルモンは自他ともに認めるプレイボーイとなり、それを誇っています。しかし、プレイガールはそうはいきません。恋人をたくさんつくれば、身持ちが悪い女と言われ自らの評判を落としてしまうことになるからです。プレイガールは表面的には貞淑を装いつつ、裏でたくさんの男を手玉にとるという離れ業を要求されます。

メルトイユ夫人がプレヴァンという男を誘惑した事件はそのことを如実にあらわしています。プレヴァンはかなりのプレイボーイで、メルトイユ夫人に目をつけて、あんな女はあっという間に誘惑してみせると仲間うちでうそぶいていました。それを聞きつけたメルトイユ夫人はプレヴァンの誘惑にのったふりをして、夜会の後で会いたいので自分の寝室のたんすに隠れて待っていて欲しいと言います。言われた通りたんすに隠れていたプレヴァンが姿をあらわすと、夫人は悲鳴を上げて人を呼びます。プレヴァンは必死で訳を説明しますが、夫人はそんなことは知らないの一点張りで、プレヴァンはすっかり面目を失い、軍隊の職も辞さなければならなくなってしまいます。メルトイユ夫人が陰でほくそ笑んでいることは言うまでもありません。こうして夫人は貞淑な女性という評判を保ったまま、プレヴァンを破滅させることに成功します。そんな話を自慢げに手紙に書くのですから、実に恐ろしい女性です。

ヴァルモンとメルトイユ夫人はともに誘惑者であり策略家ですが、そのレベルはまったく違います。ヴァルモンは女性にもてるというだけで、言ってしまえば単純な人間です。それに対してメルトイユ夫人は人間の心理に通じ、実に緻密な作戦を練ります。このふたりが戦えばどうなるか……結果はおのずと明らかです。メルトイユ夫人がヴァルモンにどのような罠を仕掛けるかみてみましょう。

✽ メルトイユ夫人最大の作戦

難攻不落のツールヴェル夫人の誘惑に成功して勝ち誇るヴァルモンにメルトイユ夫人は、女性を征服しただけでは勝利とは言えない、自分たちの勝利は相手に夢中になることなく相手を夢中にさせることであり、征服した相手を冷酷に捨ててこそ本当の勝利と言えるのだと言って、別れを告げる手紙のひな形まで送ります。夫人に挑発されたヴァルモンはツールヴェル夫人に別れの手紙を送ります。それを知ったメルトイユ夫人はヴァルモンに次のような手紙を書きます。

子爵さま、あなたは本当に法院長夫人とお別れになりましたの？　私が夫人のために書いた手紙をあの人にお送りになりましたの？　あなたは本当にすてきな方ですわ。私が期待していた以上のことをしてくださいましたもの。実のところこの勝利はいままで手に入れたどんな勝利よりも私の心をくすぐります。おそらくあなたは私がこの前あれほどけなしていたあの人［ツールヴェル夫人］をいまになって褒めているとお思いになることでしょう。でも、そうではありませんの。私が勝った相手はあの女ではありません。あなたですわ。そこがおもしろいのであり、実にすてきなところなのです。

そうですわ、子爵さま、あなたはツールヴェル夫人を大いに愛していらっしゃいましたし、いまもまだ愛していらっしゃいます。狂おしいほど愛していらっしゃいます。ところが私がおもしろがってからかったせいで、あなたは馬鹿正直にあの人を犠牲にしたのです。冷やかしに耐えるくらいなら、たとえ千人のツールヴェル夫人でも犠牲になさったことでしょう。虚栄心というものはどこまで人を引きずっていくものでしょう。虚栄心は幸福の敵だと言った賢人がおりますけれど、まさにその通りですわ。

ヴァルモンは心の底からツールヴェル夫人を愛していたのだがそれに気づかず、メルトイユ夫人の策略にかかってツールヴェル夫人を捨ててしまったのだとメルトイユ夫人は言っています。これまでいろいろな女性と関係をもってきたプレイボーイのヴァルモンにとって、ツールヴェル夫人との恋こそが最初で最後の本当の恋でした。それなのにメルトイユ夫人の挑発にのってその恋を捨ててしまった――千載一遇のチャンスを自らふいにしてしまったのです。ヴァルモンはツールヴェル夫人にあやまり、よりを戻すことさえできません。メルトイユ夫人は手紙のひな形を書く際、自分が女であることをフルに活用して、決して癒えることのない傷を女心に与えるようなことを巧みに行間に忍び込ませたからです。

はたしてメルトイユ夫人の書いていることは本当でしょうか。彼女はヴァルモンを傷つけ勝負に勝つためにありもしないことを書いているだけだという可能性もあります。しかし、たとえ嘘だとしても、それがヴァルモンに与える影響は計り知れません。メルトイユ夫人はヴァルモンを使ってセシルやツールヴェル夫人を餌食にしただけでは飽き足らず、仲間だったはずのヴァルモンさえ餌食にするのです。それもただ自分の自尊心を満足させるために……。

悪魔というものは決して超能力の持ち主ではありません。それは人間の心の一番弱いところをついてくるものです。メルトイユ夫人は悪魔的人物と呼ぶにふさわしい女性でしょう。

✻それぞれの結末――男と女の非対称性（その二）

『危険な関係』は読んでいて気分が悪くなるような作品だと私は言いましたが、実は勧善懲悪の物語でもあります。結末は伏せるという約束ですので詳しくは書きませんが、ヴァルモンとメルトイユ夫人はともに破滅することになります。ただしその破滅の仕方にも男と女の非対称性がみられるように思えます。

ヴァルモンは決闘に倒れ、すべてを告白して息を引き取ります。彼は悪人かもしれませんが、正々堂々と戦って敗れ、いまわの際に真実を打ち明けたのですから、名誉ある死を遂げたと言えるでしょう。一方、メルトイユ夫人はヴァルモンの告白により名誉を失ったうえ、天然痘にかかり顔が醜くなってしまいます。おまけに係争中だった裁判にも負けてしまい全財産を失った夫人は、もはや自分のものではない宝石や銀器をもってひとりで国外に逃亡します。どちらの運命が好ましいかは明らかでしょう。

すでに述べたように、悪人としての格から言えばメルトイユ夫人の方がはるかに上です。作者はそれぞれの罪の重さに応じてヴァルモンとメルトイユ夫人に罰を与えたかのように見えます。しかし、考え方を変えれば非常に不公平な話ではないでしょうか。セシルの誘惑に関しては、ふたりはいわば共犯で、実行犯はヴァルモン――メルトイユ夫人は教唆犯にすぎません。ツールヴェル夫人に関してはすべてヴァルモンがしたことで、メルトイユ夫人はツールヴェル夫人を捨てるべきだとヴァルモンに言っただけにすぎず、何もしていないと言っても過言ではありません。ここで問題になるのは法律ではなく道徳であり、このふたつは必ずしも一致しませんが、それでもどちらの罪が重いかと言われればヴァルモンということになるのではないでしょうか。それなのになぜメルトイユ夫人の方が重い罰を与えられねばならないのでしょう。ふたりの運命の違いは結局のところ、男性には甘く女性には厳しい社会の現実を示しているように思えます。

ラクロは『危険な関係』のあと、『女子教育について』という論文を書き、女性に対しても男性と同等の教育を施すべきであると述べています。そのことから『危険な関係』を女性の権利や自立を擁護する書であるというとらえ方もあるようですが、私自身はラクロがそこまで考えていたとは思いません。ただ、文学作品というものは作者が意図した以外のこと、あるいは作者が意図した以上のことを意味するものです。おそらくラクロは当時の読者が受け入れやすいような形で物語を締めくくっただけでしょう。しかし、はからずもその締めくくり方は男と女が同じ基準で裁かれないという社会の不平等を告発する結果になっているのではないかと思います。

『危険な関係』は男と女の恋愛ゲームを描いた作品ですが、その最大の魅力はメルトイユ夫人という悪魔的な人物をつくりあげたことにあります。メルトイユ夫人はたしかに悪人でしょう。しかし、ここまで悪に徹することができるのは、ある意味で爽快でさえあります。さきほど私はメルトイユ夫人が生き延びることを不当な罰だと書きましたが、もうひとつ別の考え方もあります。メルトイユ夫人はいつか復活する日を待って雌伏しているだけかもしれません。人間の心の中に悪や悪へのあこがれがあるかぎり――ということはつまり永遠に――メルトイユ夫人は生き続けるのです。

第7章　恋愛と野心

スタンダール『赤と黒』(一八三〇)、バルザック『ゴリオ爺さん』(一八三五)

✿時代・野心・恋愛……

みなさんは野心をおもちですか。野心をもった人間をどう思いますか。現代の日本では野心というのはあまりはやらないもののように思いますが、野心をもって生きることが美徳であり、美しい生き方であるという価値観が、ある時代には確実に存在しました。

この章で紹介するスタンダールの『赤と黒』とオノレ・ド・バルザックの『ゴリオ爺さん』は、ともに野心家の青年の物語です。『赤と黒』の主人公ジュリアン・ソレルも『ゴリオ爺さん』の主人公ウージェーヌ・ド・ラスティニャックも有能な青年であり、本来なら将来を嘱望されてしかるべき人物です。しかし、生まれた時代がよくありませんでした。時は王政復古期——革命が終わり古い制度（アンシャン・レジーム）が戻って来た時代です。若者が将来に夢をみることができる時代ではありません。革命期には若者は才能と運に恵まれてさえいれば、いくらでも出世することができました。コルシカ島の貧しい貴族の家に生まれながら最終的には皇帝にまでのぼりつめたナポレオン・ボナパルトがいい例です。しかしナポレオンが失脚して王政復古になると身分制度は再び固定され、いくら才能があっても貧しい家に生まれた人間は一生貧しいままです。

ジュリアン・ソレルもウージェーヌ・ド・ラスティニャックもそんな時代に生まれた「遅れてきた青年」です。あと二十年早く生まれていればいくらでも出世できたでしょうが、そのチャンスは閉ざされてしまったのです。彼らに残された道は有力者の夫人の寵愛を受け、それを後ろ盾にして出世することだけでした。彼らにとって恋愛は出世の手段にほかならないのです。

✽スタンダールという人物

『赤と黒』を紹介する前に作者スタンダールのひととなりについて簡単にみておきましょう。スタンダールというのはペンネームで、本名はアンリ・ベールといいます。一七八三年グルノーブルの裕福なブルジョワ家庭に生まれたアンリは十七歳で軍隊に入り、ナポレオンのイタリア遠征に参加します。このときの経験がよほど鮮烈だったのでしょう、彼は終生ナポレオンを崇拝し続けると同時に、イタリアを第二の故郷と考え、ナポレオンが没落したあとも七年あまりの長きにわたってミラノに滞在し、自らの墓碑銘には「ミラノ人アッリゴ・ベイレ　生きた、書いた、愛した」と刻ませました。

いまではフランスを代表する文豪とされていますが、スタンダールの作家としての人生は不遇でした。一八三〇年に『赤と黒』を発表したものの世間からは認められず、唯一バルザックだけが彼の才能を認め賞賛のことばを送ったと言われています。スタンダールは『赤と黒』の最後に To the happy few（幸福な少数者へ）という献辞を書いています。この作品を読んで真価を理解してくれる読者は少ないかもしれないが、その数少ない読者は幸福であるという意味でしょうが、自分の作品を世間に認めてもらえないスタンダールの切ない心境をあらわしたことばだと思われます。

不遇だったのは恋愛においても同じです。「生きた、書いた、愛した」という墓碑銘が示すようにスタンダールは恋多き男でしたが、醜男であまりもてませんでした。彼が書いた『恋愛論』は一時期日本でもよく読まれ、「結晶作用」ということばが有名になりました。これは人間が意中の異性を美化して考えるさまを、塩鉱に枯れ枝をひと晩入れておくと塩の結晶がびっしりついて美しく輝くことに喩えたもので、言い得て妙だと思いますが、もてる男はこういうことは書かないものです。おかしな言い方かもしれませんが、『恋愛論』にせよ『赤と黒』にせよ、スタンダールがもてない男だからこそ書けた作品ではないかという気がします。

『赤と黒』――ジュリアン・ソレルの冒険

『赤と黒』というのは随分と変わった題名です。『アンドロマック』、『クレーヴの奥方』、『マノン・レスコー』、『カルメン』、『ナナ』というように主人公の名前をそのままタイトルにした作品が多いフランス文学の中にあって異彩を放っていると言えるでしょう。「赤」、「黒」がそれぞれ何を意味するかは作品の中には書かれていません。そのためさまざまな解釈が可能で、「赤」は軍服を（軍人や戦闘を描いたフランスの絵画を見ればわかりますが、フランス軍の制服の色は赤です）、「黒」は僧服をあらわしており、ジュリアンが出世を望んだ二つの世界、軍隊と教会を象徴しているというのが通説ですが、「赤」と

「黒」はルーレットの色であり、波瀾万丈でハイリスク・ハイリターンのジュリアンの人生をあらわしているという説もあります。

『赤と黒』の主人公ジュリアン・ソレルはフランス東部フランシュ・コンテ地方の田舎町ヴェリエールに住む木こりの三男ですが、とても頭がよくハンサムな青年です。教会の神父にラテン語を習い抜群の成績を収めたジュリアンは、貧しい生活から抜け出すためにヴェリエールの町長レナール氏の家の住み込みの家庭教師になります。やがて夫人と恋仲になりレナール家にいられなくなった彼は、僧職につくためにブザンソンの神学校に入ることになります。

神学校でジュリアンは校長のピラール神父に才能を認められてかわいがられます。しかし、そのために神学校内の派閥争いに巻き込まれ、ピラール神父はジュリアンを救うためパリの大貴族ラモール侯爵に手紙を書いて彼を秘書に推薦します。

ラモール家に住み込むようになったジュリアンは秘書として持ち前の才能を発揮し、侯爵の信頼を得ます。ジュリアンはラモール家の令嬢マチルドをわがものにしようと心に決めますが、勝ち気で気位が高いマチルドは心の底ではジュリアンに惹かれながらもまったくそぶりには出さず、互いに意地の張り合いになります。しかし、ジュリアンはついにマチルドを征服し、彼女はジュリアンの子どもをみごもります。

ラモール侯爵は当然怒りますが、できてしまったものは仕方ありません。彼はジュリアンとマチルドを結婚させるため、ジュリアンをある貴族の落としだねということにして、彼のために陸軍騎兵少尉のポストを用意します。娘の結婚相手が木こりの三男では格好がつかないので、体裁を整えたわけです。

こうしてジュリアンはようやく出世の夢がかなうことになります。しかし、ちょうどそのとき、ジュリアンがヴェリエールのレナール家にいた頃、夫人を誘惑して愛人関係になったことを密告する手紙がラモール侯爵のもとに届きます。その手紙を書いたのが誰あろうレナール夫人そのひとであることを知ったジュリアンは、ピストルを買い求めて夫人のもとに向かいます。はたしてジュリアンはどうするのか、レナール夫人の運命やいかに……ここから物語は思いもよらない展開をみせますが、それはみなさん自身の目でたしかめてください。

✽複雑な個性――ジュリアンという青年

『赤と黒』にはモデルとなった事件があります。一八二七年、貧しい鍛冶屋の息子で元神学生のアントワーヌ・ベルテという青年がかつて家庭教師をつとめていた家の夫人であり愛人でもあった女性に教会内で発砲した事件がそれにあたります。スタンダールは『法廷新聞』でこの事件の公判記録を読みインスピレーションを受けて『赤と黒』を書いたのですが、事件から借りたのはプロットだけで、主人公ジュリアン・ソレルの造型や心理については完全にオリジナルと言うべきでしょう。

『赤と黒』の最大の魅力はジュリアン・ソレルという人物の強烈な個性にあります。出世のために町長や貴族の家に住み込み、その家の夫人や令嬢をたらし込む……というようにジュリアンのしたことだけをピックアップすればとんでもない人間のように聞こえますが、ジュリアンは決して悪人でも怪物でもありません。むしろ非常に純粋で繊細な感受性の持ち主であり、傲岸不遜な外見の下には傷つきやすい魂が潜んでいます。ジュリアンはスタンダールの「分身」であると同時に「理想」でもあると言えるでしょう。スタンダールはベルテ事件という現実の事件の上に自らの情熱や理想を投影することによって『赤と黒』という作品を生み出したのです。

ジュリアンの最大の特徴は自我に関する分裂と矛盾です。彼は出世のためならどんなことでもする冷酷な策略家でありたいと願い、実際自分はそういう人間だと思っています。しかし、本当の彼は繊細で誠実な人間です。

ひとは誰も自分のことをよく思いたがるものです。だから、「自分の考える自分」(自分の中にある自己イメージ)と「現実の自分」(他人から見た自分)の間にはかなりのギャップがあるものです。例えば、自分でははっきり自分の意見を言える人間だと思っていても、客観的にみればたんに無神経で独善的なだけだったり、気配りができて面倒見がいいと思っていても、実際にはおせっかいで口うるさいだけだったりすることは珍しいことではないと思います。

ジュリアンもその点では例外ではありません。ただおもしろいのは、彼の場合「現実の自分」の方が「自分の考える自分」よりまさっていることです。誰が考えても冷酷な策略家より繊細で誠実な人間の方がいいに決まっています。スタンダールはそれがわかっています。読者もわかっています。しかし、ジュリアンはわかっていません。彼にとって繊細さは弱さでしかなく、出世の妨げになるものです。だから彼はそんな自分を否定し、平気で他人を蹴落とし利用できる冷酷な策略家になりたいと願い、願望はいつしか現実となり、自分は実際にそういう人間なのだと考えているのです。「偽悪者」ということばは存在しませんが、本当は善良でありながら悪を装う人という点でジュリアンはそう呼びたくなる人間です。

とはいえジュリアンとて心の底では自分が冷酷になりきれないことを知っているはずです。だから、いつも劣等感に苛まれ、自分は馬鹿にされているのではないか、なめられているのではないかとびくびくしています。そのため虚勢を張り、他人からみれば傲慢にしか思えないような態度をとります。強烈な劣等感と強烈なプライドが共存していることもまたジュリアンの特徴です。

✻ジュリアンの恋愛観

そのような複雑な個性の持ち主であるジュリアンの恋愛観はどのようなものでしょうか。

この章の最初で私は、王政復古期には有能だが貧しい若者が出世するためには有力者の夫人の寵愛を受けるほかはないと書きました。そのこと自体に間違いはないのですが、実は『赤と黒』には必ずしもあてはまりません。ジュリアンはたしかに町長夫人や貴族の令嬢と恋仲になります。しかし、それが出世の手段として有効だったかどうかはクエスチョンマークをつけざるをえません。

ジュリアンはレナール夫人と恋仲になったばかりにレナール家を出なければならなくなります。その後、ラモール侯爵の秘書となったからいいようなものですが、それはピラール神父の力添えがあったからであり、レナール氏の怒りを買うことは出世をめざすうえで決してプラスにはならないはずです。出世を考えるならば、むしろおとなしくしていた方がよかったのではないでしょうか。

マチルドとの恋はジュリアンに地位と名誉を与えます。しかし、それもまたあくまで結果論であり、ラモール侯爵がふたりの結婚を認めたからにすぎません。侯爵が怒ってジュリアンを追い出してしまう可能性もあったはずです。そうなればジュリアンはせっかく築き上げた秘書の地位を失うことになります。出世のことを考えるならば、マチルドとの恋も得策とは言えないのではないでしょうか。

ジュリアンがふたりと恋仲になったのは、出世のためと言うよりも、彼の中にある征服欲のなせるわざであるように思えます。彼にとって恋愛とは戦いです。そして戦いである以上は、どんな手段を使ってでも勝たねばなりません。勝たなければ出世の道がとざされるというような損得勘定からではありません。ふがいない自分が許せなくなるからです。

そのことが如実に読み取れるのが、ジュリアンがはじめてレナール夫人の手を握る有名な場面です。レナール家では夏の夜、庭に椅子を並べて夕涼みをする習慣がありました。ある日、ジュリアンが話に熱中して腕を振ったとき、ジュリアンの手が偶然レナール夫人の手に触れます。夫人はぱっと手を引っ込めます。それに気づいたジュリアンは、レナール夫人の手を握り引っ込めさせなくすることが自分の「義務」だと考えます。

翌日、十時の鐘が鳴り終えるまでに必ず夫人の手を握ろうと決意したジュリアンは、「これから戦う敵を見るような」奇妙な目つきでレナール夫人を見ます。やがて夜のとばりが下り、一同は菩提樹の下に腰をおろします。ジュリアンは「はじめて決闘をするときも俺はこれほど震え、情けない気持ちになるのだろうか」と自問します。

少し長くなりますがその場面を引用しておきましょう。

死の苦しみにも等しい不安の中で彼にはどんな危険もこれよりはまだましに思えた。何か用事ができてレナール夫人が家に戻るなり、庭からいなくなるなりすればいいのにと何度願ったことか。無理やり感情を抑えているせいで、彼は声の調子がすっかり変わってしまっていた。やがてレナール夫人の声も震えてきたが、ジュリアンはまったく気づかなかった。義務と臆病の壮絶な戦いはあまりに激しく、自分自身のこと以外は何ひとつ観察できない状態なのだ。九時四十五分の鐘が屋敷の時計で鳴ったばかりだったが、彼はまだ何もしていなかった。自分の卑劣さに憤ったジュリアンは、「十時の鐘が鳴っているちょうどその瞬間に、今晩しようと一日中考えていたことを実行しよう、それができなければ部屋に上がってピストルで頭をぶち抜こう」と考えた。

気持ちが高ぶるあまりジュリアンがわれを忘れている期待と不安の最後の時間が過ぎ、頭上の時計で十時の鐘が鳴った。この運命の鐘の音のひとつひとつが彼の胸の中で響き、物理的な振動めいたものを生み出した。

十時の最後の鐘がまだ鳴り響いている間に、彼はついに手を伸ばし、レナール夫人の手をとった。夫人はすぐに手を引っ込めた。ジュリアンは自分が何をしているかわからぬままもう一度手を握った。彼自身動揺していたが、握った手の氷のような冷たさにはっとした。彼は痙攣するかのようにぎゅっとその手を握りしめた。相手はなんとか引っ込めようと最後の努力をしたが、手は結局彼のところに残った。

彼の心は喜びで満たされた。レナール夫人を愛しているからではない。おそろしい責め苦が終わったからだ。

ジュリアンは眉ひとつ動かさず冷静かつ沈着に夫人を誘惑するプレイボーイでありたいと思っているのですが、もちろんそうはいかずどきどきびくびくしてしまいます。そしてそんな臆病な自分を彼は許せません。

この場面には「戦い」をあらわす表現が数多くみられます。レナール夫人はジュリアンがこれから戦わなければならない「敵」となり、夫人の手を握ることは「決闘」と比較されます。ジュリアンの戦うべき相手は夫人だけではありません。彼の心の中では「義務」と「臆病」が戦っています。レナール夫人の声が震え、手が氷のように冷たくなっているのは、夫人も何かを感じて心が乱れているからだと思われますが、無我夢中になっているジュリアンにはわかりません。十時の鐘の最後の音が鳴るとジュリアンはえいやとばかりに夫人の手を握ります。彼を駆り立てたのは愛ではなく、義務感ですらありません。「彼の心は喜びで満たされた。レナール夫人を愛しているからではない。おそろしい責め苦が終わったからだ」というところから考えれば、緊張から解放されたい一心で行動しただけのように思えます。もはや野心も策略も義務も征服もあったものではありません。ジュリアンは勝敗とは関係なく、戦いを終わらせるために発作的にレナール夫人の手を握っただけなのです。

こんなジュリアンをみなさんはどう思いますか。私はとてもかわいいと思います。そこまで思い詰めなくてもいいだろうにと言えばその通りですが、はじめて好きな相手の手を握るときの気持ちとはこういうものであり、程度の差はあるにせよ誰にでも覚えがあるのではないでしょうか。もし今夜手を握れないのなら自殺した方がましだというのは随分極端な考えですが、そういう極端さも若さの特権であり魅力ではないかと思います。貧しい生まれの青年が王政復古期のフランス社会を相手に孤独な戦いを繰り広げるという壮大なストーリーを描く一方で、こういう誰にでも覚えがある、しかし誰もが忘れてしまっている気持ちを描いているところが『赤と黒』のすばらしいところではないかと思います。好きな女性の手を握る——たったそれだけのことにこれだけの葛藤のドラマがあるのです。『赤と黒』はフランス心理小説の伝統に連なる作品と言えるでしょう。

✻レナール夫人とマチルド――「母親」と「分身」

最後に『赤と黒』のふたりのヒロイン、レナール夫人とマチルドについて触れておきましょう。ふたりは正反対のタイプの女性です。つつましく控え目なレナール夫人は、ジュリアンより年上で既婚で子どもがいるということもあり、やさしい「母親」タイプの女性と言えそうです。一方、気位が高く気性の激しいマチルドは、ジュリアンの好敵手と言っていいような存在で、彼の「分身」とも言えそうです。

ひとりの人間がまったく異なる二つのタイプの異性に惹かれるということは、それほど珍しいことではありません。家庭的で献身的な女性とセクシーでゴージャスな女性の両方に惹かれる男性、自分をぐいぐい引っ張ってくれる頼りがいのある男性と頼りにならないけれど母性本能をくすぐる男性の両方に惹かれる女性などはたくさんいるのではないでしょうか。ただジュリアンの場合おもしろいのは、彼が惹かれるふたりの女性が一方は「母親」、もう一方は「分身」である点です。「母親」についてはわからないではありません。私は男はみんなマザコンだという俗説にくみするものではありませんが、自分をやさしく包み込んでくれる女性に惹かれる心情は理解できるように思います。むしろ珍しいのは「分身」の方でしょう。

マチルドはジュリアンと知り合う前から情熱的な恋愛にあこがれていました。彼女の理想は十六世紀にギロチンで処刑された愛人の首を自らもらい受けてモンマルトルの丘の麓《ふもと》に埋めたというマルグリット・ド・ナヴァールです。マチルドはそういう激しい生き方をしたいと思っていたからこそジュリアンに惹かれたのです。

レナール夫人とマチルドは「やさしさ」と「激しさ」というジュリアンの二面性に対応しているので

はないでしょうか。まったく違うタイプの女性に惹かれたのは決して気が多いからではなく、ジュリアンの中に「やさしいジュリアン」と「激しいジュリアン」がいて、「やさしいジュリアン」はレナール夫人を求め、「激しいジュリアン」はマチルドを求めたからではないでしょうか。

結末はぼかすというルールを課したので詳しくは書きませんが、ジュリアンは最終的にレナール夫人を選びます。このことはとても重要に思えます。「やさしいジュリアン」が「激しいジュリアン」を上まわったということを示しているからです。ジュリアンはなんとしても出世したいという強い野心をもって社会に乗り出し波瀾万丈の人生を送ります。それはもちろん、ジュリアン自身が望んだことです。しかし、ジュリアンはそういう激しい生き方に向いた人間ではなく、どこか静かな田舎で愛する女性とのんびり暮らすことに向いた人間だったのです。その意味ではジュリアンは長い旅路の果てに本当の自分を取り戻したと言えるかもしれません。

『赤と黒』はジュリアンの自我の分裂——われわれはそれを「理想自我」と「現実自我」の分裂と呼ぶことができるでしょう——のドラマです。ジュリアンは冷酷な策略家を気取りますが、実際は情熱的であると同時に繊細な感受性の持ち主です。レナール夫人もマチルドもそれを見抜いたからこそジュリアンを本心から愛したのでしょう。ふたりは物語の結末でそれぞれにふさわしい形でジュリアンへの愛を貫くことになります。

スタンダールはほかにも『パルムの僧院』という恋愛小説の傑作を書いています。パルムの貴族の青年ファブリス・デル・ドンゴが、情熱に駆られてナポレオン軍に参加しようとしたことがきっかけで政争に巻き込まれ、投獄された刑務所の所長の娘と恋におちるという物語です。是非こちらもあわせてお読みください。

✽バルザックと「人間喜劇」

では次にバルザックの『ゴリオ爺さん』をみてみましょう。

バルザックは山っけが多いというのでしょうか、ひと山当てて大金持ちになってやろうとさまざまな事業に手を出しては失敗して借金を重ね、借金を返すために一日五十杯もコーヒーを飲みながら小説を書いたと言われています。また、本や雑誌を出すときには校正という作業をします。刷った原稿をチェックする作業で、誤字・脱字を修正するほか、多少文章をいじることもあります。バルザックは常識では考えられないほど大幅な書き換えをして、ときには物語のすじを変えてしまうほどで、印刷屋を困らせたというエピソードも残っています。

バルザックは生涯で長篇・短篇あわせて百近い小説を書き、「人物再登場」という手法を使ってひとつにまとめています。「人物再登場」とはある小説の登場人物を別の作品にも登場させるという手法で、バルザックはそれによって作品相互に関連性をもたせ、ひとつひとつの小説はもちろん独立しており個別の作品として読めるが、全部を読めばそこに王政復古期のフランス社会全体が浮かび上がるようにしたかったのです。そのようにして書かれた作品群が「人間喜劇」です。

日本語にしてしまうとよくわからなくなってしまいますが、「人間喜劇」というタイトルは、ダンテの『神曲』からきています。『神曲』はフランス語では Comédie divine すなわち「神の喜劇」、「神聖喜劇」といいますが、バルザックはそれをもじって自分の作品群を Comédie humaine「人間の喜劇」と名付け、ダンテが『神曲』であの世――天国や地獄――の諸相を描き出したように、「人間喜劇」でこの世の諸相を描き出そうとしたのです。

『ゴリオ爺さん』は冒頭から数十ページにわたり延々と舞台となるヴォケー館やその女主人についての描写が続くため、そこで読むのをやめてしまう人も少なくないようです。そこさえ我慢して読み続ければ、血湧き肉躍る物語と出会えるのですから、斜め読みでもいいので是非読み続けて欲しいと思いますが、描写が多いのには理由があります。

✽『ゴリオ爺さん』――運命の交錯

現代人は良くも悪くもヴィジュアル文化の中で生きています。人でもものでもあっという間に画像で見られるのですから、ことばで読むのはまどろっこしくて仕方ありません。しかし、当たり前の話ですが十九世紀にはテレビもパソコンもＤＶＤもありません。イメージを喚起するにはせいぜい絵があるくらいで、あとはことばに頼るほかなかったのです。十九世紀にはまた、人間の内面は必ず外見にあらわれるはずだという考え方がありました。人物の外見や服装、住居、持ち物は、その人自身をあらわすものであり、その人柄を知る重要な手がかりだったのです。

『ゴリオ爺さん』はゴリオという老人とラスティニャックという青年の運命の交錯を描いた物語です。物語の中心となるのはパリにあるまかないつきの下宿ヴォケー館です。この下宿に住むウージェーヌ・ド・ラスティニャックはトゥールの貧乏貴族の息子で、パリで法律を学んでいます。出世のためには有力な貴族の夫人の寵愛を受けることが必要であると教えられた彼は、遠縁にあたる貴族ボーセアン夫人の後ろ盾を得て、銀行家ニュシンゲン男爵の夫人デルフィーヌに取り入り、愛人となります。ラスティニャックは自分と同じヴォケー館に住んでいる哀れな老人ゴリオがデルフィーヌの父親であることを知ります。

ゴリオは革命期に財をなした商人であり、妻の死後、引退し、ふたりの娘のひとりは大貴族に、もうひとりは銀行家に嫁がせ、あとは悠々自適の生活を送るはずでした。しかし、娘たちは結婚後もゴリオに金の無心をします。

ゴリオは娘かわいさに言われるままに金を与え続け、莫大な財産もついには底をついてしまいます。その結果、娘がきらびやかな生活を送る一方で、その父親はみじめな暮らしをしているのです。ゴリオはラスティニャックがデルフィーヌの愛人になったことを喜びます。ラスティニャックと娘の話ができるからです。こうして老人と青年の間に奇妙な絆が生まれます。

ところが娘にさらなる無心をされたゴリオは心労のあまり倒れてしまいます。いまにも息を引き取りそうなゴリオを見て、ラスティニャックはふたりの娘にすぐに来るよう伝えます。はたして娘たちは父親の死に目に間に合うのか、それとも……というところですが、それはみなさん自身の目でたしかめていただきたいと思います。

✽ゴリオの物語——「父性のキリスト」

すでに書いたように『ゴリオ爺さん』はゴリオとラスティニャックの運命の交錯の物語です。したがって、ゴリオに注目する読み方とラスティニャックに注目する読み方の両方が可能です。

ゴリオに注目するならば、この作品は裏切られ続ける父性愛の物語と言えるでしょう。ゴリオは決してお人好しではありません。革命期には危ない橋も渡ったしあくどいこともしたはずです。だからこそ一介の商人にすぎなかった彼が財をなすことができたのです。しかし同時に、妻を愛し、ふたりの娘を愛する家庭的な人物であり、妻の死後は娘の幸せだけを願って生きてきました。だから娘がどんな無理なことを言ってもゴリオはそれに応えてやります。ゴリオのことをまだよく知らない頃、ラスティニャックは老人が部屋でなにやら力仕事をしているのを見て驚きます。ラスティニャックにはわかりませんが、ゴリオは手元に残っている数少ない銀の食器をつぶして娘のために売ろうとしていたのです。

しかし、彼の愛は報われません。娘は感謝のことばもそこそこに金を受け取るとさっさと帰ってしまうのです。もちろん、娘にも事情はあります。ふたりはゴリオに莫大な持参金を与えられて結婚したのですが、その金は夫が自分のものにしてしまいました。だから、きらびやかな生活とは裏腹に家計は火の車だったのです。

娘たちはまたゴリオを自宅に来させたがりません。ゴリオが娘に会いに行くときは、使用人かなにかのようにこそこそと裏口から出入りします。しかし、それにも訳があります。ゴリオは娘の幸せを願って、長女のアナスタジーは古くからの貴族であるレストー伯爵に、次女のデルフィーヌはナポレオン時代に爵位を受けた新興貴族で銀行家のニュシンゲン男爵に嫁がせたのですが、王政復古の社会の体制側にたつレストーやニュシンゲンにとって、革命で財をなした成金のゴリオは非常にけむたい人間であり、親しく交わりたくない人間だったのです。ここには王政復古という時代の特徴があらわれていますが、それを認めたとしても娘たちの態度は許せるものではありません。

ゴリオは娘たちを溺愛していますが、決して盲目になっているわけではありません。彼は娘たちの冷淡さを十分意識しています。ただそれを認めたくないのです。死の床で錯乱したゴリオは娘たちに会いたいと言いながら、同時に娘たちがどんな人間かずっと前からわかっていたと言い、「娘たちはわしなんぞ愛していない。一度たりとも愛したことなぞないんだ。それははっきりしている。［……］あいつらは恥知らずの悪党だ。憎んでやる。呪ってやる」と呪詛のことばを投げたかと思えば、娘たちはゴリオに会いに来たがっているのに婿たちがその邪魔をしていると言い出し、娘たちに祝福を贈ります。娘への愛に生きすべてを犠牲にしたゴリオは「父性のキリスト」と呼ぶにふさわしい人物でしょう。

✿ラスティニャックの物語――青年の成長の記録

一方、ラスティニャックに注目して読むならば、『ゴリオ爺さん』はひとりの青年の成長を描いた物語と言えるでしょう。ラスティニャックは良く言えば純真、悪く言えば世間知らずの青年です。彼は出世を夢みて田舎からパリに出て来ました。野心をもっているという点では『赤と黒』のジュリアン・ソレルと同じですが、ラスティニャックが出世を望むのは自分のためという以上に、故郷に残してきた母親や妹のためです。

ラスティニャックは当初、しっかり勉強しさえすれば出世の道が開けると考えていました。しかし、王政復古期はそんな時代ではありません。出世のためには有力な貴族の夫人の寵愛を受けることが必要だと教えられた彼は、レストー伯爵夫人に会いに行きますが、社交界の作法やしきたりを知らないためにすっかり馬鹿にされ、寵愛を受けるどころか体よく追い返されてしまいます。

この失敗に懲りてボーセアン夫人の忠告を聞いたラスティニャックは、今度はニュシンゲン男爵夫人に会いに行き、夫人に気に入られます（ラスティニャックが会いに行ったふたりの女性が偶然ゴリオのふたりの娘であるというのはできすぎた話ですが、それは問わずにおきましょう）。

それと前後する形でラスティニャックは、同じヴォケー館に住むヴォートランという男からある計画をもちかけられます。曰く、ヴォケー館に住んでいるヴィクトリーヌという女性はある大貴族の落としだねだが、父親は息子に全財産を残すために認知を拒んでいる。ついてはこのかわいそうな女性を救うため結婚してもらえないだろうか。ふたりが結婚したあかつきには、息子を事故か病気にみせかけて殺してあげよう。跡継ぎを失った貴族はヴィクトリーヌを認知するに違いない。そうなれば、ラスティニャックは莫大な財産の相続人になることができるというのです。

そんなおそろしいことはできないとラスティニャックは一旦は断りますが、心が動かないではありません。しかし、幸いにと言うべきか不幸にもと言うべきか、おたずね者であったヴォートランは、ラスティニャックがためらっているうちに、ヴォケー館の別の住人の密告により警察に逮捕されてしまいます。

ラスティニャックはゴリオと並んでこの物語の主人公ですが、決して行動的な人間ではありません。たしかに彼はデルフィーヌの愛人になりますが、ボーセアン夫人に教えられた通りにしただけであり、いわばマニュアル通りに恋をしただけです。ヴォートランのたくらみもラスティニャックの意志とはまったく別のところで頓挫《とんざ》したにすぎません。

ヴォートランは逮捕され、ゴリオは死に、後ろ盾だったボーセアン夫人もまたある事情でパリの社交界を離れることになります。周囲ではさまざまな出来事が起こりますが、すべて追いつけないほどのスピードで起こるため、ラスティニャックはただ傍観しているだけです。しかし、それが彼を教育し人格を形成します。『ゴリオ爺さん』はラスティニャックという青年がさまざまな出会いを通して大人になる過程を描いた作品なのです。

「これからは俺とお前の勝負だ」

物語はペール・ラ・シェーズの墓地にゴリオを埋葬したラスティニャックが暮れなずむパリの街を見下ろして「これからは俺とお前の勝負だ」と言う有名な場面で終わります。ラスティニャックはパリの上流階級に対して敢然と戦いを挑んでいるわけです。彼はゴリオの仇を討とうとしているのでしょうか。それともゴリオのようにならないために非情に徹して出世の階段をのぼろうとしているのでしょうか。いずれにせよ、それまで傍観者であった彼がようやく動き出そうとするまさにその瞬間に物語が終わるというのは心憎いかぎりです。

傍観者であるという点ではラスティニャックは『グレート・ギャツビー』の語り手ニック・キャラウェイに似ていると言えるかもしれません。田舎からニューヨークに出てきたニックはギャツビーという大きな情熱をもった人間を観察して上流社会の醜さを知り、故郷に帰ることを決意します。ゴリオという「父性のキリスト」を観察する機会をもったラスティニャックも同じようにできたはずです。しかし、ラスティニャックは自らを汚すことを恐れず、あえて泥沼の中で生きていくことを選択するのです。

物語はそのあと一文だけ続きます。「そして社会に対する挑戦の最初の行為として、ラスティニャックはニュシンゲン夫人の屋敷へ晩餐を取りに行った」というのがそれです。なんだ言っていることとやっていることが違うじゃないか、せっかく名文句を吐いたのにこれでは台無しだとお思いでしょうか。しかし、それこそがバルザックの本領発揮ではないかと思います。

ラスティニャックの決意に嘘はありません。しかし、現実を考えれば、いまの彼にできることはかぎられています。出世の階段を一気に駆け上がることなどできません。できるならとっくの昔にそうしています。彼にできるのはデルフィーヌとの関係を出世の手段として利用することだけなのです。

その意味では「ラスティニャック」が「ニュシンゲン夫人」の屋敷へ晩餐を取りに行ったという言い方は注目に値します。私はずっとラスティニャックという呼び名で通してきましたが、小説の中では彼はラスティニャックと姓（ファミリーネーム）で呼ばれたり、ウージェーヌと名（ファーストネーム）で呼ばれたりします。それはデルフィーヌも同じで、時に応じてニュシンゲン夫人と呼ばれたりデルフィーヌと呼ばれたりしています。ひとを姓で呼ぶか名で呼ぶかではニュアンスが異なります。ウージェーヌとかデルフィーヌという名は個人のものであるのに対し、ラスティニャックとかニュシンゲンという姓は家のものです。「ウージェーヌ」が「デルフィーヌ」に会いに行くのは私的な訪問――男が恋人に会いに行くこと――を意味しますが、「ラスティニャック」が「ニュシンゲン夫人」を訪問するのはそれとは別のものを意味します。

ラスティニャックは出世の糸口をつかむためにデルフィーヌに近づきましたが、それでも彼なりに本気でデルフィーヌを愛していたのだと思います。しかし、ラストシーンのラスティニャックは違います。彼がニュシンゲン夫人を訪問するのは、出世の手段としてのビジネスライクな訪問でしかありません。

最後の一文はラスティニャックの中にあったはずのデルフィーヌへの愛が死んでしまったことを示すものと考えることができます。

✿『赤と黒』と『ゴリオ爺さん』

『赤と黒』と『ゴリオ爺さん』はどちらも王政復古期の閉塞した社会の中で出世を願う野心家の青年の物語です。しかし、その描き方はまったく異なっています。

『赤と黒』では最初から最後まで主人公ジュリアン・ソレルにスポットライトが当たっています。物語の舞台はレナール家から神学校へ、神学校からラモール侯爵家へと変わっていきますが、ジュリアン対社会という根底にある構図は変わりません。主役はつねにジュリアンであり、レナール氏もピラール神父もラモール侯爵も、さらにはレナール夫人やマチルドでさえも脇役にすぎません。『赤と黒』は個人と社会の対立を描くきわめて個人主義的な物語と言えるでしょう。

一方、『ゴリオ爺さん』では複数の人やものにスポットが当たっています。ゴリオとラスティニャックというふたりの主人公がいるというだけではありません。そこにはさまざまなレベルで対比や対立がみられるのです。大きな枠で言うと、物語の舞台となるパリとラスティニャックの故郷トゥールの間には都会と田舎の対比がみられますし、ゴリオとそれ以外の人物の間には純粋／不純の対比がみられます。ゴリオやラスティニャックが住んでいるヴォケー館は、ゴリオの娘たちが住んでいる上流社会と対比されると同時に、ヴォートランが巣食っている犯罪社会とも対比されます。ラスティニャックにとってヴォケー館はあくまで通過地点にすぎません。彼が出世するためにはデルフィーヌの愛人となるか、ヴィクトリーヌと結婚するかしかありませんが、デルフィーヌの愛人になる手助けをするのはボーセアン夫人、ヴィクトリーヌと結婚する手引きをするのはヴォートランで、このふたりはともにラスティニャックの「導き手」であると言えるでしょう（ヴォートランはラスティニャックを悪事に誘っているのですから「導き手」と言うのはいささかはばかられますが、悪事に手を染めることもまた出世の手段であることはたしかです）。そう考えるならば、ふたりの導き手が、一方は逮捕され、もう一方は名誉を失って、ラスティニャックのもとを去って行くというのもなにやら因果めいてみえます。ゴリオのふたりの娘アナスタジーとデルフィーヌはともに貴族に嫁ぎますが、アナスタジーと結婚したレストー伯爵は革命以前からの貴族、デルフィーヌと結婚したニュシンゲン男爵はナポレオン時代に爵位を買った新興貴族で、ここにも対比がみられます。だとすれば、アナスタジーが黒髪、デルフィーヌが金髪というのも決して偶然ではないように思えます。

スタンダールもバルザックも王政復古期の閉塞した社会を克明に描き出そうとした点では同じです。しかし、ふたりのスタンスには違いがあります。スタンダールは徹底した個人主義者です。彼が描こうとしたのは社会と戦う個人であり、その戦いの中で敗れていく個人の姿です。彼の心情や関心は明らかに個人の側にあります。それに対してバルザックの関心は社会の側にあります。バルザックは人間たちが織りなす複雑な関係の網を描くことによって社会を描き、その病巣を明らかにしようとしたのではないでしょうか。

すでに書いたように『ゴリオ爺さん』はラスティニャックが社会に挑戦するところで終わっています。ふつうならその後ラスティニャックがどうなるかは読者の想像にゆだねられるところですが、バルザックの「人間喜劇」では同じ登場人物が別の作品にも登場します。ラスティニャックはこの後『幻滅』や『娼婦の栄光と悲惨』に登場し、われわれは彼が出世の夢を実現したのを知ることになります。この二つの作品にはヴォートランも登場します。彼は『ゴリオ爺さん』で逮捕されたあと、監獄に送られますが脱獄し、神父に変装して、ラスティニャックと同じく出世を夢みて田舎からパリに出て来た青年リュシアン・ド・リュバンプレを悪事に誘うのです。ラスティニャックはたまたまヴォートランが逮捕されたために彼の計画にのらずにすみますが、苦境に陥ったリュシアンはのってしまいます。リュシアンは「もうひとりのラスティニャック」と呼ぶべきかもしれません。

『幻滅』と『娼婦の栄光と悲惨』は『ゴリオ爺さん』とあわせて「ヴォートラン三部作」と呼ばれています。ラスティニャックのその後を知る意味でも、「もうひとりのラスティニャック」の運命を知る意味でも、是非あわせてお読みください。

ジュリアン・ソレルとウージェーヌ・ド・ラスティニャックは、野心家であると同時に純粋で繊細な青年です。恋という観点から言うと、ジュリアンは恋に生き恋に死ぬ男です。ラスティニャックは恋にあこがれ恋に幻滅する男です。恋に生きたジュリアンは破滅し、恋に幻滅したラスティニャックが出世するというのは非常に皮肉な話ですが、ある意味では王政復古期のフランス社会の現実を、さらには時代や国を越えて人間社会の本質を映していると言うべきなのかもしれません。

コラム3　フランス革命から王政復古・百日天下へ

一七八九年七月十四日、民衆がパリのバスティーユにあった監獄を襲ったことをきっかけにフランス革命が勃発、一七九二年には国民公会で共和政が宣言され、翌九三年一月には国王ルイ十六世が革命広場（現在のコンコルド広場）でギロチンにかけられて処刑され、王妃マリー・アントワネットも十月に同じ運命をたどりました。

政敵を次々と粛正し恐怖政治を敷いたロベスピエールが一七九四年にテルミドールの反動で失脚し処刑されたあと、権力を手中に収めたのはコルシカの小貴族であったナポレオン・ボナパルトでした。ナポレオンは一七九九年十一月にクーデターにより統領政府の第一統領となり、一八〇四年には皇帝の座にのぼりつめます。ナポレオンを恐れた周辺諸国は彼を軍事的に封じ込めようとしますが、戦争の天才たるナポレオンは連戦連勝を続けます。しかし、一八一二年、ロシア遠征に失敗したのがケチのつきはじめで、翌一八一三年にはライプチヒの戦いでプロイセン・オーストリア・ロシア同盟軍に敗れて、地中海のエルバ島に追放されることになります。

翌一八一四年、ルイ十六世の弟、ルイ十八世が帰国して国王になり、再びブルボン朝による王政が敷かれます。これが王政復古です。一方、ナポレオンは一八一五年にエルバ島を抜け出し、パリで復位を宣言しますが、ワーテルローの戦いでイギリス・プロイセン・オランダ連合軍に敗れ、今度は南大西洋のセントヘレナ島に幽閉されることになります。わずか三カ月強に終わったナポレオンの復位を百日天下と言います。

第８章　プラトニックな不倫？

バルザック『谷間の百合』（一八三六）、フロベール『感情教育』（一八六九）、ラディゲ『ドルジェル伯の舞踏会』（一九二四）

✿独身男性と既婚女性の恋愛

私は第２章でラファイエット夫人の『クレーヴの奥方』をとりあげて「プラトニックな不倫」の話をしました。同じテーマを扱った作品はその後もいくつかあります。日本文学でいう「本歌取り」と言えなくもないでしょうが、実際に独身男性と既婚女性が恋におちることが多かったという社会的背景も影響しているように思えます。前にも書きましたが、独身の男女が自由に恋愛して結婚することが可能になるのはせいぜい十九世紀の終わりか二十世紀の初めです。それまでは結婚というものは家と家、財産と財産の結合であり、本人の意志とは関係なく親が決めるものでした。特に女性は自宅で家庭教師をつけられるか修道院で教育を受けるかで、社交界にデビューしたかと思うとすぐに結婚しました。つまり独身の男女が知り合う機会などまったくなかったのです。女性が男性と知り合うことができるのは結婚後のことでした。その結果、どうしても独身男性と既婚女性という組み合わせが多くなるのです。

ここでは独身男性と既婚女性のプラトニックな恋愛を描いた作品としてバルザックの『谷間の百合』、フロベールの『感情教育』、ラディゲの『ドルジェル伯の舞踏会』の三つをとりあげることにします。

❀『谷間の百合』――フェリクスとアンリエットの恋

ではまずオノレ・ド・バルザックの『谷間の百合』をみてみましょう。バルザックは『ゴリオ爺さん』に続いて二度目の登場になります。

主人公は家族から愛されず学校にもなじめず孤独な少年期を過ごしたフェリクス・ド・ヴァンドネスという貴族の青年です。フェリクスはある夜会に出席したとき、美しい女性と出会い、思わず彼女の肩に口づけをします。女性は驚いて逃げてしまったので、そのときはそれ以上何も起こりません。

その後、フェリクスは体をこわし田舎の知人の館に静養に行きます。貴族同士のよしみで隣りの領地に住むモルソフ伯爵の館を訪問したところ、そこにいたのは夜会で出会った女性でした。フェリクスが肩に口づけした女性は、モルソフ伯爵の奥方アンリエットだったのです。

フェリクスはモルソフ伯爵と交際を始め、一家の親友となります。伯爵は性格的に少し変わったところがあり、アンリエットは不幸な結婚生活を送っています。フェリクスは彼女に思いを打ち明けます。アンリエットは彼の気持ちを受け入れながらも、道にはずれたことはできないと言ってあくまで友情の枠内にとどまることを求めます。

フェリクスは彼女の願いを聞き入れて恋の炎を抑え、友情で満足しようとします。やがて彼はアンリエットの後ろ盾でパリに出て、国王に気に入られて高い地位につきます。そうなると女性が彼をほうっておきません。フェリクスはずっとアンリエットに操《みさお》をたてていましたが、ついにダッドレー夫人という美貌のイギリス人女性を愛人にします。

フェリクスはアンリエットからの便りがとだえたのを心配して、彼女に会いに行くことにします。ダッドレー夫人はことば巧みにフェリクスをまるめ込み旅行に同行します。フェリクスはダッドレー夫人を近くの町の宿に残してアンリエットに会いに行きますが、そこから物語は悲劇的な結末へと向かいます……。

歴史の中の『谷間の百合』

すでに述べたように、バルザックは王政復古期のフランス社会をくまなく描き出すために百近い長短篇からなる「人間喜劇」を書きました。『谷間の百合』も「人間喜劇」の一部です。この作品はバルザックの出身地でもあるフランス中部のトゥレーヌのクロシュグールドを主要な舞台としており、『谷間の百合』というタイトルは人里離れた山あいに咲いた一輪の百合のように素朴だが美しいアンリエットを指していますが、決して時代の流れと無関係ではありません。

モルソフ伯爵は王党派の貴族であり、革命期には外国に亡命して食べるものにもこと欠くような苦しい生活を送っていました。伯爵は王政復古によって地位と財産を取り戻しますが、彼の心の傷は癒えず、性格的に問題があるのも田舎に引きこもっているのもおそらくそのせいだろうとフェリクスは推測しています。

また、フェリクスが宮廷で高い地位につくことができたのは、王党派の名門貴族の出であるアンリエットの口添えがあったからですが、ナポレオンの百日天下の際、ベルギーのゲントに逃れた国王ルイ十八世に同行して王に仕えたからでもあります。『谷間の百合』は一見したところ田舎を舞台に牧歌的なテーマを扱った物語にみえますが、実は王政復古という時代の中にしっかりと組み込まれた作品なのです。

『谷間の百合』はまたバルザックの個人史も反映しています。バルザックは決して自分という人間や自分の経験を前面に出すタイプの作家ではありませんが、『谷間の百合』は「人間喜劇」の中で最も自伝的要素が濃い作品のひとつです。主人公フェリクスは家族に愛されず孤独な少年時代を送りましたが、それは母親に愛されずわずか八歳で寄宿学校に送られたバルザックの生い立ちとよく似ています。また、バルザックは二十二歳のときにベルニー夫人という四十四歳の女性と出会い恋におちました。フェリクスがアンリエットと知り合うのはフェリクス二十一歳、アンリエット二十八歳のときですから、女性の年齢にはかなり開きがありますが、『谷間の百合』がこの経験を下敷きにしていることは明らかでしょう。

バルザックとベルニー夫人は決してプラトニックな関係ではなかったようですから、かなりの変形が施されているものと思われますが、『谷間の百合』が出版されたときすでに病に臥していたベルニー夫人はこの作品を読んで絶賛し、若く無名だったバルザックの才能を認めて彼を愛したのは間違っていなかったと確信して息を引き取ったと伝えられています。

✽アンリエットとダッドレー夫人

フェリクスが愛したふたりの女性、アンリエットとダッドレー夫人は対照的なタイプの女性です。田舎に住むアンリエットは、素朴でやさしく献身的で道徳心の高い良妻賢母型の女性であり、母性的な女性です。事実、彼女にはマドレーヌとジャックというふたりの子どもがおり、フェリクスを「三人目の子ども」として愛していると言います。もちろんそれは肉体的な意味でフェリクスの恋心に応えられないことへの言い訳でもあるのでしょうが、彼女のフェリクスへの想いの中に母性的なものがあることはたしかでしょう。また、そういう女性だからこそフェリクスはアンリエットに惹かれたのではないかと思います。母親に愛されなかった彼は心の底で母性的なものを求めていたのです。

一方、ダッドレー夫人は、娼婦型というのは少しはばかられますが、洗練された都会的な美しさをもつ妖艶な女性です。「夫人」というくらいですから彼女も結婚していますが、夫も彼女も互いの了解のもと自由に愛人をつくっています。ダッドレー夫人はアンリエットのことを知りながらフェリクスに近づきます。いや、むしろそれを知っているからこそフェリクスを誘惑したように思えますから、なかなかしたたかな女性です。

ダッドレー夫人はフェリクスとアンリエットの美しい恋の邪魔をする敵役です。そのことと夫人がイギリス人であることは無関係ではないように思えます。歴史をひもとけば、イギリスとフランスは長年にわたり激しいライバル関係にありました。『谷間の百合』の中にも「フランスとイギリスはいつだって仇同士だったではありませんか。［……］広い海が両国をへだてています。冷たい海、嵐に荒れ狂う海が」というセリフがあります。

ゾラの『ナナ』の競馬場のシーンでナナという名前のフランスの馬が勝ったことに人々が熱狂する場面をとりあげましたが、それはイギリスの馬が勝ち続けていたなかでフランスの馬が勝ったことに愛国心を刺激されたからです。『谷間の百合』は『ナナ』の四十年以上前に書かれた作品ですが、国民感情にさして変わりはありません。排外的と言われると困ってしまいますが、バルザックは一般の国民の中に根づいているイギリスに対する敵愾《がい》心をうまく利用しているのではないかという気がします。当時のフランス人読者は素朴で貞淑なフランス人アンリエットに肩入れして、都会的で淫蕩《いんとう》なイギリス人ダッドレー夫人を憎み、ふたりの間で揺れ動くフェリクスにハラハラドキドキしながら、この小説を読んだのではないかと思います。

霊と肉の相克

フェリクスは精神的にはアンリエットを愛していますが、肉体的にはダッドレー夫人に惹かれています。いいかげんな男だと切り捨てることももちろん可能ですが、人間というのはそういうものではないでしょうか。フェリクスのアンリエットへの愛は決して偽りではありません。フィクションに「もしも」をもち込むのはナンセンスですが、アンリエットが肉体的に彼の愛に応えてくれれば、ダッドレー夫人の色香に迷うこともなかったでしょう。フェリクスの中には人間の根源的な葛藤のドラマ――心と体、霊と肉の相克のドラマ――がみられます。

そのことは『クレーヴの奥方』と比べてみれば明らかです。クレーヴの奥方はヌムール公を愛しながらも指一本触れることさえ許しません。奥方のそんな気持ちをヌムール公は最大限に尊重しますし、作者のラファイエット夫人はそういう奥方の生き方を無条件で良しとしています。バルザックもまたアンリエットの生き方を良しとしています。しかし同時に、それは現実には実行不可能である、あるいはたとえ可能であるとしても決して幸福にはつながらないものであると考えているようです。

フェリクスに愛人がいることを知ったアンリエットは激しい嫉妬に苛まれます。物語の最後で読者はアンリエットもまた心と体、霊と肉の間で葛藤していたことを知ります。アンリエットは徳が高く美しい心をもった淑女ですが、天使でも聖女でもありません。肉も欲もあるひとりの女なのです。クレーヴの奥方は道徳的な模範を示すような理想的な人物ですが、それだけに現実離れした観念的な人物でもあります。その点ではヌムール公やクレーヴ公も同じです。バルザックは『谷間の百合』で『クレーヴの奥方』と同じような状況を扱いながら、そこに等身大の人物を配置して、より現実味のある物語をつくりあげたと言えるでしょう。

✽書簡体小説としての『谷間の百合』

『谷間の百合』はフェリクスが書いた長い手紙を中心とする書簡体小説です。フェリクスはナタリー・ド・マネルヴィルという女性と恋愛中で、ときどきもの思いに沈んだ様子をしているのはなぜかとナタリーに尋ねられ、それに答えるために手紙を書くという設定なのですが、フェリクスが手紙の中で語る物語があまりにも長いため、大抵の読者はそれが手紙であることを忘れてしまいます（フェリクスは手紙の中で「ではまた今夜」と書いています。それを素直にとれば、彼は午後の数時間でこの長い手紙を書いたことになります。実際にはありえないことですが、そこは突っ込んでも仕方がないでしょう）。

フェリクスの長い手紙のあとにはナタリーの短い返信が添えられ、エピローグ――というよりオチ――のはたらきを果たしています。手紙を読んだナタリーはすっかり腹をたてて、もうフェリクスと会いたくないと書いています。ナタリーは恋人にこんな話をするのは最低だとフェリクスを責め、モルソフ夫人とダッドリー夫人の両方を兼ねることなど自分にはできないしする気もない、今後恋人ができてもこんな話は絶対にしてはいけないとフェリクスをいさめます。フェリクスからすれば尋ねられたから正直に答えたまでだということになるのかもしれませんが、これはどう考えてもナタリーの言い分が正しいでしょう。誰だって恋人からこんな話を聞かされたら不愉快になるに決まっています。恋人の過去の恋愛について知りたがる人間は男女を問わずいると思いますが、そういうときは適当にぼかしておくのが礼儀というものです。

なぜバルザックはこんな皮肉な結末をつけたのでしょう。どんなに美しい恋物語を書いても、これではつや消しもいいところです。しかし、それがバルザックのすぐれた現実感覚というものではないでしょうか。

『マノン・レスコー』や『カルメン』について、枠物語という形式が物語を相対化していると私は言いました。『谷間の百合』もフェリクスが書いた物語をナタリーが読むという意味では、枠物語の形式をとっていると言えます。『マノン・レスコー』や『カルメン』の「わたし」が善意の第三者――中立の立場にある聞き手――であるのに対して、ナタリーは批判的な読み手です。したがって『谷間の百合』の方が相対化の度合いは高いと言うべきでしょう。

フェリクスにとってアンリエットとの恋の思い出はなにより大切なものです。しかし、それはあくまで本人にとって大切だというだけで、他人にとっては必ずしもそうではありません。なかには不愉快に思う人もいるはずです。フェリクスの物語は彼の孤独な魂の叫びと言えますが、魂の叫びが万人に理解されるとはかぎらない――むしろ黙殺されたり批判されたりする危険性をつねに含んでいるということをこの結末は示しているのではないでしょうか。バルザックはフェリクスの個人的かつ感傷的な物語にナタリーという人物を対置させることによって、現実のもつ重層性を表現しているように思えます。

そしてまた『谷間の百合』が自伝的要素を含んだ小説であることを考え合わせるならば、バルザックがいかに冷徹な作家かがわかるような気がします。バルザックはこの作品の主人公であり語り手でもあるフェリクスに同一化して、自らが若いときに経験したベルニー夫人との恋の物語を――おそらくはかなり美化した形で――語っているわけですが、そのような感傷に酔ったバルザックの背後には、自らの感傷を笑い批判する冷酷なバルザックがいるのです。これこそまさに「人間喜劇」の作者にふさわしい創作態度ではないでしょうか。

『谷間の百合』は美しい純愛物語です。しかし、そこには美しい物語を美しいままで終わらせず現実的なもの、さらには卑俗なものに引き戻す作者の姿勢がみられます。そのような卑俗化は二段構えで行なわれます。第一段階としてフェリクスやアンリエットは肉欲をもった生身の人間として描かれ、第二段階としてふたりの恋物語はナタリーから批判されることになるのです。しかし、それはフェリクスとアンリエットの恋を否定するものではありません。むしろそのような卑俗な現実が描かれているからこそ、ふたりの恋は輝きを増していると言えるでしょう。

では次にギュスターヴ・フロベールの『感情教育』をとりあげましょう。「感情教育」というのはあまり聞き慣れないことばかもしれませんが、若者が恋をすることによって人間の心の機微を学んでいくという程度の意味です。

✽『感情教育』――フレデリックとアルヌー夫人の恋

主人公は田舎からパリに出て来たフレデリック・モローという野心家の青年です。一八四〇年九月、十八歳のフレデリックはセーヌ川を渡る船の上で美しい人妻アルヌー夫人と出会い恋におちます。その後、偶然アルヌー夫妻の居所を知った彼は、夫人に近づきたい一心で夫妻と交際を始めます。不幸な結婚生活を送っているアルヌー夫人はフレデリックに惹かれていますが、貞淑の美徳から彼の求愛を拒み続けます。

おわかりかと思いますが、このあたりのシナリオは『谷間の百合』と非常によく似ています。実際、フロベールはバルザックを敬愛しており、ノートに「『谷間の百合』から遠ざかること。『谷間の百合』を警戒すること」と記しています。おそらくフロベールは『谷間の百合』とよく似たテーマを扱いながらそれとは違う作品を書こうと腐心していたのでしょう。ともあれ、ひとつ大きく違うのは、『谷間の百合』のフェリクスやモルソフ夫妻が貴族であるのに対し、フレデリックやアルヌー夫妻はブルジョワであることです。『谷間の百合』は王政復古期（一八一四～一八三〇年）を描いた小説ですが、『感情教育』は二月革命（一八四八年）前後を描いた小説です。そのような時代の違いが登場人物の身分の違いにあらわれているように思えます。

フレデリックは一時期、経済的な理由からパリを離れ故郷の町に帰りますが、伯父の財産を相続して再びパリにのぼりアルヌー夫人と再会します。夫人はついにフレデリックの求愛を拒みきれなくなり密会の約束をします。フレデリックは夫人のために家具付きの部屋を借り、花だの香水だのレースのベッドカバーだのスリッパだのを用意して部屋を整えます。しかし、約束の時間になっても夫人はやって来ません。子どもが急に病気になってしまったのです。約束をすっぽかされたフレデリックは翌日、アルヌー夫人のために用意した部屋に別の女性を連れ込み一夜をともにします。その夜が明ける頃、パリの街に銃声が轟き、二月革命が始まります……。

✿徹底した卑俗化

物語はこのあともまだまだ続きますが、このあたりで一旦あらすじの紹介はおきましょう。

『谷間の百合』と同じく、『感情教育』は作者の自伝的な要素が見られる作品です。フロベールは一八三六年、十五歳の夏にトゥルヴィル・シュール・メールでエリザ・シュレザンジェ夫人という二十六歳の女性と出会い恋におちます。ふたりが愛人関係にあったかどうかは定かではありませんが、その後フロベールはパリで夫妻と親しく付き合い、夫妻がドイツに移住したあとも手紙のやりとりを続けます。このシュレザンジェ夫人こそがフロベールの終生の女性であり、『感情教育』のアルヌー夫人のモデルと言われる人物です。

アルヌー夫人はフランス文学のヒロインの中で最も魅力的な女性のひとりと言われています。しかし、フロベールは決して自らの過去を美化するようなことはしません。バルザックと同じく――いやバルザック以上に――彼は物語を卑俗な現実に引き戻します。主人公のフレデリックはたしかに若者らしい純粋さと細やかな感性をもった人物ですが、同時に平気で友だちを裏切るような卑劣な人間でもあります。アルヌー夫人のために用意した部屋に別の女を連れ込むのも、自分を裏切った夫人への間接的な復讐のつもりかもしれませんが、やはり不誠実のそしりを免れないのではないかと思います。フレデリックはまたアルヌー夫人を心から愛している一方で、アルヌーの愛人であった高級娼婦ロザネット（フレデリックがアルヌー夫人のために用意した部屋に連れ込むのはこの女性です）や銀行家のダンブルーズの妻とも愛人関係をもち、故郷ノジャンに住むロック爺さんの娘ルイーズとは婚約までします。

私生活においてだけでなく公生活においてもフレデリックはダメな男です。彼は有力者を頼ってポストを求めたこともありましたし、政治的な活動に参加したこともありました。革命後には代議士の選挙にも立候補していますが、しかし、結局何者にもなれませんでした。

フレデリックは破産の危機に瀕しているアルヌーのために一度ならず金を用立てますが結局救うことはできず、アルヌー夫妻は行方知れずになってしまいます。ロザネットともダンブルーズ夫人とも別れたフレデリックは、婚約者であったルイーズに会うため故郷に戻りますが、彼女はフレデリックの旧友デローリエと結婚式を挙げているところです。

フレデリックはフレデリックなりにそのときどきを一所懸命に生きてきたはずです。しかし、彼の手もとには何ひとつ残りません。『感情教育』はその題名が示すようにひとりの青年の成長の過程を描いた作品と言えますが、フレデリックは人生において何も成し遂げないのですから、なんとむなしい成長物語でしょうか。

✻第一のエピローグ――アルヌー夫人の訪問

『感情教育』にはエピローグと呼ぶべきものが二つついています。

ひとつは最後から二つ目の章――第三部第六章――で、時は一八六七年。セーヌ川を渡る船の上でフレデリックがアルヌー夫人と出会う冒頭のシーンは一八四〇年ですので、あれから二十七年、アルヌー夫妻が破産して失踪する前章が一八五一年ですから、そこから数えても十六年の歳月が過ぎたことになり、冒頭では十八歳の青年だったフレデリックもいまでは四十五歳の中年男になっています。

三月末のある夕暮れ、フレデリックが自宅の書斎にいると、突然ひとりの女性がやって来ます。アルヌー夫人です。夫人はフレデリックに借りた金を返しに来たと言いますが、それだけが訪問の理由ではなく、どうしても会いたかったのだと言います。おそらく夫人は過ぎ去った若さを取り戻すために、あるいは若さに別れを告げるためにフレデリックに会いに来たのでしょう。

ふたりは思い出をたどり互いの気持ちを確認し合いますが、ふたりの間には何も起こりません。アルヌー夫人は「もう二度とお会いすることはありません。これが私の女としての最後の行為でした。私の魂はあなたのもとを離れません」と言って「母親のように」フレデリックの額に口づけすると、自分の髪の毛をひと房、根元からぷっつりと切り取り、それをフレデリックに渡して去って行きます。

ここは多くの読者を魅了した名場面です。しかし、工藤庸子氏は『フランス恋愛小説論』の中でそのような読み方に疑いを差し挟んでいます。工藤氏はふたりの再会のシーンは「哀切な別れの場面として従来いささか美化されすぎて」いるとして次の場面をとりあげています。

「わたし、あなたを幸せにしてあげたかったわ。」

アルヌー夫人は身を任せるつもりで来たのではないかとフレデリックは思った。彼はかつてないほど強い、激しく猛り狂った欲望にとらわれていた。しかし、説明しがたい何か、反発、近親相姦の恐怖にも似たものを感じていた。別の危惧が彼を押しとどめた。あとになって嫌悪をおぼえるのではないかという危惧だ。そうなれば何と厄介なことになるだろう――彼は用心のためと理想を損ないたくない気持ちから、くるりと後ろを向いてタバコを巻きはじめた。

彼女は魅せられたように彼を見つめていた。

「なんて思いやりのある方かしら！　あなたしかいないわ！　あなたしかいない！」

工藤氏はフレデリックが夫人の体に触れるのを思いとどまるのは「なによりも「後になって嫌悪をおぼえる」かもしれないから、という自己中心的な配慮のため」だと述べています。氏によれば、フレデリックは「何と厄介なことになるだろう」とつぶやき、「用心のため」と「理想を損ないたくない気持ち」から後ろを向いたにすぎないのですから、アルヌー夫人がそれを男の気遣いと受け取るのは「完全な誤解」なのです。

私は工藤氏の意見におおむね賛成ですが、「自己中心的」という言い方はフレデリックに対して少し厳しすぎるのではないかという気がします。フレデリックは若い頃ずっとアルヌー夫人を胸に抱くことを夢みていました。その夢をあきらめ忘れかけていたときに、夫人の方から彼に会いに来たのです。びびるなという方が無理なのではないでしょうか。

夢がかなうのは誰にとっても嬉しいことです。しかし、その結果、幻滅する可能性もあります。それならば夢は夢のままにしておく方がいい――消極的な考え方かもしれませんが、フレデリックがそう思ったとしても不思議はありません。彼はなにより自分の若い頃の夢がこわれることを恐れているのです。

とはいえ、フロベールが美しい物語をあえて卑俗な現実に引き戻していることはたしかです。アルヌー夫人はフレデリックの部屋に女性の肖像画がかかっているのに目をとめて、この女性には見覚えがあると言います。それはロザネットの肖像画なのですが、フレデリックはイタリアの古い絵だから、そんなはずはないと苦しい言い逃れをします。また、夫人が帽子を脱いだとき、フレデリックは夫人の髪が白くなっていることに気づき愕然とします。彼は「自分の失望を隠すために」ひざまずいて夫人の手をとり、やさしいことばを言います。そして言っているうちに「自分のことばに酔ってそれを信じて」しまいます。さっと読めば読み飛ばしてしまいそうなところですが、非常に皮肉な、そして読みようによっては滑稽なところではないでしょうか。工藤氏はそういう言い方はしていませんが、そのようなところを無視して、この場面を美しい物語に仕立て上げるのは男の身勝手な読み方なのかもしれません。

✽第二のエピローグ――「トルコ女」のエピソード

『感情教育』にはさらにもうひとつエピローグと呼ぶべきものがついています。第三部第七章がそれにあたります。この小説は三部からなり、第一部、第二部とも六章仕立てで、第三部だけが七章です。フロベールはおそらく意図的にそのような構成をとり、第三部第七章を全体のエピローグとして書いたものと思われます。

この章は意外なことに「今年の冬のはじめ頃」——工藤庸子氏は「今年の冬」はフロベールが『感情教育』を完成させた一八六九年五月からみた言い方であろうと書いています——に設定されています。つまりここで物語の中の時間と現実の時間が一致するわけです。

ここでフレデリックは旧友のデローリエと思い出話に花を咲かせ、物語に登場したさまざまな人物の消息を伝えています。その中でアルヌーは前年に死亡し、夫人は猟兵中尉となった息子と一緒にローマにいるらしいということが明かされます。やがてふたりの話題は学校時代のことに及びます。

一八三七年、フレデリックたちがまだ十五歳だった頃、ふたりは「トルコ女」というあだ名の娼婦の家に行きました。胸の高鳴りを抑え、花を手に精一杯気取って出かけたふたりでしたが、結局女に馬鹿にされ笑われただけで何もせずに帰ってきました。若い頃にはありがちな滑稽なエピソードです。その話をしたあと、フレデリックは「あの頃が一番よかったな」と言い、デローリエも「うん、たぶんね。あの頃が一番よかった」と答え、物語は終わります。

一般に旧友と再会して昔のことを思い出し「あの頃はよかった」と言うのは別段珍しいことではありません。しかし、小説としては反則すれすれ——というより反則そのものではないでしょうか。すでに述べたように『感情教育』の冒頭は一八四〇年ですから、「トルコ女」のエピソードはそれ以前の出来事です。第一部第二章でデローリエが「ふたりだけが知っているある出来事を仄《ほの》めかした」というところが「トルコ女」のことを指していると言われていますが、物語の中では一度も語られていません。どうしてそれが「一番よかった」ことなのでしょう。どう考えてもフレデリックの人生で「一番よかった」のはアルヌー夫人との恋であるべきではないでしょうか。アルヌー夫人との切なく悲しい恋が「一番よかった」ことでないのなら、その物語を何百ページにもわたって読まされてきたわれわれはどうなるのでしょう。

バルザックは『谷間の百合』にエピローグとしてナタリーの手紙を添えることで、物語を現実に引き戻しました。『感情教育』の引き戻し方は『谷間の百合』の比ではなく、ぶちこわしたと言いたくなるほどです。しかし、それが『感情教育』の魅力ではないでしょうか。小説というものは、読者に一瞬現実を忘れさせ、美しいロマンにひたらせるものではなく、われわれが生きている現実をその卑俗さや残酷さも含めて描くものなのだという考え方がここにはみられるように思えます。どんな恋も現実の圧倒的な力の前では無力です。しかし、だからこそ現実によって破壊された残骸の中にきらりと光る何かが見つかれば、それはかけがえのない貴重なものとなるのではないでしょうか。

✿『ドルジェル伯の舞踏会』――『クレーヴの奥方』の二十世紀ヴァージョン

では最後にレエモン・ラディゲの『ドルジェル伯の舞踏会』をとりあげましょう。この小説は『クレーヴの奥方』の二十世紀ヴァージョンと言われています。

主人公はフランソワ・ド・セリューズという独身の青年です。一九二〇年二月、彼は友人とサーカスを見に行った際、ドルジェル伯爵アンヌ（女性のような名前ですが男性です）とその妻マオと知り合いになり、親しく付き合いはじめます。やがてフランソワとマオは互いに激しく惹かれ合うようになります。マオは夫を尊敬していますが愛してはいません。しかし、夫への貞節をなんとしても守ろうとします。フランソワへの愛と妻としての義務の間で引き裂かれたマオは、フランソワの母親セリューズ夫人に手紙を書いて自分の気持ちを打ち明けます。セリューズ夫人はふたりを遠ざけようとしますが、功を奏さないどころか、マオにはフランソワが彼女を愛していることを伝え、フランソワにはマオの手紙を渡して、ふたりに相手の気持ちを知らせる結果になります。

ある夜、感情が高まるあまり晩餐会の席で倒れたマオは、ついにフランソワへの思いを夫に打ち明ける決心をします……。

✿舞踏会はいつ開かれるのか――『ドルジェル伯の舞踏会』の古典性と現代性

『ドルジェル伯の舞踏会』についてラディゲは「心理こそがロマネスクであるような小説。想像力のはたらきだけが、外的な出来事ではなく、感情の分析に傾けられる」と記しています。この小説では事件らしい事件は何も起こりません。ただ登場人物たちの心の動きが冷酷なまでに抑制のきいた文体で詳細かつ克明に描かれるだけです。『ドルジェル伯の舞踏会』は十七世紀以来の心理小説の伝統にのっとった作品であり古典的な美しさをもった作品です。

妻がほかの男に惹かれていることを夫に打ち明けるという点で『ドルジェル伯の舞踏会』は『クレーヴの奥方』の直系の作品と言えるでしょう。ラディゲ自身、『クレーヴの奥方』にインスピレーションを受けたことを隠していません。しかし、その結末はまったく異なっています。奥方の告白を聞いたクレーヴ公は自分の気持ちを抑えて冷静に対処しようとします。一方、ドルジェル伯は実に意外な――というか読者の予想を見事に裏切るような――反応をみせます。

結末はぼかすという方針ですので詳しくは書けませんが、『ドルジェル伯の舞踏会』はリドルストーリーと言っていいのではないかと思います。リドルストーリーとは、その後どうなるかを読者の想像にゆだねたまま終わる物語のことです。読者は当然、フランソワとマオとアンヌの三角関係がどうなるかハラハラドキドキしながら物語を読み進めます。ところが肝心の物語は途中でプツンと終わってしまうのです。肩すかしと言ってしまえばそれまでですが、いかにも二十世紀的なやり方ではないかと思います。

そういう意味ではタイトルにもなっている舞踏会も同じです。マオがフランソワを愛して苦しんでいることに気づかないアンヌは、仮装舞踏会を企画してフランソワにあれこれ相談をもちかけます。読者は仮装舞踏会で劇的な何かが起こるのだろうと当然予想します。しかし、読者が舞踏会の模様を知ることは永遠にありません。物語は舞踏会が開かれる前に終わってしまうのです。

物語というものは結末に向かって話を盛り上げていくのがふつうです。ハッピーエンドであれアンハッピーエンドであれ、クライマックスがあるからこそ読者はカタルシスを感じるのです。これまでとりあげてきた作品はすべてそうです。ドラマティックな要素が少ない『クレーヴの奥方』にも奥方とヌムール公がはじめてふたりきりで話すクライマックスがありますし、物語を卑俗な現実に引き戻す『谷間の百合』や『感情教育』でもそれは同じことです。しかし、『ドルジェル伯の舞踏会』はそういう作品と一線を画しています。まるで人生はドラマではない、盛り上がりそうで盛り上がらないのが人生だと言うかのように、『ドルジェル伯の舞踏会』は意図的にクライマックスを拒否しているのです。『ドルジェル伯の舞踏会』は古典的なテーマを古典的な文体で描きながらも、きわめて現代的な小説だと言えるでしょう。

✻「貞淑」と「みだら」――『ドルジェル伯の舞踏会』と『肉体の悪魔』

レエモン・ラディゲは「早熟の天才」と呼ぶにふさわしい作家です。一九〇三年パリに近いサン・モールに生まれたラディゲは、十五歳で学業を放棄しパリのモンパルナスで若い芸術家たちと交わります。特に重要なのはジャン・コクトーとの親交です（ふたりの関係は「友情」を超えたものではなかったかと噂されていますが、たしかなことはわかりません）。ラディゲはその後、『肉体の悪魔』、『ドルジェル伯の舞踏会』の二作を残し、腸チフスにかかって一九二三年に二十歳の若さでこの世を去っています。『ドルジェル伯の舞踏会』はラディゲの死後に出版された作品であり、出版に際しては亡き友人に代わってコクトーが校正にあたったということです。

ラディゲが残したふたつの小説は対照的な作品です。『肉体の悪魔』は十五歳の高校生「ぼく」と十八歳の若い人妻マルトの恋を描いた一人称小説です。ここで言う「恋」は精神的なものにとどまりません。「ぼく」とマルトはマルトの夫ジャックが出征中であるのをいいことに逢瀬を重ね、やがてマルトは妊娠します……。非常にスキャンダラスな物語を描いたこの小説は、作者の若さも手伝って、当時の文壇に大きな衝撃を与えました。

『ドルジェル伯の舞踏会』が非常に貞淑な物語であるのに対して、『肉体の悪魔』は非常にみだらな物語です。同じ作者がまったく正反対の作品を書くなどということがどうしてありえたのでしょう。われわれは「貞淑」と「みだら」は正反対のものだと思っていますが、実は表裏一体なのではないでしょうか。『肉体の悪魔』の主人公＝語り手には名前がありませんが、ラディゲは彼にフランソワという名前を与えるつもりだったと言われています。その後に書かれる『ドルジェル伯の舞踏会』の主人公と同じ名前です。非常に乱暴な論法かもしれませんが、そうだとすれば『肉体の悪魔』の「ぼく」と『ドルジェル伯の舞踏会』のフランソワは同じ人物だと言ってもいいのではないでしょうか。もちろんふたつの物語がつながっていると言うつもりはありません。同じ人間が「ぼく」にもなれるしフランソワにもなれると言いたいのです。

人間は誰でも「貞淑」と「みだら」の間で逡巡し揺れることがあるのではないかと思います。そのようなとき、もし「貞淑」の方に傾けばその人はフランソワやマオになるし、「みだら」の方に傾けば「ぼく」やマルトになるのではないでしょうか。ラディゲが残した二つの作品はそういう人間の心の機微やあやうさのようなものをあらわしているように思えます。

以上、「プラトニックな不倫？」と題して『谷間の百合』、『感情教育』、『ドルジェル伯の舞踏会』の三作をとりあげました。先にとりあげた『クレーヴの奥方』も含めて四人の作家が同じ主題をそれぞれのやり方で料理しているのがおわかりいただけたかと思います。時代が変わっても人間のすることにそれほど大きな違いがあるはずはありません。恋においてもそれは同じです。恋愛文学の主題がいくつあるかはわかりませんが、その数は有限のはずです。しかし、たとえ同じ主題でも料理の仕方次第でいくらでも新しいものが生まれるのです。そこにこそ文学作品を読む喜びがあると言えるでしょう。

第9章　さわやかな恋愛小説？

サンド『愛の妖精』（一八四九）、ネルヴァル『シルヴィー』（一八五三）

前章までにとりあげた作品の話をすると、学生はよく「フランス文学にはドロドロした恋愛小説しかないのですか」という質問をします。彼らがイメージする「恋愛小説」は、独身の男女が出会い、さまざまな障害を乗り越えて結ばれ、ハッピーエンドを迎えるというものなのでしょう。こういう素朴な質問は素朴であるがゆえに本質をついており、なかなか答えるのがむずかしいのですが、何通りかの答えが可能かと思います。思い付くままに列挙してみましょう。

①フランス文学にかぎらず、日本文学でも英文学でもアメリカ文学でもドイツ文学でも、文学というものはそういうものである。古今東西の恋愛文学をひもといてみれば、幸福な恋愛を描いた作品より不幸な恋愛を描いた作品の方がはるかに多いことがわかる。

②人生には幸福なことよりも不幸なことの方が多い。だから、文学が人間の不幸を描くのは、ある意

味で当然である。
③ふたりの男女が出会い、障害を乗り越えて結ばれるという物語はフランスにもたくさんあるが、そういうタイプの作品は読者の心を明るくする快いものではあっても心に響くものではなく、時代の流れの中で忘れ去られてしまうことが多いのではないか。
④トルストイのことばに「幸福な家族はみな一様に幸福だが、不幸な家族はそれぞれに不幸である」というのがあるが、恋愛についても同じことが言える。ひとは不幸の中でこそ、そのひとらしさを発揮するのだから、そのひとの個性なり人間の真実なりを描こうと思えば、どうしても不幸を描くことになる。
⑤そもそも何をもって幸福と言い、ハッピーエンドと言うのか。トリスタンとイズーは幸福ではないか。デグリューもドン・ホセもジュリアン・ソレルも幸福ではないか。ふたりの男女が結ばれること、添い遂げることだけが幸福とはかぎらないのではないか。
⑥「ドロドロの恋愛」と言うが、その泥の中にも、あるいはその泥の中にこそ、きらりと輝く何かがあるのではないか。それを取り出して読者に見せることが文学の使命であり、文学のありがたさではないか。

矛盾したことを書いているような気もしますが、勝手なことを言わせてもらえれば、それぞれにそれなりの正当性をもった答えではないかと思います。

とはいえフランス文学にもさわやかな恋愛小説がないわけではありません。これから紹介するふたつの作品、ジョルジュ・サンドの『愛の妖精』とジェラール・ド・ネルヴァルの『シルヴィー』がそれにあたります。

✽『愛の妖精』――ランドリーとファデット

『愛の妖精』――原題は『小さなファデット（*La Petite Fadette*）』――は十九世紀を代表する女流作家ジョルジュ・サンドが書いた心あたたまるラブストーリーです。物語の舞台はフランス中西部にあるコッスという農村、主人公はこの村に住む農夫の息子ランドリーです。

ある日、ランドリーは双子の兄弟シルヴィネが家出をして森に迷い込んだのを心配して探すうち、「こおろぎ」というあだ名で村のみんなから嫌われている娘ファデットと出会います。シルヴィネを見なかったかと尋ねるランドリーに、ファデットは祭りの日に一緒に踊ってくれるならシルヴィネの居場所を教えると答えます。ランドリーは不器量なファデットと踊りたくはないのですが、背に腹はかえられません。必ず踊ると約束してシルヴィネの居場所を教えてもらいます。

祭の日、ランドリーは約束を守り、いやいやながらファデットと踊りますが、村の子どもや若者に笑われ馬鹿にされたファデットは早々に家に帰ってしまいます。その日の深夜、ランドリーは森の石切り場でファデットがひとりで泣いているのを見つけます。ランドリーはファデットに身なりやことばに気をつければみんなから馬鹿にされることもなくなるはずだと忠告します。石切り場に座ってファデットの話を聞くうちに、ランドリーはファデットがとても気だてがよく頭もいい女性であることがわかり、彼女を好きになりキスをします。

それから一週間、ランドリーは毎晩のように森へ行きファデットを探しますが、彼女はいません。日曜日、ランドリーは朝一番に教会へ行きます。ファデットがその時刻に来ることを知っていたからです。彼はファデットが見違えるほど美しくなっているのを見て驚きます。ファデットはろくに顔も洗わず、髪も整えず、ぼろぼろの服を着ていたので誰も気づきませんでしたが、磨きさえすればとても美しい女性だったのです。

その後どうなるかはもう書かなくてもおわかりでしょう。ふたりの恋は急速に進展します。もちろん、障害がないわけではありません。ひとつはお金の問題です。ランドリーの家は決して裕福ではありません。ファデットは早くに両親を亡くし、「魔法使い」と呼ばれ村人から恐れられている祖母と一緒にみすぼらしい小屋で暮らしています。持参金などまったくありません。もうひとつは、シルヴィネがふたりの結婚を快く思っていないことです。

しかし、どちらの問題もうまく片付きます。祖母が亡くなりファデットが小屋の中を整理していると、たくさんの金貨が床下に隠してあるのが見つかります。けちん坊の祖母は貧乏暮らしをしながらお金を貯め込んでいたのです。

シルヴィネの問題については、どのように解決されるのか、なぜシルヴィネがふたりの結婚に反対したのかは、みなさん自身に発見してもらうために伏せておきます。こうして恋するふたりは結婚し、物語はハッピーエンドを迎えます。

『愛の妖精』は、野暮ったくて全然もてない女の子が眼鏡をとったら実は大変な美少女だったという少し前の少女マンガのような作品です。悪く言えばワンパターンでご都合主義（お祖母さんが家の床下に金貨を隠していたなどというのはご都合主義の極みでしょう）と言えそうですが、ちょっと待ってください。眼鏡をとったら美少女というのをわれわれがワンパターンだと感じるのは、そういうストーリーを数多く読んできたからです。しかし、『愛の妖精』はそのようなパターンがまだできていない時代に書かれた小説です。つまり『愛の妖精』はパターンに従った作品ではなく、パターンをつくりだした作品なのです。

われわれはワンパターンをマンネリだ、オリジナリティの欠如だと考えて馬鹿にします。しかし、あとあとまで受け継がれるようなパターンをつくりあげた最初の作品は偉大であると言うべきではないでしょうか。

男装の女流作家ジョルジュ・サンド

『愛の妖精』の作者ジョルジュ・サンドは激動の生涯を送った女性であり、当時としては考えられないほど「新しい女性」でした。

ジョルジュ・サンド（本名オロール・デュパン）は一八〇四年、貴族の父親と平民の母親の間に生まれました。五歳のときに父親を亡くした彼女は、フランス中部のノアンで父方の祖母に育てられました。ここで自然に親しんだことで後に『愛の妖精』をはじめとする田園小説を書く素養が培われたと言えるでしょう。

一八二二年、十八歳でフランソワ・デュドヴァン男爵と結婚、二児をもうけますが夫婦仲はうまくいかず、一八三一年にパリに行き、愛人のジュール・サンドー（Sandeau）とともに新聞記事や小説を共同執筆します。彼女がサンド（Sand）のペンネームで単独で小説を書くようになるのは、一八三二年の『アンディアナ』以降のことです。

ジョルジュ（ふつうはGeorgesと綴りますが、サンドはなぜか最後のsをとってGeorgeと書いています）というのは男性の名前です。当時、女性が文学作品を書くということは稀であり、世間からあまりよく思われなかったため、サンドは男名前で作品を発表したのですが、それだけにとどまらず彼女は人前で男性用の服を着ていました。人々はそこに社会の良識に対する反抗や挑戦をみたのですが、サンド自身は後に当時を振り返って女性用の服は値段が高く、男性用の服しか買えなかったのだと述べています。

サンドはその生涯のうちに数多くの恋人をもちました。ジュール・サンドーのち、われわれがとりあげた『カルメン』の作者プロスペル・メリメとしばらく付き合っていた時期もあるようですが、恋の相手として特に有名なのは、ロマン主義の詩人・劇作家として名高いアルフレッド・ド・ミュッセと作曲家のフレデリック・ショパンです。

サンドとミュッセは一八三三年に知り合い、その年の十一月に一緒にイタリアのヴェニスに旅行しています。旅行中ふたりは喧嘩が絶えず、ヴェニスでサンドが赤痢にかかり寝込んでいる間、ミュッセは町の娘たちと出かけたとも、今度はミュッセが病気で寝込むとサンドは治療にあたった医者と恋愛関係になったとも伝えられています。帰国後、ミュッセはサンドとの恋を題材にした小説『世紀児の告白』を発表。一方のサンドはミュッセの死後、一八五九年に彼との恋を題材に『彼女と彼』という小説を書いています。

ショパンとは一八三六年に出会い、一八三八年から一八四七年まで九年の間、恋愛関係にあり、サンドはマジョルカ島滞在中に結核が悪化したショパンを献身的に看病したと言われています。その後、ふたりはノアンのサンドの邸宅に住み、比較的平穏な日々が続きますが、サンドが娘のソランジュと激しい言い争いをした際、ショパンがソランジュの味方をしたことがきっかけとなり別れることになったとのことです。

ここにあげた恋人たちの年齢をみてみると、ジュール・サンドーはサンドの八歳年下、ミュッセは六歳年下、ショパンも同じく六歳年下です。年齢だけで決まるわけではありませんが、サンドは年下の男性を母性的な愛情で包み込むタイプの女性だったのではないかと推測されます。

✿サンドと二月革命

『愛の妖精』からは想像もつかないと思いますが、サンドは非常に政治意識の高い女性でした。彼女はサン・シモンが提唱する社会主義思想に共鳴し、一八四八年の二月革命に大きな期待を寄せていました。革命後に成立した臨時政府は男子普通選挙制、言論・出版の自由、十時間労働制を認め、社会主義の政治家ルイ・ブランの尽力や民衆の圧力もあって労働者のために国立作業場を設立します。しかし、社会主義者と自由主義者の対立の中でルイ・ブランが四月の選挙で落選すると、政府は方向を転換し、国立作業場は閉鎖されてしまいます。政府に裏切られたと感じた民衆は同年六月に武装蜂起しますが、わずか三日で鎮圧されて、それぞれ一万人以上にのぼる死者と逮捕者を出し、十時間労働制も廃止されてしまいました。

サンドは『愛の妖精』の一八五一年版の序文に次のように書いています。

私が外界の嵐に魂の底まで掻き乱され、悲嘆にくれて孤独の中で、平静は無理にせよ、せめて信念なりとも取り戻そうと努力することになったのは、一八四八年の忌まわしい六月蜂起の結果である。［……］人間が誤解し合い憎み合うことから不幸が生じている時代には、芸術家の使命は温和や信頼や友情を祝い、清らかな風習ややさしい感情や素朴な公正さがまだこの世のものである、あるいはそうでありうるということを心がすさんだ人々や力を落とした人々に思い出させることである。現在の不幸に直接言及したり、沸き立つ情熱に訴えかけたりすることは決して救済への道ではない。やさしい歌、ひなびた牧笛の音、小さな子どもたちを恐怖も苦痛もなく眠らせるお話の方が、小説の色づけによって強化され陰鬱になった現実の不幸を見せつけることにまさるのである。

六月蜂起の失敗に心を痛めたサンドは、自らの絶望をやわらげると同時に、傷ついた人たちにつらい現実を忘れさせ、彼らの心を慰めるために『愛の妖精』という甘く牧歌的な物語を書いたのです。そのような忘却と逃避が文学の本質かと尋ねられれば、にわかにはうなずけない気もしますが、文学にはそういう一面もあることはたしかです。サンドは国家的な危機を前に、人心を煽る作品を書くことよりも、人心を慰める作品を書くことを選んだのです。そう考えるならば、『愛の妖精』もまたある意味で時代の証言だと言うことができるでしょう。

✽田園小説としての『愛の妖精』

『愛の妖精』は農民を主人公にした点で当時としては非常に新しい小説です。すでに書いたように十七世紀の文学は貴族による貴族のための文学であり、作者はもちろん、読者も貴族ですし、登場人物もまた貴族でした。十八世紀に入ると貴族が独占していた文学が平民層にも広まっていきますが、あくまで都市部に住む富裕なブルジョワにかぎられており、そこに農民は含まれていませんでした。十九世紀になると印刷技術の飛躍的な向上によって新聞や雑誌が誕生し、読者層は拡大の一途をたどりますが、農民が含まれていないという現実は変わりません。

田舎には美しい自然があり、額に汗して土を耕す人々の素朴な心情がある——というのは現代の日本においてはかなり紋切り型のイメージです。しかし、『愛の妖精』が書かれた十九世紀半ばのフランスには、そういうイメージはかけらもありませんでした。サンドが農村を舞台に農民を主人公にして物語を書いたのは、当時としてはきわめて新しい試みだったのです。

サンドが夢みる理想の社会にはもちろん、農民も含まれています。いや、それどころか数の上から言うと農民こそが多数派なのですから、彼女が農民にさまざまなことを教え導いていく必要性を感じていたのはある意味で当然のことです。もちろん、当時の農民はまだ識字率が低く、本を読む習慣はありませんでした。サンドが農民に直接訴えかける手段として考えていたのは演劇です。劇団をつくって農村を回り芝居を上演すれば、農民にも作品を見てもらえるからです。

『愛の妖精』は農民を読者とする作品ではありません。しかし、農民を主人公とした心あたたまる恋物語を書くことによって、サンドは都会に住む読者の目を農村に向けることに成功しました。その意味では『愛の妖精』は農民文学にひとつの道をつけた作品と言えるかもしれません。

以上、『愛の妖精』という素朴で単純な恋物語が時代の中でどのような意味をもったかについて書きました。この作品は二月革命に続く六月蜂起の失敗に絶望した人々の心を慰めるために書かれたものですが、そういう「慰め」はいつの時代の人間にも必要です。人生の中でつまずき傷ついたとき、まわりがみんな敵に見えるとき、そんなときにはこの作品を読んでみてはいかがでしょうか。人間もまだまだ捨てたものではないと思えるのではないかと思います。

✿『シルヴィー』――「わたし」とシルヴィーとアドリエンヌ

では次にジェラール・ド・ネルヴァルの『火の娘たち』に収められた短篇小説『シルヴィー』をみてみましょう。さわやかな恋愛小説と言いましたが、『シルヴィー』はハッピーエンドではありません。むしろほろ苦い思いを残す作品です。

主人公はパリに住む「わたし」という青年です。オーレリーという女優に片思いをして苦しんでいる「わたし」は、ある夜、少年時代の一時期を過ごしたヴァロワ地方のエムノンヴィル近くの村で祭があるという記事を新聞の片隅に見つけます。ベッドに入りうとうとするうち、彼の脳裏に幼い日の祭の記憶がよみがえります。

「わたし」は隣村のシルヴィーという少女と一緒に踊りの輪の中にいました。「わたし」はシルヴィーに夢中でしたが、踊りの中でアドリエンヌという少女とキスをすることになり、それまで感じたことのないような心の高まりを覚えます。アドリエンヌは踊りの輪の中央で古い歌を歌い、「わたし」は城館の鉢に植えてあった月桂樹の枝をとり、リボンで結わえてアドリエンヌの頭に載せます。即席の月桂冠というわけです。やがて「わたし」がシルヴィーのところへ戻ると、彼女は泣いています。「わたし」はシルヴィーにも冠をつくってやろうと言いますが、彼女はそんなものはいらないと答えます。

アドリエンヌは名門の貴族の孫娘で、修道院で暮らしていましたが、祭ということでその日だけほかの子どもたちと遊ぶことが許されていました。「わたし」はオーレリーとアドリエンヌが非常に似ていることに気づき、自分は女優の姿に隠された修道女を愛しているのではないか、ふたりは同一人物なのではないかと考えます。また同時に素朴で健康的なシルヴィーのことを思うと矢も楯もたまらず彼女に会いたくなり、夜中の一時であるにもかかわらず、すぐに馬車を仕立てて村に向かいます。

馬車の中ではまた別の思い出が「わたし」の脳裏によみがえります。数年前、やはり祭の日に村に戻った「わたし」は、見違えるほど美しく成長したシルヴィーと再会して一緒に祭を楽しみました。祭の趣向として一羽の白鳥が放され花の冠をまき散らします。「わたし」は一番見事な冠を拾ってシルヴィーの頭に載せます。翌朝、「わたし」はシルヴィーの家を訪れ、ふたりでシルヴィーの大伯母の家に行きます。大伯母が朝食を用意している間にふたりは二階に上がり、大伯母と亡き大伯父の婚礼の衣裳を身に着けます。ふたりの姿を見た大伯母は自分の若き日を思い出して涙を流し、ふたりに婚礼の歌を歌ってくれます。

また別の祭の夜、「わたし」はシルヴィーの兄に連れられて僧院に行き、貴族たちが古代の神秘劇を演じているのを目にしました。劇の中で精霊を演じていたのはあのアドリエンヌでした。

やがて馬車は村に着き、「わたし」はシルヴィーと再会します。はたして「わたし」は失われた過去を取り戻しシルヴィーと結ばれることになるのか、それとも……というところですが、それはみなさん自身で発見していただくことにしましょう。

ふたりの女性――シルヴィーとアドリエンヌ

「わたし」はシルヴィーとアドリエンヌという対照的なふたりの女性に惹かれています。これまでにもわれわれはそういうケースをいくつか目にしています。『赤と黒』のジュリアン・ソレルは母性的な女性（レナール夫人）と自分の分身とも言うべき激しい情熱をもった女性（マチルド）に惹かれていました。『谷間の百合』のフェリクスはやはり母性的な女性（アンリエット）と妖艶な女性（ダッドレー夫人）に惹かれていました。『シルヴィー』の「わたし」の場合は、素朴で明るい田舎娘（シルヴィー）と謎めいた高貴な女性（アドリエンヌ）に惹かれているということになるでしょう。

シルヴィーとアドリエンヌの対比はいくつものレベルでみられます。シルヴィーが農夫の娘であるのに対してアドリエンヌは貴族です。シルヴィーは村に行けばいつでも会える女性であり、家も家族もよく知っていますが、アドリエンヌは生涯に二度、それも偶然会うことができただけの女性です。外見の点でもシルヴィーの最大の魅力がその黒い目であるのに対し、アドリエンヌは金色の髪が強調されています。「わたし」自身、ふたりについて「一方は気高い理想、もう一方はなつかしい現実だった」と言っていますが、シルヴィーは足元に咲いたレンゲ草――可憐だけれどもどこにでもある花――であるのに対し、アドリエンヌは高嶺の花であると言えるでしょう。そして高嶺の花であるという点で「わたし」が思いを寄せている女優オーレリーと結びつきます。

「わたし」は高嶺の花にあこがれることに疲れて、足元のレンゲ草に手を伸ばそうとします。彼はシルヴィーと一緒にいながらアドリエンヌに心を動かされてしまったこと、シルヴィーを村に残してパリに出てしまったことをやましく思い、自分はどうしてシルヴィーを忘れていたのだろう、シルヴィーはいまでも自分を待っているはずだ、と思います。どうしてそんな傲慢なことを考えられるのだろうと思わないではありませんが、そこには身分や財力の問題がかかわっているのでしょう。

はっきりとは書かれていませんが、「わたし」の家はかなりの金持ちで、「わたし」はエムノンヴィルに住んでいた伯父から一生遊んで暮らせるほどの財産を相続しています。シルヴィーの家も決して貧しくはありませんが、比べものにはなりません。また、「わたし」は幼い頃パリから村にやって来て、いままたパリに住んでいる洗練された都会人です。そんな彼が足元のレンゲ草を摘み損なうことなどあるはずがない――心のどこかで「わたし」はそう思っていたのではないでしょうか。

「わたし」はシルヴィーのような娘を嫁にもらう男はいないだろうと考えていますが、なぜそんなふうに思ったのでしょう。どうして彼は考えなかったのでしょうか――レンゲ草にはレンゲ草の意志があり人生があるということを。そして、シルヴィーのような美しい娘を村の若者たちがほうっておくはずがないということを。

結局のところ「わたし」の考えは男の勝手な思い込みにすぎませんし、当然ながらしっぺ返しを受けることになります。「わたし」がシルヴィーと結ばれることになるのかどうか、みなさん自身でたしかめてくださいと書いておいて、ネタばらしをしてはいけませんが、結ばれるはずはないし、結ばれてはならないと思います。結ばれればハッピーエンドで心地よいかもしれませんが、人生というのはそういうものではありませんし、そういう心地よいだけの夢物語は文学作品とは言えないように思います。

「わたし」はヴァロワの村では時間が止まっているような錯覚に陥っています。だから村に戻りさえすれば過去を取り戻すことができるだろうと考えているのです。しかし、ヴァロワでも時計の針は確実に進んでいます。「わたし」は足元のレンゲ草を取り逃がしてしまい、彼の手の中には結局何ひとつ残りません。

オーレリーと「わたし」

いや何ひとつというのは言いすぎかもしれません。シルヴィーにふられて吹っ切れたのでしょうか、パリに戻った「わたし」は劇場に出演中のオーレリーに匿名で手紙と花束を送り、さらには病に臥した彼女に同じく匿名で心のこもった手紙を書くからです。その後「わたし」が書いた戯曲の上演でオーレリーが主役を演じることになり、「わたし」は手紙の送り主は自分だと言って、恋を打ち明けます……。

「わたし」のオーレリーへの恋がどうなるかは――今度こそ――みなさんに発見していただくべく伏せておきましょう。ただおもしろいのは「わたし」がオーレリーとの恋を重視しているようにはみえないことです。オーレリーとの邂逅《かいこう》を語る直前に「わたし」は「いまや他の大勢の人たちの物語とは違う何を語れるだろう」と自問しています。彼にとってオーレリーとの恋はもはや平凡で陳腐な恋にすぎないように思えます。

「わたし」はオーレリーへの片思いに疲れてシルヴィーのいるヴァロワの村へ向かいました。ことばは悪いですが、「本命」はオーレリーであり、シルヴィーはオーレリーの「代用」にすぎなかったはずです。それなのになぜそのようなことが起こるのでしょう。結局、彼が求めていたのは実在の女ではなく、幼い日の彼を惹きつけたイメージなのではないでしょうか。手を伸ばせばいつでもそばにいた素朴で健康的なシルヴィーのイメージ、一度だけ一緒に踊り、すぐに手の届かないところへ行ってしまった高貴で謎めいたアドリエンヌのイメージ——それこそが最後の章で「わたし」が「人生の朝にひとを魅了しまどわせる夢想」と呼んでいるものではないでしょうか。

シルヴィーとアドリエンヌは対照的な女性だと私は書きました。しかし、最後の章ではふたりのイメージが「ひとつの恋の両半分」だったことが明かされます。幼い頃、祭の日にシルヴィーを捨ててアドリエンヌに夢中になった「わたし」、手の届かないところへ行ってしまったアドリエンヌのイメージをオーレリーに投影してオーレリーにあこがれた「わたし」、オーレリーへの片思いに疲れてシルヴィーに会いに行った「わたし」、シルヴィーにふられてオーレリーに手紙を書いた「わたし」……「わたし」は三人の女性の間を行ったり来たりしているようですが、実はいつも同じ恋を求め、同じ恋に動かされていたのです。

「わたし」が物語の最初に考えたようにオーレリーとアドリエンヌが同一人物ならば、物語は大団円を迎え、「わたし」の夢想にひとつの統一と意味が与えられることでしょう。しかし、当然ながら（『ナナ』のところでも見たように十九世紀において一般に女優は社会的には身分が低く、娼婦もどきの女優も少なからずいました。名門貴族出身のアドリエンヌが女優になるということは常識的には考えにくいことです）ふたりは別人だという現実を「わたし」は突きつけられます。別人だとすれば、どんなに美人であろうとオーレリーはどこにでもいる平凡な女にすぎません。

「幻想は果物の皮のように一枚また一枚とはがれていく。そして中からあらわれる果物が経験というものだ」と「わたし」は述べています。『シルヴィー』は過去の「幻想」が「経験」に変わっていく過程を描いたほろ苦い小説です。形はどうあれ、われわれはみな人生のある時期に一度はそのような苦さを味わったことがあるのではないでしょうか。だからこそ『シルヴィー』はわれわれの心を惹きつけてやまないのではないかと思います。

『愛の妖精』と『シルヴィー』はいずれもわれわれに忘れかけていた何かを思い出させてくれる作品です。実際に同じような経験をしたことがあるかどうかは問題ではありません。そうではなく、誰の心にも潜んでいる郷愁を刺激する作品なのです。この二つの作品は読む者を心の故郷――むずかしく言えば神話的過去――に立ち戻らせてくれる作品と言うべきかもしれません。

コラム4　七月革命・二月革命から第二帝政・普仏戦争へ

大革命後に即位したルイ十八世とそのあとを継いだシャルル十世が反動的な政策をとったことから民衆の不満が高まり、一八三〇年七月に再び革命が起こります。その結果、シャルル十世は国外に亡命し、自由主義者で知られるオルレアン公ルイ・フィリップが国王となり立憲王政が敷かれることになります（七月王政）。しかし、ルイ・フィリップはブルジョワ寄りの政策をとったため、今度はプロレタリアの不満が高まり、一八四八年二月に再度革命が起き、王権は廃止され共和政が宣言されます（第二共和政）。

ここからさらに歴史は繰り返されます。ナポレオン・ボナパルトの甥ルイ・ナポレオンは、二月革命後の選挙で大統領に選任されると、一八五一年にクーデターを起こし、翌一八五二年にはナポレオン三世として皇帝の座につくのです（第二帝政）。

第二帝政期にはオスマンによるパリの大改造が行なわれ、フランスは大きく変化し経済的に発展します。しかし、一八七〇年に勃発した普仏戦争でフランスは敗れ、セダンの戦いで捕虜となったナポレオン三世は退位、徹底抗戦を主張しパリに立てこもった民衆が自治を行なったパリ・コミューンもプロイセンの意を受けたフランス臨時政府によって圧殺され、プロイセン王ヴィルヘルム一世はヴェルサイユ宮殿でドイツ帝国の成立を宣言し、自らがその皇帝になります。この敗戦によって莫大な賠償金を負わされ、アルザス・ロレーヌをドイツに奪われたフランスでは、ドイツに対する敵意が高まり、第一次世界大戦に突入することになります。

第10章　恋に恋する女たち

フロベール『ボヴァリー夫人』（一八五六）

✿恋に恋する女エンマ

恋というのはすばらしいものです。恋ほど美しいものはありません。しかし、恋に恋するあまり現実を生きられなくなってしまうとどうなるか――それがギュスターヴ・フロベールの『ボヴァリー夫人』の物語です。フロベールは本書では『感情教育』に続いて二度目の登場ということになりますが、出版の順序としては『ボヴァリー夫人』の方が早く、一八五一年から一八五六年まで五年の歳月をかけて書かれています。

『ボヴァリー夫人』は非常にスキャンダラスな作品です。一八五六年の十月から十二月にかけて雑誌『パリ評論』にこの小説が連載されると、公序良俗を乱す反社会的な作品だとしてフロベールは風紀紊《びん》乱《らん》の罪で訴えられ裁判を受ける羽目になりました。しかし、弁護士の活躍もあり、幸いにしてフロベールは無罪放免となり、『ボヴァリー夫人』はそのままの形で単行本になります。ちなみにフロベールとほぼ同じ時期にシャルル・ボードレールが詩集『悪の華』で同じように風紀紊乱のかどで裁判を受けていますが、こちらは有罪となり、罰金を課せられたうえ、問題となった六篇の詩を詩集から削除するよう命じられます（今日ではその六篇は「漂着物」というタイトルで詩集に加えられています）。

『ボヴァリー夫人』の主人公はエンマという農夫の娘です。エンマは近くに住む「保健医」シャルル・ボヴァリーに見初められ彼の後妻になります。「保健医」というのは聞き慣れないことばでしょうが、大学教育を受けずに取得できる資格で、医師のいない過疎地で医療行為を行なうことが許されていますが、正規の医師ではありません。そういう立場ですから必ずしも名士ではないしお金持ちでもありません。夢いっぱいで結婚したエンマを待っていたのは田舎の平凡で退屈な日常です。

結婚生活に幻滅したエンマは、法律家志望の青年レオンと知り合い心を通わせますが、やがてレオンはパリに出ることになり、ふたりの恋は実らぬまま終わります。その後、近くに住む貴族のロドルフに誘惑され本気になったエンマは彼に駆け落ちをもちかけます。しかし、最後の最後になってロドルフに裏切られ捨てられてしまいます。

そんなこととはつゆ知らぬシャルルは、エンマが浮かない顔をしているのを見て心配で仕方ありません。少しでも妻の気持ちが晴れるようにとエンマをルーアンの街の劇場へ連れて行きます。劇場で偶然レオンと再会したエンマの心に恋の炎が再び燃え上がり、シャルルに隠れてふたりは逢瀬を重ねます。

レオンと夢のような時間を過ごすために金貸しのルウルーから金を借り浪費を重ねたエンマは、ある日、自分が膨大な借金を抱えていること、期日までに金を返さなければ差し押さえにあうことを知らされます。エンマはあわてて金策に走りますが、当然ながらそれほどの大金を貸してくれる人間はなかなかいません。エンマは一体どうなるのか、このまま破滅してしまうのか、それとも……というところですが、それはみなさん自身で本を読んでたしかめてください。

✽『ボヴァリー夫人』はつまらない？

『ボヴァリー夫人』はひと言で言ってしまえば、つまらない女がつまらない男と結婚し、つまらない不倫をする物語です。同じフロベールの作品でも『感情教育』にはまだ救いがあります。セーヌ川を渡る船の上での最初の出会いにせよ、フレデリックがアルヌー夫人のために用意した部屋に別の女を連れ込んだその夜明けに二月革命が起こるところにせよ、非常にドラマティックなものがありますし、中年にさしかかったフレデリックのところに突然アルヌー夫人が訪れる場面が――その後に「トルコ女」のエピソードによって打ち消されることになるとしても――多くの読者の涙を誘ったことはすでに述べた通りです。しかし、『ボヴァリー夫人』にはロマンティックなところやドラマティックなところはまったくありません。あるのはただ人間の愚かさと凡庸さだけです。

私は泥の中からきらりと光る何かを拾い出してみせることが文学の使命のひとつだと言いました。アウトローの中にも娼婦の中にも、あるいは平凡な専業主婦の中にも、一片の真実が隠れているはずだ、それを描き出すことができるのが文学だというわけです。しかし、『ボヴァリー夫人』の登場人物はどれもこれも、よく言えば等身大の人物、悪く言えばいやになるほど凡庸な人間であり、一体こんな人間のどこにきらりと光る真実が隠れているのかと言いたくなります。

実を言うと、私は『ボヴァリー夫人』が大嫌いでした。私がこの作品をはじめて読んだのは大学に入学したばかりのときだったと思います。フランス文学の金字塔と呼ばれている作品だけに大いに期待して読んだのですが、十八歳の私にはあまりに夢も希望もない物語に思えたのです。私は自分が結婚してもボヴァリー夫妻のようにはなりたくないと思いましたし、なんの根拠もないのに絶対にそうはならない自信がありました。

しかし、歳をとるにつれ少し考えが変わってきました。もちろん、自分と妻がボヴァリー夫妻と同じだとは思いませんし、思いたくありません。しかし、自分も含めて人間なんてそんなものだという気がどこかでします。個人的な体験を一般化してはいけませんが、『ボヴァリー夫人』は読者の年齢によって読み方が変わる小説だと言っていいのかもしれません。

✽「凡庸なものをよく書く」

フロベールはなぜこのような凡庸なストーリーを書こうとしたのでしょう。文学史的には通常フロベールは写実主義を代表する作家とみなされています。しかし、フロベール自身は写実主義を標榜《ひょうぼう》したことは一度もなく、嫌悪してさえしていました。彼が本当に書きたかったのは、『聖アントワーヌの誘惑』のような詩的で壮大な物語絵巻です。

『聖アントワーヌの誘惑』というのは、瞑想にふける聖人アントワーヌの前に悪魔があらわれ、宇宙の歴史を見せるという物語で、フロベールはこの作品の第一稿を一八四九年に書き上げ、その後一八五六年と一八七〇年の二度にわたり改稿して一八七四年に出版しています。まさにフロベールのライフワークと言えるような作品ですが、フロベールの友人であったマキシム・デュ・カンによれば、フロベールが第一稿を朗読したときデュ・カンはその過剰な抒情性や誇張にみちた表現に辟易《へきえき》し、もっと日常的な題材をとりあげてはどうかと言って、ドラマールの事件を提案したといいます。

ドラマールは、ルーアン市立病院の院長であったフロベールの父親の弟子にあたる「保健医」でしたが、妻が愛人をつくり借金を重ねたあげく自殺したのを苦に自らも死を選びました。フロベールはデュ・カンの提案を受けて、この事件をもとに『ボヴァリー夫人』を書いたというのがデュ・カンの伝えるところです。

デュ・カンの回想は現在ではその信憑性が疑われていますが、フロベールが自分の書きたいもの——壮大な霊的ドラマ——を一時的に封印して、いわば作家修業の一環として平凡な人物の平凡な物語を書くことを自分に課したことはたしかではないかと思います。『ボヴァリー夫人』の執筆中、フロベールは愛人であったルイーズ・コレ宛の手紙の中で「凡庸なものをよく書く」ことに苦慮していると書いています。

つまらない女のつまらない物語を書くというのはフロベールの意図的な選択です。彼はそれをいかに「よく書く」かを考えました。フロベールがエンマ・ボヴァリーの物語を「よく書く」ためにどのような手法を駆使したかをみてみましょう。

✽交響楽的手法——農業共進会

フロベールは非常に文章に凝るタイプの作家です。彼はひとつの文を考えるのに、いやそれどころかひとつの語を見つけるのに呻吟《しんぎん》し、数日、場合によっては数週間かけることも珍しくありませんでした。

その点では借金返済のために一日にコーヒーを五十杯も飲んで作品を書き散らしたバルザックとは対照的です（フロベールがバルザックを敬愛していたことを考えれば不思議な話です）。

『ボヴァリー夫人』の中でフロベールの筆が冴えをみせる箇所として有名なのが農業共進会の場面です。この日、ロドルフはかねてから目をつけていたエンマを村の一大イベントである農業共進会に連れ出すことに成功します。ふたりは人ごみを避けて村役場の二階の会議室に入り、窓から広場の催しを眺めます。ふたりきりになるとロドルフはさかんにエンマを口説きます。

フロベールはここでロドルフの甘いことばと役人の演説とを交互に配置して、両者を微妙に関連させたり対照性をきわだたせたりしています。ちょうどカメラが切り替わるようにふたつの場面が次々に切り替わるというわけで、今日ならば映画的な手法と言いたいところですが、当然ながらこの時代にはまだ映画はありません。そんなところにもフロベールの新しさがみられるように思えます。

やがてロドルフがエンマの手を握りしめると同時に広場の催しは農業にまつわる賞の授与に移り、切り替わりの頻度は激しくなり、それぞれのことばは分断されて伝えられるようになります。その部分を引用してみましょう。

彼［ロドルフ］は彼女［エンマ］の手を摑んだ。彼女は手を引っ込めなかった。

「耕作全般にわたって」と委員長は叫んだ。

―例えば先ほどお宅にうかがったとき……

「カンカンポワ村のビネ氏に」

——あなたのお伴をすることになるとは思ってもいませんでした。

「七十フラン」

——ぼくは百回も立ち去ろうと思いました。でもあなたについてその場に残ったのです。

「肥料」

——今夜も明日もほかの日も、一生おそばにいるつもりです。

「アルグイユ村のカロン氏に金メダル」

——誰といようとこれほど完璧な魅力を感じたことはないからです。

「ジヴリー＝サン＝マルタン村のバン氏に」

——だからぼくはあなたの思い出をもって去っていきます。

「メリノ羊に対して」

——でも、あなたはぼくのことを忘れてしまうでしょう。ぼくは影のように通り過ぎてしまうのです。

「ノートルダム村のブロ氏に」

——いいやそうじゃない。ぼくはあなたの心の中、人生の中で何者かになれるのじゃありませんか。

「豚類、同率一位でルエリッセ、キュランブール両氏に六十フラン。」


（長くなってしまいますので省略しましたが、本来はロドルフのことばと受賞者を告げる委員長のことばの間にはすべて一行空白が入っています。また、ここではロドルフのことばを——で、委員長のことばを「　」で示しましたが、原文ではそれぞれ——と《　》で区別されています。）

最初のところでは「例えば先ほどお宅にうかがったとき、あなたのお伴をすることになるとは思ってもいませんでした」というロドルフのことばと、「耕作全般にわたってカンカンポワ村のビネ氏に七十フラン」という委員長のことばが分断され交差されています。

次の「肥料」は原文ではFumiersですが、これは「くそったれ」、「こんちくしょう」というような罵倒のことばとしても使います。委員長はもちろん、優良な肥料をつくったカロン氏を表彰しているだけで、ロドルフを罵《ののし》っているわけではありません。しかし、そのようにも読めるように書かれているのです。「豚類」についても同じようなことが言えます（ちなみにバン氏とブロ氏には何が与えられるのでしょう。委員長は賞品を言っているはずですが、その部分は——おそらく意図的に——省略されています）。

農業共進会の場面についてフロベールは「交響楽の効果」を小説にもち込み、「会話の絡み合いと性格の対照だけで劇的な効果」を生み出したいと述べています。まさに「凡庸なことをよく書く」ことをめざしたフロベールの面目躍如たる場面と言えるでしょう。

✻「内的焦点化」と「自由間接話法」

フロベールの作品を語るとき「没我性」とか「不感不動」とかいうことばがよく使われます。フロベール以前の小説では物語の途中で作者が顔を出し、読者に直接呼びかけて解説を加えたり自分の意見を述べたりすることが珍しくありませんでした。例えば、先にとりあげたバルザックの『ゴリオ爺さん』の冒頭では、作者が読者に「あなた方」と呼びかけながら「白い手で本をもち、柔らかなソファに座って、「たぶんこれはおもしろいだろう」と思っているあなた方」は「ゴリオの密かな不運を読んだあとも旺盛な食欲で夕食をとる」ことだろうが、この物語はすべて実話であり、「誰もが自分の心の中にその要素を認めることができる」と述べています。スタンダールの『赤と黒』でも物語の途中で作者が顔を出し、自分の小説観――小説は「ひと筋の道に沿って運ばれる鏡」のようなものであり、背負っている人間が下を向けば美しい空を映し出すし、上を向けば泥だらけの地面を映し出すという有名な理論――を開陳しています。しかし、フロベールはそのようなことはしません。フロベールはただ淡々と物語を進めるだけで、自分の意見を述べることは一切しないのです。

また、バルザックやスタンダールは自分の描く物語の主人公に共感を抱いています。いや、それはほかの作家でも同じことです。たとえ主人公が世間的には悪人でも愚か者でも、そこに何かを感じるからこそ作者は物語を書くのです。作者が主人公に共感を抱くのは当たり前ですし、だからこそ読者も主人公に感情移入することができるのです。しかし、フロベールはそういうこともしません。「ボヴァリー夫人はわたしだ」ということばが残っていることからも推測できるように、フロベールとてエンマに共感を抱いていないわけではないと思います。しかし、彼はエンマを弁護するようなことはひと言も書きません。

フロベールは自分の意見や判断を書く代わりに登場人物の意見や判断を書きます。例えばシャルルは凡庸でつまらない男です。しかし、フロベールはそれを作者のことばとしては書きません。あくまでエンマの目から見たシャルルという形で書くのです。つまりその場その場に応じて登場人物のひとりに同化し、その人物の目を通して物語を語るという手法をとっているのです。

このような手法は「内的焦点化」と呼ばれますが、「内的焦点化」を行なう道具のひとつとしてフロベールは「自由間接話法」を用いました。みなさんは話法について直接話法と間接話法のふたつがあるということを高校の英語の授業で習ったかと思います。例えばある男性が「ぼくはパリに行った」と言ったとしましょう。これを直接話法であらわすなら、Il a dit : « Je suis allé à Paris ». となります（英語なら He said, "I went to Paris." です）。間接話法であらわすなら、Il a dit qu'il était allé à Paris. です（英語なら He said that he had gone to Paris. です）。しかし、第三のあらわし方があります。間接話法の「彼は言った（Il a dit que ／ He said that）」の部分を省略して Il était allé à Paris. ／ He had gone to Paris. とあらわすことも可能なのです。これが「自由間接話法」です。

しかし、それでは誰の発言かわからないし、そもそも地の文と区別がつかないじゃないかとお思いの方もおられると思います。その通りです。自由間接話法であらわされる発言が発言であることを示す指標は何もありません。ただ文脈からそう判断されるだけの話です。言い方を変えれば、そのような曖昧さこそが「自由間接話法」の最大の特徴です。

自由間接話法は誰かの発言を伝えるのに使われるだけではなく、登場人物の考えや内心の声を伝えるのにも使われます。例えば次の箇所を見てください。結婚したエンマがシャルルとの退屈な生活にうんざりしている場面です。

「一体全体わたしはなぜ結婚したのかしら。」

ほかのめぐり合わせによって別の男と出会う手段はなかったものかと、彼女［エンマ］は自問するのだった。そして現実には起きなかった出来事、いまとは違う生活、彼女の知らない夫がどのようなものだったかを想像しようとした。実際みんながみんなあんな奴［シャルル］みたいだとはかぎらない。夫は美男子で才気にあふれ優雅で魅力的だったかもしれない。たぶん修道院の同級生たちはそういう男と結婚しているのだ。あの人たちはいまどうしているのだろう。都会に住んで、通りの音や劇場のざわめきや舞踏会の輝きとともに、心がみたされ官能が花開くような生活を送っているのだ。それに比べて彼女の生活は天窓が北向きの屋根裏部屋のように冷え冷えとして、退屈がもの言わぬ蜘蛛のように心の四隅の陰に巣を張っていた。（第一部第七章）

一応念のため原文も添えておきましょう。

-Pourquoi, mon Dieu ! me suis-je mariée ?

Elle se demandait s'il n'y aurait pas eu moyen, par d'autres combinaisons du hasard, de rencontrer un autre homme ; et elle cherchait à imaginer quels eussent été ces événements non survenus, cette vie différente, ce mari qu'elle ne connaissait pas. Tous, en effet, ne ressemblaient pas à celui-là. Il aurait pu être beau, spirituel, distingué, attirant, tels qu'ils étaient, sans doute, ceux qu'avaient épousés ses anciennes camarades du couvent. Que faisaient-elles maintenant ? A la ville, avec le bruit des rues, le bourdonnement des théâtres et les clartés du bal, elles avaient des existences où le cœur se dilate, où les sens s'épanouissent. Mais elle, sa vie était froide comme un grenier dont la lucarne est au nord, et l'ennui, araignée silencieuse, filait sa toile dans l'ombre à tous les coins de son cœur.

最初の「一体全体わたしはなぜ結婚したのかしら」は実際に声に出して言ったのか、それとも内心の声なのかはわかりませんが、直接話法で示されています。次の二つの文は「自問」した、「想像しようとした」という文があることからエンマの考えを間接話法で示していることがわかります。そのあとの「実際みんながみんなあんな奴みたいだとはかぎらない」からが自由間接話法です。いくらつまらない男だからといって自分の夫を「あんな奴」呼ばわりするのもひどいと言えばひどい話ですが、「あんな奴（celui-là）」という軽蔑的な言い方はふつう地の文に出てくるものではありません。それがあえて使われているのは、この文がエンマの内心の声を伝えるものだからです。

そこから彼女は修道院の同級生のことに思いをはせます。同級生たちがすてきな男性と結婚して幸せに暮らしているというのは「事実」ではなく、エンマの「想像」にすぎません。その意味では文末に「……と彼女は想像した」とつけてもいいくらいです。しかし、フロベールはそういう表現は使わず、エンマの想像の内容を自由間接話法であらわすことによって、よりヴィヴィッドな内面描写を行なうともに、登場人物であるエンマの視点に寄り添って物語を進めているのです。

エンマという女性――「ボヴァリスム」

エンマ・ボヴァリーは夢ばかりみて現実の生活に適応できない人間です。『愛の妖精』のファデットや『シルヴィー』のシルヴィーは地に足をつけて生きるたくましい女性でした。彼女たちは夫や子どもを愛し、ともに生活を築いていくことがごく自然にできます。エンマにはそれができません。

「ボヴァリスム」というのは哲学者のジュール・ド・ゴーティエが『ボヴァリー夫人』からつくったことばで、ゴーティエはこれを「神経症的な若者によくみられる感情的・社会的次元における欲求不満の状態で、実現不可能な過大な野心や、空想や小説への逃避となってあらわれる」と定義しています。

エンマの人物像としてこれにまさるものはないと思いますが、一体何がエンマをそういう女性にしたのでしょう。

エンマは十三歳のときに修道院に預けられました。当時は女性が教育を受ける場は修道院に入るか自宅で家庭教師をつけるかしかありませんから珍しいことではありません。むしろ恵まれた環境と言うべきかもしれません。その頃すでに彼女は小説を読んでおり、ベルナダン・ド・サン＝ピエールの『ポールとヴィルジニー』の描く南洋のエキゾチックな恋愛にあこがれていました。

エンマは修道院の厳粛で神秘的な雰囲気を気に入りますが、肌着をつくろうために出入りしている老婦人から小説を借りて読みふけるうちに、だんだん反抗的になっていきます。やがて母親が死にエンマは実家に戻ります。修道院の生活にあきあきしていた彼女はしばらくは実家で暮らせることを喜んでいましたが、そのうちに修道院を恋しがるようになります。ここにはエンマのその後を予言するものがあるように思えます。エンマはどこにいようと満足できない女性なのです。

彼女を満足させる場所は小説＝フィクションの中にしかありません。エンマはシャルルと結婚したあと、一度だけ貴族の夜会に招待されます。彼女はきらびやかな貴族社会にあこがれますが、たとえ貴族社会の一員となることができたとしても満足しなかったでしょう。彼女は現実の中に満足を見つけることができない人間なのです。

エンマの最大の失敗は現実と小説＝フィクションを混同してしまったことです。その点でエンマはしばしばドン・キホーテと比較されます。ドン・キホーテもまた騎士道小説を読みふけり、ついには自分は騎士であると思い込んでしまった人物だからです。ドン・キホーテが風車を巨人だと思い込み戦いを挑んだのと同じように、エンマはシャルルを白馬に乗った王子さまと思い込んで結婚を承諾したのです。しかし、エンマは結婚生活の現実を目の当たりにして醒めてしまいます。ふつうならばそこで現実となんらかの折り合いをつけるものですが、エンマは違います。こんなはずではなかった、どこかで間違えたのだと思った彼女は、第二第三のチャンスを試します。そうして不貞を重ねることになるのです。

こうしたことは小説の罪でしょうか。シャルルの母親——エンマから言うと姑——はエンマの心境を理解しているとはとても思えませんが、エンマが一家の主婦としてきちんと働かないのは小説のせいだと考えて、小説を読むことを禁止しようとします。実際、いまでは想像もつかないかもしれませんが、小説というものは良家の子女の教育上有害なものである、小説などというものは不良の読むものだという考え方が、ある時代には確実に存在しました。しかし、問題はそこにはないように思えます。

問題があるとすれば、それはやはりエンマが現実を生きようとしないことでしょう。現実を知らないというのは、決して罪ではありません。若いときは誰でもそうです。しかし、現実を知ってなお、それと折り合おうとしないことは罪と言われても仕方がないように思えます。

とはいえエンマにどんな選択肢がありえたでしょうか。もし退屈な日常に埋没した田舎の「保健医」の妻としての生活と折り合いをつけることができれば、エンマは破滅しなかったかもしれません。しかし、それで幸せだったかというと、それも違うように思います。小説＝フィクションの世界に生きることが不可能である以上、エンマがとることのできる道は二つしかありません。凡庸な生活に甘んじて平和に生きるか、凡庸から逃れるために破滅の危険を冒すかです。まさに前門の虎、後門の狼、進むも地獄、退くも地獄というところではないでしょうか。

そのような状況の中でエンマは——それが意図的な選択かどうかは別にして——あえて危険な道を進んだのではないでしょうか。そう考えるならば、彼女は十九世紀の田舎の女性が置かれていた閉塞した状況に挑み、敗れ去った女性とさえ言えるかもしれません。たとえ凡庸さを嫌い、そこから抜け出そうともがくこともまた凡庸さの証《あかし》でしかないとしても。

✽エンマを取り巻く男たち——シャルル、ロドルフ、レオン

シャルルは凡庸を絵に描いたような男です。彼は甘いことばをささやくことも妻を連れ出してパーティーや芝居やコンサートに行くこともしません。そういうことができないというより、そもそもそういう考えが彼の頭の中にはないのでしょう。シャルルは妻を崇拝し心から愛しています。彼は忠実な犬のような愛情の示し方をしますが、それがまたエンマの神経にさわります。

そんなふたりにも子どもが生まれます。しかし、それでふたりの関係が改善されることはありません（日本では「子はかすがい」と言いますが、フランスには子どもの存在が夫婦の絆を強めるというような考えは一般的ではありません。子どもの問題と夫婦の問題はあくまで別のものなのです）。いや、それどころか男の子が欲しかったエンマはお腹を痛めて生んだ娘を愛することができません。

エンマの最初の不倫相手のロドルフは貴族であり名うてのプレイボーイです。甘いことばにはこと欠きません。しかし、ロドルフにとってエンマとの情事はあくまで遊びです。意外と肝の小さい彼は、エンマがもちかけた駆け落ちの計画を断ることができぬままずるずると引き延ばし、当日になって逃げてしまいます。

ロドルフに比べるとレオンははるかにまともな男にみえます。レオンとエンマは互いの中に人生や芸術について語り合える友を見いだします。そのままで終わればプラトニックな美しい思い出としていっつ

までもエンマの心に残ったに違いありません。しかし、ふたりはルーアンの劇場で再会します（劇場へ行ったのはシャルルがエンマを慰めようと一念発起して連れて行ったからです。その意味ではシャルルの妻への思いやりが仇になったと言うべきでしょうか）。

そこから忘れていたはずの恋に再び火がつくわけですが、ふたりの間でイニシアティヴをとるのは明らかにエンマであり、レオンは終始受け身です。そのこと自体は別段悪いこととは思いませんが、なんの抵抗もなくエンマから高価なプレゼントを受け取っておいて、いざエンマが借金まみれで困っていると聞かされたときに腰がひけてしまうというのはいかがなものでしょう。経済力がないのだから仕方がないと言えばそれまでですが、結局レオンもつまらない男だと言わざるをえません。

エンマを取り巻く三人の男について随分と厳しいことを書きました。ひと言で言えば彼らはみな凡庸な男です。そのような凡庸な男にかかわってしまったことがエンマの不幸であり破滅の原因だと言えなくはありませんが、ちょっと待ってください。はたして凡庸であることは罪でしょうか。世の中の大半の人間は凡庸です。もし凡庸を批判するなら、世の中の大半の人間は批判されなければならなくなってしまいます。

文学に「もしも」をもち込むことはナンセンスですが、もしもエンマがシャルル以外の男と結婚していれば、もしも男の子が生まれていたら、もしも不倫相手がもっとまともな男だったら、エンマは破滅せずにすんだでしょうか。とてもそうは思えません。エンマが人生のどこかで白馬に乗った王子と出会っていれば幸せになれたかもしれませんが、白馬に乗った王子は小説＝フィクションの世界にしか存在せず、人類の大半が凡庸である以上、誰と結婚しようと、誰と不倫しようと、結果は同じだったのではないかと思います。エンマの不幸は一見さまざまな偶然が重なった結果のようにみえますが、実は必然なのではないでしょうか。

✽「悲劇」としての『ボヴァリー夫人』

唐突かもしれませんが、私は『ボヴァリー夫人』は「悲劇」だと思っています。ここで言う「悲劇」は、たんに不幸な結末が訪れるという意味ではありません。演劇のジャンルとしての「悲劇」です。演劇のジャンルとしての「悲劇」の条件は何かというと非常にむずかしい問題になってしまいますが、ひとつ言えそうなのはこれといって誰が悪いわけでもないのに必然的に不幸な結末が訪れるということです（第2章でとりあげた十七世紀古典主義悲劇、コルネイユの『ル・シッド』やラシーヌの『アンドロマック』を思い出してください）。悪人がひとりいてまわりの人間を苦しめるというのは、どんなに悲惨な話であろうと「悲劇」ではありません。また、偶発的な事故や事件が起こって主人公が不幸になるというのも「悲劇」ではありません。

『ボヴァリー夫人』には悪人はいません。シャルルもロドルフもレオンも――そしてエンマ自身も――悪人ではありません。ただ凡庸なだけです。悪人を探すとすれば、金貸しのルウルーでしょうが、悪人と言うにはあまりに小物です。ルウルーはただもっと大きなもの――強いて言うなら「運命」ということになりますし、見方を変えれば「近代資本主義経済」とも言えるでしょう――の手先となってはたらいただけではないでしょうか。『ボヴァリー夫人』にはまた偶然の不幸もありません。すでに述べたように、すべては偶然にみえて必然です。つまりエンマがエンマである以上、破滅は避けられなかったのです。これを「悲劇」と呼ばずして何をそう呼べばいいのでしょう。

「悲劇」には「悲劇」にふさわしい登場人物がいます。それは盲目の物乞いだと私は思っています。エンマがピアノのレッスンと称してレオンと会うためにルーアンに通っているとき、途中の峠に杖をついた盲目の物乞いがいます。目の縁が赤くただれ膿をこびりつかせたこの男は、馬車のあとを追いながら奇妙な小唄を歌い、ときには馬車の踏み台にしがみついて窓からのぞき込みエンマを怖がらせることもあります。

小説の終盤、物語が高まりクライマックスを迎えようとするとき、この物乞いがエンマの住む町に突然あらわれ、しわがれた声で歌を歌います。それを聞いたエンマは物乞いのおぞましい顔が「永遠の暗闇にそびえ立っている」のを見たような気がして「激しく狂ったような絶望的な笑い」にとりつかれます。

一体物乞いはなんのために峠を離れ、わざわざ町へやって来たのでしょうか。エンマに運命を告げるためでしょうか。それともエンマを罰するためでしょうか。ところがフロベールはここでもまた見事までに読者に肩すかしをくわせます。盲人は運命の使者なぞではなく、たんに目の炎症を抑える軟膏を買いに町にやって来ただけなのです。彼は薬剤師のオメーにいまはそれどころではないとにべもなく追い払われてしまいます。

その後、物乞いは峠に戻り、道行く人々にオメーの薬は効かないと吹聴します。怒ったオメーは新聞に物乞いを攻撃する記事を投稿し、さらには物乞いがもとで事故が起こったとでっち上げの記事を書かせて、物乞いは貧民救済所へ収監されることになります。運命の使者に思えた物乞いは田舎の卑俗な現実の中に埋もれて消えていきます。

物語の最後でスポットが当たるのはエンマでもシャルルでも盲目の物乞いでもなく、「俗物」、「スノッブ」の典型とも言うべき薬剤師のオメーです。物乞いを厄介払いできたことに味をしめて、彼は次から次へと新聞に記事を投稿し、さらには本を書くようになり、本業の薬学でもさまざまな新発見を導入して店を繁盛させます。彼はまたシャルルのあとに開業した医者をことごとく攻撃して追い出し、町の名士にのしあがります。

「オメー氏は最近レジオン・ドヌール勲章をもらった」という文が『ボヴァリー夫人』を締めくくります。皮肉なことに最終的に勝利するのは、田舎の凡庸な生活に完全に順応し、そこから出ることなど考えず、すいすいと泳いでいく俗物なのです。こうして美しい恋にあこがれ凡庸な現実を憎んだ女エンマの「悲劇」は「凡庸」の中に回収されてしまうのです。

ふつう恋愛小説というものは恋愛の切なさやはかなさとともに、その美しさ、すばらしさを描くものです。『ボヴァリー夫人』はそういうタイプの小説ではありません。エンマが破滅するのは恋のためではありません。恋ゆえに破滅するのなら彼女も本望でしょうが、実際には金のために破滅するにすぎません。その意味では『ボヴァリー夫人』は、われわれが恋愛というものに抱いている幻想をことごとく否定する「反恋愛小説」と言うべきかもしれません。

「地方風俗」という副題がついていることからもわかるように、『ボヴァリー夫人』は十九世紀半ばのフランスの田舎町を描いた小説です。しかし、エンマの置かれている状況や彼女の心境は二十一世紀の日本に生きるわれわれのそれとさして違わないのではないでしょうか。フロベールは「いまもフランスの二十の村でエンマ・ボヴァリーが泣いていることだろう」と言いましたが、現代の日本にもエンマのような人間は——男性女性を問わず——少なくないように思えますし、むしろ増えているのではないかという気がします。そう考えると『ボヴァリー夫人』は非常に現代的な作品ではないでしょうか。

第11章　恋愛と嫉妬

プルースト『失われた時を求めて』（一九一三〜一九二七）より「スワンの恋」

✽「マドレーヌ体験」

この章ではマルセル・プルーストの『失われた時を求めて』から「スワンの恋」をとりあげます。『失われた時を求めて』は『スワン家の方へ』、『花咲く乙女たちのかげに』、『ゲルマントの方』、『ソドムとゴモラ』、『囚われの女』、『逃げ去る女』、『見出された時』の七篇からなる大長篇小説で、第一篇の『スワン家の方へ』が出版されたのが一九一三年、第七篇の『見出された時』が出版されたのが一九二七年ですから、その間十四年の歳月が流れたことになります。

第一篇『スワン家の方へ』は「コンブレー」、「スワンの恋」、「土地の名——名」の三部に分かれていますので、これからとりあげる「スワンの恋」は全七篇のうちの一篇のさらにその三分の一——単純計算すると作品全体の二十一分の一ということになります。それでもふつうの小説一冊分の長さは十分にあるのですから、全体がどれほど長いかがわかるかと思います。

『失われた時を求めて』全体は「わたし」という人物の物語です。なかでも有名なのが第一篇『スワン家の方へ』の「コンブレー」で語られる「マドレーヌ体験」です。ある冬の日、散歩から帰った「わたし」はマドレーヌを紅茶にひたして食べます。すると不思議な喜びにみたされ、「自分は凡庸で偶然の産物で死すべき存在であると感じなく」なります。精神を集中して紅茶をさらにひと口、ふた口飲んでみますが、喜びがどこから来るのかさっぱりわかりません。

しかし、ある瞬間に突然、思い出がよみがえります。「わたし」は子どもの頃、コンブレーという町に住んでいました。日曜日の朝にレオニー叔母さんの部屋に朝の挨拶に行くと、叔母さんはマドレーヌをハーブティーにひたして食べさせてくれました。紅茶にひたしたマドレーヌはその味を思い出させてくれたのです。

それをきっかけに「わたし」の脳裏に叔母さんの部屋や昔住んでいた家、よく買い物に行った通りや広場、天気のいい日に散歩に行った道、村人たちや彼らの家などがよみがえり、ついにはコンブレーの町とその周辺全体が――小さな紙の玉を水に入れると中で開いて花や人や建物の形になる日本の水中花のように――「一杯の紅茶から出て」きます。

この一節は感覚的な刺激によって引き起こされる無意識的回想とそこから生まれる奇妙な喜びを描いたものです。こう書くと随分高尚なもののようですが、ここまでドラマティックではないにせよ、なんらかのきっかけで思い出が突然よみがえるという体験は誰にでもあるのではないでしょうか。プルーストの偉大さは、誰も考えたことのないような未知の真理を発見したことではなく、誰もが知っているちっぽけなものを分析して文学的・形而上学的次元にまで高めた点にあるように思います。

✿「就寝のドラマ」

マドレーヌ体験の前に描かれる「就寝のドラマ」についても同じことが言えるように思います。フランスでは子どもは赤ん坊のときからひとりで寝るのがふつうです。日本のように親子が川の字になって寝るという習慣はありません。子どもの頃、「わたし」はひとりで寝るのがいやでたまらず、母親がおやすみのキスをしに部屋に来てくれるのをいつも心待ちにしていました。

しかし、家に客が来ていると、母親はそちらに手をとられて、おやすみのキスをしに来てくれません。「わたし」は一計を案じて「とても重要な話があるが、ここには書けないので部屋まで来て欲しい」という手紙を書き、「この手紙はママから頼まれたものだから絶対に渡して欲しい。もし渡さなかったらママはかんかんに怒るはずだ」と言って女中のフランソワーズに預けます。

「わたし」は母親が来てくれることを考えて天にものぼる気持ちになったり、母親は手紙を読んで機嫌を悪くするのではないか、自分は両親から重い罰を受けることになるのではないかと思って不安になったりしますが、母親は一向にやって来ません。やがて客が帰る音が聞こえます。何がなんでも母親にキスしてもらおうと「わたし」はベッドを抜け出して母親のもとに走っていきます。母親は驚いて「わたし」を見つめます。母親の顔に怒りが広がっていきます。

そのとき父親の足音が聞こえます。母親は「お父さんに見つからないよう早く部屋に戻りなさい」と言いますが、もう間に合いません。どんな重い罰を受けるかと「わたし」はびくびくしていますが、父親は「今夜はこの子と一緒に寝ておやり」と言います。母親と一緒に部屋へ戻った「わたし」は泣き出してしまいます。そんな「わたし」に母親はジョルジュ・サンドの小説『捨て子フランソワ（フランソワ・ル・シャンピ）』を読んでくれます。

これがプルーストの「就寝のドラマ」です。かわいいでしょう。「え、たったそれだけ？」と思う方もおられるかもしれません。プルーストはたったそれだけのことを何ページにもわたって深く分析しています。そしてそれがプルーストのプルーストたる所以です。

「ドラマ」というのは決して非日常のものではありません。わざわざ遠い国、見知らぬ土地まで行かなくとも、「ドラマ」は日常の中にあるのです。大切なのは例外的な冒険を生きることではなく、ふつうならば忘れてしまうような日常のちっぽけなことを見つめ分析することである――「マドレーヌ体験」や「就寝のドラマ」はわれわれにそんなことを教えてくれます。

✿「スワンの恋」――オデットとチッポラ

「就寝のドラマ」において「わたし」の家に来ていた客が隣人のシャルル・スワン――「スワンの恋」の主人公です。「スワンの恋」の物語は「わたし」が生まれる前の話であり、「わたし」の物語の中でここだけが独立した物語となっています。一人称小説において語り手の「わたし」が知りえないはずのことを書くのはルール違反と言えばルール違反ですが、スワンの恋は「わたし」がその後経験するアルベルティーヌという女性との恋を予告するはたらきをしています。

シャルル・スワンは貴族でこそありませんが、金持ちで美術や音楽に造詣が深く、超一流の貴族のサロンに出入りする社交界の寵児です。あるときスワンは劇場で友人からオデット・ド・クレシーという女性を紹介されます。スワンとオデットという名前からチャイコフスキーの『白鳥の湖』を連想される方もおられるかもしれません。フランス語では「白鳥」は「シーニュ（cygne）」と言いますし、スワンの名前の綴りはSwannで厳密に言うと英語のswanとはnの数が違いますが、プルーストが『白鳥の湖』を意識して名前をつけていることはたしかだろうと思います。とはいえ、スワンとオデットの恋は『白鳥の湖』のジークフリート王子とオデットの恋とはまったく違う展開をみせます。

オデットは社交界に生きる高級娼婦です。彼女はさかんにスワンにモーションをかけますが、スワンは心を動かしません。オデットは美人かもしれませんがスワンの好みではなく、頬骨が突き出ているところなぞは生理的に嫌悪感さえ感じるからです。しかし、ある日、オデットを見ていて、彼女がボッティチェリの描いたチッポラという女性によく似ていると思ったときから、スワンの心に変化が起こります。

チッポラというのは旧約聖書の「出エジプト記」に登場する人物で祭祀エテロの娘です。ミディアンの祭祀エテロには七人の娘がいました。彼女たちが井戸に水を汲みに行くと、羊飼いの男たちがあらわれ邪魔をします。ちょうどその場に居合わせたモーゼは羊飼いの男たちを追い払い、娘たちに水を汲ませます。その話を聞いたエテロはモーゼを家に招待して、娘のひとりチッポラを彼と結婚させます。

「春」や「ヴィーナスの誕生」で有名な十五〜十六世紀イタリアの画家ボッティチェリは、この話を題材にしてヴァチカンのシスティナ礼拝堂の壁に「モーゼの試練」と題するフレスコ画を描きました。そこに描かれているチッポラにオデットがそっくりだと思ったスワンには、オデットがとても美しく見えはじめます。

「マドレーヌ体験」や「就寝のドラマ」と同じく、こういうことはわれわれにも起こるのではないでしょうか。旧約聖書だとかボッティチェリだとか言うとわれわれの日常とはかけ離れた感じがするかもしれません。しかし、それまでなんとも思っていなかった異性が自分の好きな歌手やタレントに似ていると思ったときから恋心が芽生えるというのは決して珍しいことではないような気がします。

チッポラのエピソードは恋愛において想像力が大きな——ときには決定的な——はたらきをすることを示すものではないでしょうか。スワンにとってオデットの精神や肉体は重要なものではありません。重要なのは彼女がスワンの想像力を刺激することなのです。つまり、すべてはスワンの主観的現実の中にしかなく、そこでは想像力が客観的現実を支配し変容させるのです。

同じことが『スワン家の方へ』第一部「コンブレー」のゲルマント公爵夫人のタペストリーの挿話にも感じられます。子どもの頃、「わたし」は教会の壁にかかったタペストリーが近くに住む大貴族ゲルマント家の女性をモデルにしてつくられたものであり、ゲルマント家が昔幻灯で見た中世の「黄金伝説」に登場するジュヌヴィエーヴ・ド・ブラバンの子孫であると聞いて、ゲルマント公爵夫人はさぞや美しいに違いないと考え、会ったこともない夫人に激しいあこがれを抱きます。「わたし」はある結婚式でゲルマント公爵夫人を見る機会を得ます。そのとき彼をとらえたのは「なんだこんなものか」という幻滅でした。

あこがれというのは得てしてそういうものですから、特に珍しい話ではないと思います。しかし、おもしろいのはそこから先です。「わたし」は自分があれほどあこがれていた夫人、ジュヌヴィエーヴ・ド・ブラバンの子孫にあたる女性が美しくないはずがない、これは何かの間違いだと考えます。すると大して美しくもないはずの夫人がこの上なく美しく見えてくるのです。こうして「わたし」の中ではゲルマント公爵夫人は期待通り美しかったということになります。

唐突すぎるかもしれませんが、私はそこからさらに三島由紀夫の『金閣寺』を連想します。『金閣寺』は一九五〇年七月に起きた金閣寺放火事件に取材した小説です。福井県の寺の息子として生まれた「わたし」は、幼い頃から父親に金閣寺ほど美しいものはないと聞かされ、あこがれを抱きます。彼にとって金閣寺は絶対的な美の象徴なのです。しかし、修行のために京都に出て来て金閣寺を見ると、建立して何百年もたっているのですから当たり前と言えば当たり前の話ですが、随分と古ぼけすすけた建物にすぎません。彼は失望しますが、そこから同じことが起こります。あれほどあこがれた金閣寺が美しくないはずはないと考えるうち、「わたし」の前にこの地上のなによりも美しい金閣寺——彼の頭の中の金閣寺——が具現化して忽然と姿をあらわすのです。

私は三島由紀夫が『失われた時を求めて』に影響されて『金閣寺』のその箇所を書いたなどと言いたいわけではありません。そうではなく人間の精神にはそういう側面があるということをプルーストなりに、三島由紀夫は三島由紀夫なりに表現しているのではないでしょうか。オデットであれ、ゲルマント公爵夫人であれ、金閣寺であれ、根本は同じです。われわれは現実を見ているつもりでも、その現実はわれわれの想像力によって変形されたものにすぎません。美を美たらしめるのは人間の想像力です。そう考えるならば、人が恋をするのは想像力によるものであるというのも決して不思議なことではありません。

✿ある夜の出来事――「カトレアする」

オデットがチッポラに似ていると感じた日から、スワンの心に変化が生まれますが、まだこの段階ではオデットはたくさんいる女のひとりにすぎません。スワンがオデットに夢中になるには、もうひとつ重要なステップがあります。

オデットはスワンをなじみのヴェルデュラン夫人に紹介し、ふたりは夫人のサロンの常連となります。スワンは夜会のあと、毎回オデットを家まで送って行くのが億劫になり、あるときわざと遅れて行きます。スワンが到着するとオデットはもう帰ったあとです。「やった、これで家まで送らずにすむ」と喜ぶかと思いきや、スワンはどうしてもその夜のうちにオデットに会いたくてたまらなくなります。オデットはプレヴォというカフェにココアを飲みに行ったとヴェルデュラン家の給仕頭から聞いたスワンは、すぐさま店に行きますがオデットはいません。それから彼は狂ったようにカフェやレストランをまわってオデットを探します。

どうしてこんなおかしなことになるのでしょう。御者のレミが「もうお帰りになるしかございませんと言うと、スワンは思わずかっとして「とんでもない。どうしても見つけなければならない。とても大切なことなのだ。用事があるのだから、もし会えなかったらあのひとは大いに困り腹をたてるだろう」と答えます。もちろん、大嘘ですが、このセリフに聞き覚えはないでしょうか。スワンのことばは子どもの「わたし」が母親宛の手紙を女中のフランソワーズに預けたときの言い草にそっくりです。

実際、スワンのしていることは実に幼稚です。自分が飽きてしまったおもちゃでほかの子どもが遊んでいるのを見て、急にそのおもちゃが欲しくなりだだをこねる子どもと変わりません。スワンもそれはわかっています。しかし、わかっていてもどうしようもないのです。

「私を会員にするようなクラブには入会したくない」というジョークがあります。人間はいつでも手に入るようなものは欲しがらない、手に入らないものを欲しがるのだという意味だと思いますが、人間の心の機微をついたことばではないでしょうか。スワンも同じです。もともとモーションをかけてきたのはオデットです。毎晩のようにヴェルデュラン家で会い、家まで送って行くのはスワンの望んだことではありません。だからスワンはそれがだんだんうっとうしくなってきたのです。しかし、会えないとなると状況は一変します。スワンはオデットと過ごす時間をなくして――もちろん、翌日になればまた会えるのですが、そのときの彼はそんなことは考えません――はじめてそのありがたさに気づくのです。

カフェやレストランをのぞいて馬車に戻るとき、スワンはひとりの女性とぶつかります。オデットです。彼女はプレヴォに行ったが満席だったので、別のレストランに行った、奥の席にいたのでおそらくスワンは気がつかなかったのだろう、と言います（それが嘘であることが後に明らかになるのですが、ここでは問題にしないことにしましょう）。スワンはオデットの馬車に乗り込み彼女の家へ向かいます。

オデットは胸にカトレアの花をさしています。馬車が揺れたときカトレアが少しずれます。スワンはそれを直そうとして顔を寄せ、そのままオデットにキスをします。その夜、ふたりははじめてベッドをともにします。それ以来、ふたりの間では「カトレアする」というのがベッドインをあらわすことばとなります。恋人同士がふたりにしかわからない隠語を使って話すというのもよくある話ではないかと思います。ここでもプルーストは誰もが覚えのある珍しくもないこと、しかしそれだけにそれまで誰も文学作品でとりあげたことのないことをとりあげています。

✿スワンの嫉妬——他者を知ることの不可能性

こうしてふたりは結ばれ、めでたしめでたし——ならいいのですが、そうはならないのが「スワンの恋」です。幸せな時は長くは続きません。スワンが夢中になればなるほど、オデットはスワンに冷淡になっていきます。オデットは一体何を考えているのか、ほかに男がいるのではないか——スワンは疑念と嫉妬に苛まれることになります。

オデットはフォルシュヴィル伯爵という男をヴェルデュラン家のサロンに連れて来ます。フォルシュヴィルを気に入ったヴェルデュラン夫人は彼をちやほやして、オデットと共謀してスワンを仲間はずれにしようと画策します。

あるときスワンはオデットに「疲れているから、今夜はカトレアはなしよ」と言われて家に帰りますが、ひょっとするとオデットは誰かを待っているのではないかという疑いが頭をもたげ、オデットの家に引き返します。通りに面した窓はどれも真っ暗ですが、ひとつだけ明かりがもれている窓があります。オデットが男を連れ込んでいるのかもしれないと思うと、スワンはいてもたってもいられません。そんなことをすればオデットに嫌われるのはわかっていますが、真実を知りたいという気持ちの方が強く、思い切って窓の鎧戸《よろいど》を叩きます。鎧戸を開いたのは会ったこともないふたりの老人です。同じような窓がいくつも並んでいるので、冷静さを失ったスワンは部屋を間違えていたのです。

このときはスワンの思い過ごしにすぎませんが、しばらくしてから同じようなことがもう一度起こります。スワンは知人の家を尋ねますが留守だったため、オデットの家に寄ってみようと思います。オデットは在宅していると門衛は言いますが、呼び鈴を押しても応答はありません。スワンは建物の裏にまわりオデットの寝室の窓をのぞき込みます。なにやら物音が聞こえるような気がしますが、カーテンがかかっているので何も見えません。彼は窓を叩き大声で名前を呼びますが、やはり反応はありません。やむをえずスワンはその場を立ち去ります。

一時間後、スワンは再びオデットの家に行きます。オデットはスワンを迎え入れて、さっきは寝ていた、呼び鈴の音で目を覚ましてスワンだと思い走って行ったが、もうスワンはいなくなっていたと説明します。スワンはそれが嘘だと見抜きます。しかし、黙ってオデットの話を聞くだけで、矛盾を指摘しようとはしません。

その日はカトレアはせず、スワンはそのままオデットの家を出ます。オデットは後ろめたいのか、スワンを引き止めようとします。彼女はテーブルの上にある何通かの手紙をスワンに渡して帰りに投函して欲しいと頼みますが、スワンはうっかり家までもって帰ってしまいます。手紙の宛先を見るとフォルシュヴィル宛の手紙があります。彼は中を見たいと思いますが、さすがに開封する勇気はありません。しかし、オデットにやましいことがないのなら、それをはっきりさせることが誠実というものだと勝手な理屈をつけて、封筒の薄くなっている部分をロウソクの明かりに透かして中を読みます。

幸いなことに、手紙にはオデットとフォルシュヴィルの間に恋愛関係があることを感じさせるものは何も書かれていません。しかし、スワンは「開けてよかったの。叔父でしたの」という文に気づきます。スワンがオデットの寝室の窓を叩いたとき、フォルシュヴィルが中にいたのです。彼の嫉妬は糧《かて》を与えられ、「タコが一本また一本と足を伸ばしてへばりつくように」あらゆる瞬間にへばりつき、スワンをむさぼります。

おもしろいのはスワンが透かした封筒の薄くなっている部分が「窓」に喩えられていることです。窓を通して見ることができるのは内部のごく一部にすぎません。他者に関するわれわれの知識も似たようなものではないでしょうか。スワンは二度にわたって（最初のケースは窓を間違えていたわけですが）オデットの部屋の窓に近づき、中をのぞき込もうとします。しかし、鎧戸やカーテンがあるため何も見えません。彼は「封筒の透けた窓」を通して、オデットが彼に隠れてフォルシュヴィルと会っていたことを知ります。しかし、だからといってオデットの秘密がすべてわかったわけではありません。手紙の情報はあまりに部分的でオデットの真実を知るにはほど遠く、彼はますます嫉妬に苦しむことになります。

そもそもスワンはオデットについて一体何を知っているでしょう。彼女の内面はもちろんのこと、自分と会っていない時間に彼女が何をしているのかも、彼はまったく知りません。オデットとヴェルデュラン夫人の画策によってスワンがサロンの仲間から遠ざけられ、オデットがスワンのいないところで過ごす時間が増えるにつれて未知の領域はさらに広がっていきます。知らないという点ではオデットの過去についても同じです。オデットはもともと高級娼婦ですから、人には言えないような過去があるはずですが、それもまたスワンには未知のものです。

よく知りもしない女をなぜ好きになれるのかとお思いの方もおられるかと思います。しかし、われわれも同じではないでしょうか。われわれは恋人のことを知っているつもりでいます。しかし、それは「窓」を通して相手のほんの一部をのぞいているだけではないでしょうか。どんなに親しい相手であれ、その人の人格や人生はわれわれにとって永遠に未知のものではないでしょうか。「窓」のイメージは他者を知ることのむずかしさ――さらに言えば不可能性――をあらわしているように思えます。

✽恋の終わり？――ヴァントゥイユのソナタ

『失われた時を求めて』の登場人物にヴァントゥイユという作曲家がいます。スワンはオデットに連れられてはじめてヴェルデュラン家を訪れたとき、ヴァントゥイユのソナタを聞くことになります。オデットの隣りに座ってソナタを聞いているうちに、スワンはすっかりあきらめ忘れかけていた何か、自分の人生の理想のようなものを思い出し、官能的と言ってもいいような喜びを感じます。やがてスワンがオデットと恋におちると、ヴァントゥイユのソナタはふたりの思い出の曲、「ふたりの恋の国歌」となります。

オデットとの恋がうまくいかなくなり苦しんでいる頃、スワンは思いがけない場所でこの思い出の曲を聞くことになります。その日、スワンはサン＝トゥーヴェルト侯爵夫人の家に出かけます。名門の貴族であるサン＝トゥーヴェルト侯爵夫人のサロンは、ブルジョワのヴェルデュラン夫人のサロンの対極にあり、オデットは来たことがありませんし、来るはずもない場所です。スワンは何人かの知人と話をして適当に帰ろうとしますが、楽団の演奏が始まるので出るに出られず、曲が終わるまでその場に残ることにします。

演奏が始まるとスワンはオデットが入ってきたような気がしてはっとします。楽団が演奏しているのはヴァントゥイユのソナタだったのです。彼がそのことに気づくよりも早く、彼の心にオデットとの幸せな日々がよみがえります。スワンはもはや「追放されているともひとりぼっちだとも感じなく」なります。そのイメージは過去を思い出そうとして思い出す場合よりもはるかに鮮烈です。「知性は過去のエキスと称するものしか内包しておらず、そのエキスは何も保存していない」からです。

付き合いはじめた頃にふたりでよく聞いた曲が思い出の曲になるというのはよくあることだと思いますし、何年かあとにその曲を聞いて思い出がよみがえり、甘く切ない気持ちになるというのも珍しい話ではないと思います。ここにも誰にでもあることを深く分析して文学的・形而上学的次元にまで高めるというプルーストの特徴がみられますが、それ以上におもしろいのはスワンのこの経験が「わたし」のマドレーヌ体験とよく似ていることです。スワンと「わたし」は一世代年齢が違いますが、彼らの経験はどこか似通った部分があるのです。

この経験で吹っ切れたのか、スワンは「オデットの彼に対する気持ちがもう二度とよみがえらないこと、幸福になる望みはもはや実現しないことを理解」して自らの恋の終わりを認めます。もちろん、オデットと別れてしまうわけではありません。彼らの関係はずるずると続き、やがてオデットの嘘がいくつも暴かれることになります。例えば、スワンがオデットを探してカフェやレストランをたずね歩いた夜、オデットはカフェにいたと言いましたが、本当はフォルシュヴィルの家にいたことがわかります。また、過去にさまざまな男たちと関係をもっていただけでなく、女性とも性的な関係があったということが明らかになります。

しかし、スワンにとってそれは付け足しにすぎません。物語の最後でスワンはつぶやきます——「気に入らなかった女、タイプではなかった女のために、人生の何年かを台無しにしてしまい、死のうと思い、一番大きな恋をしてしまうとは、馬鹿なことをしたものだ」。

こうして「スワンの恋」は終わりますが、スワンの物語自体はこのあともさらに続いていきます。スワンとオデットがその後どうなるかについては、『スワン家の方へ』第三部「土地の名——名」、およびそれに続く『失われた時を求めて』全篇をご覧ください。

オデットはファム・ファタルか

スワンはオデットと出会い好きになったばかりにさんざん振り回されて不幸になります。スワンにとってオデットはファム・ファタルでしょうか。

スワンが自らの理想をオデットに投影しているという点、女が男の夢や欲望を映すスクリーンとなっている点では、オデットはマノン・レスコーを思わせます。また、オデットの内面が一切描かれていない——彼女の内面はスワンにはもちろんのこと読者にもわかりません——という点でもマノンと同じです。しかし、決定的に違うのは、オデットにはスワンを苦しめてやろうという悪意が感じられることです。

オデットはなぜスワンに近づいたのでしょう。お金のためでしょうか。スワン自身はオデットを「囲っている」という意識はありませんが、実際にはかなりの額のお金を与えています。しかしそれならば相手はスワンでなくともよかったはずです。では社交界の寵児である彼に興味をもったからでしょうか。それとも心のどこかでスワンに惹かれるものがあったのでしょうか。

彼女はなぜスワンを苦しめるのでしょう。高級娼婦としてお金をもらうのならそれに見合う最低限のサービスを提供するのが筋というものではないでしょうか。またもしフォルシュヴィルに乗り換えるなら、はっきりスワンに別れを告げるべきではないでしょうか。最初の段階ではともかく、オデットは途中からスワンをうとましく思っているのですから、別れたとしても痛くもかゆくもないはずですし、そうする方がスワンにとってもいいはずです。しかし、オデットはそういうことはしません。

オデットはわざとスワンを苦しめて喜んでいるように見えます。『痴人の愛』の譲治はナオミにひどい目にあわされることにマゾヒスト的な喜びを感じていました。だから譲治とナオミはある意味で似合いのカップルだと言えます。しかし、スワンにはそのような趣味はありません。彼はただ苦しむだけです。

私はファム・ファタルの条件のひとつとして、男が心のどこかで破滅することに同意しているというのをあげました。『マノン・レスコー』のデグリューも『カルメン』のドン・ホセも『痴人の愛』の譲治も『グレート・ギャツビー』のギャツビーもみな愛する女のために身を滅ぼしますが、それはもとより覚悟の上であり後悔はないはずです。しかし、スワンはオデットのために人生の何年かをむだにしたこと、さんざん苦しんで死のうとさえ思ったことを悔やみます。オデットが愛するに値しない女であったこと、そんな女にかかわった自分は愚かであったことを彼は知っているのです。オデットはファム・ファタルではなく、たんなる悪女であったと言うべきでしょう。

✽スワンと「わたし」——文学的創造

ではオデットと知り合うことさえなければスワンは幸せに生きることができたでしょうか。私にはそうは思えません。

すでに述べたようにスワンの物語は、その後の「わたし」とアルベルティーヌの恋物語を予告する役目を果たしています。「わたし」の恋についてここで詳しく述べる余裕はありませんが、海辺で知り合ったアルベルティーヌがある日突然「わたし」の家にやって来るところなぞは、オデットと同じくアルベルティーヌの方から恋を仕掛けているように見えますし、アルベルティーヌが秘密や嘘の多い女性であるところや、「わたし」が自分の知らないところでアルベルティーヌが何をしているか知ろうとして知ることができず、激しい嫉妬に苛まれるところも「スワンの恋」と同じです。

スワンの恋と「わたし」の恋が同じ道をたどるということは、プルーストが恋というものはそういうものだと考えていたということを示しているのではないでしょうか。スワンの物語は財産も教養もある男がたまたま悪い女と知り合い苦しむという偶然の物語ではなく、恋愛というものが必然的にたどることになる道筋をあらわしているように思えます。

『失われた時を求めて』の恋愛観は非常に悲観的なものです。「スワンの恋」に見られるように、ひとが誰かを好きになるのは想像力によるものです。しかし、ひとは他者のすべてを知ることはできません。そうなると今度は想像力によって疑念や嫉妬が生まれます。想像力によって恋におちたスワンが想像力によって疑念や嫉妬に苦しむというのは皮肉な話のようですが、実は必然なのです。

しかし、想像力には別の効用もあります。物語の最終篇『見出された時』で老いに近づいた「わたし」はゲルマント大公夫人の午後のパーティーに出かけます。馬車にぶつかりそうになり身をよけたとき、「わたし」は足元の敷石につまずきます。そのとき「マドレーヌ体験」と同じことが起こります。

ヴェネチアのサン・マルコ寺院にある不揃いのタイルの感触がよみがえり、「わたし」は幸福にみたされるのです。奇跡はさらに続きます。その後、ゲルマント家の召使いが皿にスプーンをぶつけてしまったときの音やナプキンで口をぬぐったときのごわごわした感触が「わたし」に失われた過去を思い出させます。

「わたし」はそれまでそのようなことを体験しながら、その原因の探究を先延ばしにしてきました。しかし、今度ばかりはそれを探りたいという気持ちに駆られます。彼がたどりついた結論は次のようなものです――ものごとの本質は経験しているそのときにはとらえることができません。現在には想像力が作用していないからです。想像力がものごとの本質を明かしわれわれに至上の喜びを与えてくれるのは無意識的回想においてのみです。無意識的回想はわれわれを現在と過去が入り混じった「超時間的」なところ、いわば時間の外側に置くからです。

無意識的回想は感覚的なものであり、意志の力では生み出すことはできません。では人間はどうすればいいでしょう。学者が象形文字を解読するのと同じように、感覚を「解読」することが人間の使命です。そしてそれができるのは文学だけだと「わたし」は考えます。

「わたし」はさらにヴァントゥイユのソナタを聞いたときのスワンに思いをはせ、スワンはそのとき感じた幸福を恋の喜びだと思ってしまったが、それは芸術的創造の幸福だったのだと考えます。スワンは社交人であり趣味人です。彼は芸術を愛していますが、それは現実逃避あるいは代償行為にすぎません。しかし、文学的創造にめざめた「わたし」にとって、文学は現実の本質を認識する手段にほかなりません。そのとき文学はすべてを飲み込む時の流れに対抗しうる唯一のものとなります。「真の人生、ついに見いだされ明らかにされた人生、つまり十全に生きられた人生、それは文学である」と「わたし」は考えます。

『失われた時を求めて』は「わたし」の小説を書く決意で終わります。そしてまたそうして書かれたのがこの『失われた時を求めて』であるという設定にもなっています。つまりこの作品は最初と最後がつながった円環的な構造になっているのです。

『失われた時を求めて』の恋愛観は非常に悲観的であると私は言いました。しかし、人生や文学についてはそうではありません。恋の成就は不可能です。また、恋をしている最中には恋の本質も喜びも知ることはできません。しかし、無意識的回想によって、そして文学によって、われわれは恋の本質を知り、本当の意味で喜びを感じることができる――それがプルーストの恋愛観ではないかと思います。

『失われた時を求めて』は非常に読みづらい作品です。長いということもありますが、それ以上に文章が独特で、どこまでも切れずに続いていくという特徴があるからです。かくいう私も何度も挫折しました。しかし、この作品はわれわれの誰もが一度は覚えがあるようなごく日常的な事柄を出発点として、文学とは、恋愛とはどういうものか、文学と恋愛はどのような関係にあるかについて非常に興味深いことを述べています。小説を途中から読むというのは非常に変則的ですが、まずは「スワンの恋」からでも読んでみてはいかがでしょうか。きっと新しい発見があるものと思います。

コラム5　プルーストと同性愛

　オデットは男性とだけでなく女性とも性的な関係をもったことがあると書きましたが、『失われた時を求めて』には数多くのホモセクシュアルやレズビアンが登場します。この作品は恋愛小説でもありますが、同時に同性愛小説でもあるのです。

　プルーストは『失われた時を求めて』の第四篇に『ソドムとゴモラ』というタイトルを与えています。ソドムとゴモラは旧約聖書の「創世記」で神の怒りに触れてあとかたもなく滅ぼされてしまう町の名前です。聖書にははっきりとは書かれていませんが、そうなったのは町の住民が同性愛にふけっていたからだと言われています。プルーストは同性愛がはびこる退廃した社交界をソドムとゴモラになぞらえて、そのようなタイトルをつけたのです。

　プルースト自身についても彼は同性愛者だったという話が、かなりたしかな話として伝えられています。それによれば「わたし」とアルベルティーヌの恋はプルーストの実体験に基づいているが、アルベルティーヌの原型にあたる人物は女性ではなく男性であるとのことです。

　今日では同性愛も徐々にではありますが市民権を得つつあります。みなさんの中には同性愛というものに否定的な考えをおもちの方もおられるかもしれませんが、それもまたひとつの愛の形と考えるべきでしょう。

第12章　愛があるなら年の差なんて

コレット『シェリ』（一九二〇）

✿年の差恋愛

われわれはいままで年上の女性と年下の男性の恋愛をいくつかみてきました。バルザックの『谷間の百合』やフロベールの『感情教育』がそれにあたります。しかし、これからみるコレットの『シェリ』は、女が四十九歳、男が二十五歳で、その差なんと二十四歳――日本式に言えばふたまわり離れたカップルを描いています。

『シェリ』は第一次世界大戦前のパリを舞台に、元高級娼婦のレアとレアの元同業者の息子フレッドの愛と別れを描いた小説です。タイトルの「シェリ（Chéri）」は「いとしいひと」という意味のことばで、レアがフレッドを呼ぶときの愛称からきています。

四十九歳になってもまだ十分に若く美しいレアは、二十五歳の青年シェリと六年前から一緒に暮らしています。レアはシェリの母マダム・プルーからシェリをひと夏預かり、人生と恋の手ほどきをしました。それをきっかけにふたりは一緒に暮らしはじめたのです。やがて、シェリに縁談がもちあがります。相手はこれまた元高級娼婦のマリ＝ロールの娘、十八歳のエドメです。シェリは軽い気持ちで結婚話にのります。レアはいささか複雑な思いですが、そんなシェリを止めることはしません。

ところが、いざシェリが結婚し新婚旅行に行ってしまうと、レアはさびしくてたまらなくなり、パリを離れて南仏に旅行に出かけます。一方、シェリはエドメとの新婚生活になじめず、新婚旅行から帰って早々、家を出てしまいます。シェリはレアの家に行きますが、彼女はいません。シェリはひたすらレアの帰りを待ち続けます。

ついにレアがパリに戻って来ます。再会したふたりは一夜をともにしますが、その翌朝、あることから言い争いを始めます。

愛し合っているはずのふたり、やっと再会したはずのふたりがなぜ言い争うのか、どのような言い争いをするのか――心理小説の系譜に連なるこの作品の醍醐味はそこにあります。是非みなさん自身で本を読んでたしかめてください。

✻不道徳な小説？

『シェリ』はある意味で非常に不道徳な小説です。ヒロインのレアは海千山千の元娼婦にして中年の有閑マダム、ヒーローのシェリは彼女に生活の面倒をみてもらっているわけですから、言ってしまえば若いつばめです。さきほどはレアがシェリに人生と恋の手ほどきをしたと書きましたが、これはごく控え目な言い方で、実際には性の手ほどきをした、つまり愛人関係になったということです。親公認の形で十九歳の青年にそのようなことをするというのは、不道徳にもほどがあるというものです。

しかし、作品を読めば決して不潔な感じはしません。むしろふたりの純粋さが読む者の心をうちます。われわれは二十四歳差だとか元娼婦だとか若いつばめだとか聞くと、それだけでふつうとは違う男女関係だと思いがちです。そこに美や真実があるなどとは考えません。しかし、それは偏見というものではないでしょうか。実際に作品を読んでみれば、年齢や社会的な立場や来歴とは関係なく、ひとりの男とひとりの女がいるだけだということがわかります。『シェリ』は、一見不道徳でスキャンダラスに見える男女関係の中に恋の喜びや悲しみ、人間の真実を見いだす作品であると言えるでしょう。

✽シェリとレア

シェリは子どもがそのまま大人になったような気まぐれでわがままな青年です。物語は「レア、それぼくにちょうだい。あんたの真珠のネックレスさ。聞こえてるの、レア？　あんたのネックレス、ぼくにおくれよ」とシェリがレアにネックレスをねだるところから始まります。なんの前置きもなくいきなり会話から物語を始め、そのあと徐々に物語の設定や人間関係を明らかにしていくという手法はいかにも二十世紀的ですが、それはともかく、この冒頭の一節にはシェリの性格なりふたりの関係なりがあらわれているように思えます。

レアはそんなシェリに振り回されているように見えますが、その実、締めるべきところは締めて、シェリを手のひらの上で転がしているように思えます。レアはもともと非常にしっかりものの女性で、娼婦時代に稼いだお金をうまく運用して贅沢な暮らしをしています。決して男にのめり込むタイプの女性ではありません。貢《みつ》がせることはあっても貢ぐことはないのです。彼女は成熟した女性の余裕でシェリのわがままや気まぐれを楽しんでいるようです。

シェリも勝手気ままに振る舞っているように見えて、実は限度をこころえていて、ここまでなら甘えてもかまわないという暗黙の了解があるように思えます。甘えて喜ぶシェリと甘えさせて喜ぶレアの間には、ギブ・アンド・テイクの関係が成り立っていると言えるでしょう。

ふたりの関係がよくあらわれているのが、それぞれの呼び名です。レアはシェリを「シェリ」と呼びますが、シェリにはそうは呼ばせません。一度シェリがレアを「マ・シェール（Ma Chère）」と呼ぶ場面があります。「シェリ」と同じく「いとしいひと」をあらわす愛称ですが、レアは「わたしのことはマダムとかレアとか呼んでちょうだい。あたしはあんたの小間使いでもなければ同じ年頃の友だちでもないの」とたしなめます。

その代わりシェリはときおりレアを「ヌヌーン（Nounoun）」と呼びます。「ヌヌーン」とは「ばあや」、「乳母」を意味する幼児語「ヌヌー（nounou）」からつくった愛称です。シェリは小さな子どもが母親に甘えるようにレアに甘えているのです。ふたりの間には擬似的な母子関係が成り立っていると言うべきでしょう。

✽シェリの結婚

シェリにとってレアとの生活は非常に心地よいものであるはずです。それなのになぜ彼はエドメと結婚しようとするのでしょう。

やっぱり若い女の方がいいんだと思われる方も多いかと思いますが、シェリは美男子ですし、レアと一緒になる前は花街の綺麗どころを相手にまさによりどりみどりの状態でしたから、そういうことではないと思います。シェリ自身はこの結婚は政略結婚だ、自分はお金のために結婚するのだと言いますが、それはまったく信用できません。シェリは三十万フランの年金収入がありますし、欲しいものは全部レアが買ってくれるのですから、この上お金など必要ないはずです。

シェリがエドメと結婚する理由は作品にははっきりとは書かれていません。『シェリ』は心理小説だと書きましたが、登場人物の心理をすべて説明する小説ではなく、身振りやことばによって読者に想像させる小説なのです。ひとつたしかなのは、シェリもレアもふたりの関係が永遠に続くとは思っていないことでしょう。本来ふたりはひと夏だけの関係のはずでした。しかし、休暇から戻りそれぞれの家に帰った翌日、シェリはレアのもとを訪れ、そのまま一緒に暮らすようになりました。つまり一時的な関係がたまたま続いているだけであり、いつ終わりが来ても不思議はないのです。

そんなときシェリに縁談がもちあがります。相手のエドメはシェリより七歳下の十八歳、若くてかわいいだけのお人形さんのような女性です（いや本当はそうでもないのですが、少なくともシェリはそう思っています）。シェリはおままごとをするような気持ちでエドメと結婚することにしたのではないでしょうか。彼は新しい「遊び」を楽しんでいるだけなのです。

ではレアはなぜシェリを止めようとしないのでしょうか。レアにはヨーロッパ各国の王侯や貴族を相手にしてきた元娼婦としての意地やプライドがあります。シェリにすがりつき、捨てないでと頼むことなどできるはずがありません。彼女はシェリに男などいくらでも取り替えがきくと言います。本当にそう思っているのでしょうか、それとも虚勢を張っているだけでしょうか。いずれにせよレアはシェリの結婚に対して「大人の対応」をします。

結婚式の直前、シェリはレアに新婚旅行の話をします。イタリアの湖水めぐりや貸別荘やホテルや自動車やレストランの話ばかりして、新婦であるエドメの話をしないシェリにレアは「でも彼女は？　彼女もいるでしょう？」と言います。するとシェリは「もちろん、彼女もいるよ。大しているわけじゃないけど、いることはいるさ」と答えます。エドメに対して随分思いやりに欠けた言い方で、シェリがエドメをままごとの人形としか考えていないことを示すことばだと思いますが、それに対してレアはぽつりとひと言、「そして、もうわたしはいない」ともらします。

シェリはこの短いひと言を予期しておらず、思わずそれを表に出してしまった。瞳があちこち病的に動き、突然唇の色があせてしまったので、顔つきが変わってみえた。彼は彼女に気づかれないように慎重に呼吸を整え、いつもの彼に戻った。

「ヌヌーン、あんたはいつもいてくれるよね。」

「恐縮のいたりですこと。」

「あんたはいつもいてくれるよね、ヌヌーン……」、彼は不器用に笑った。「ぼくがあんたに何かしてもらう必要ができたらすぐに。」

シェリは新しい「遊び」の計画に夢中になり、自分がいなくなったあとレアがどうするか、新しい男をつくるのか、それとも独り身を通すのかを考えることはあっても、レアがいない自分の生活について考えたことはなかったのです。いやそれどころか、エドメとの結婚がレアとの決定的な別れを意味することさえわかっていなかったのではないでしょうか。彼にとってレアはそれほど自然な存在で、そばにいて当たり前の人なのです。

シェリが思わずもらしたこのことばを聞いて、レアは救われた気持ちになります。彼女は何も答えず、鏡に向かって歌を口ずさみますが、心の中では喜びにうちふるえています。彼女もまた、いまにも「決して口にしてはならないことば」――「しゃべりなさい……ねだって、せがんで、しがみつきなさい……あんたはあたしを幸福にしてくれたんだから」ということば――を言いそうになっていたからです。

✿シェリの結婚とその破綻

こうしてふたりは別れる間際になってはじめてお互いがかけがえのない存在であることを知るのですが、だからといって結婚をとりやめることはありません。シェリとエドメの結婚式は予定通りとり行なわれます。すでに述べたように、レアはシェリのいない生活に耐えられなくなり南仏へ旅行に出かけます。一方、新婚旅行から帰ったシェリとエドメはふたりの新居ができるまで、シェリの実家で暮らしますが、シェリは新しい生活になじめません。エドメがどうということではなく、あくまでシェリの内面の問題でしょう。

ある夜、シェリはエドメに「なんとなく孤児《みなしご》みたいだな、ぼくたち」と言います。エドメはシェリの目に涙が浮かんでいるのを見て驚きます。シェリのことばは、表面的にはシェリの母親のマダム・プルーやエドメの母親のマリ=ロールをこきおろし、母親失格であることを言っているわけですが、その実、レアを失ったシェリの悲しみをあらわしているのではないでしょうか。エドメと結婚してレアを捨てたのはシェリのはずですが、彼の心の中では擬似的な母親であったレアに捨てられたことになっているのです。

ある日、シェリはレアの家の前を通りかかり、なじみの召使いからレアが旅行中であり、行き先もいつ帰るかもわからないと知らされます。家に帰るのがいやになったシェリはレストランに食事に行き、旧友のデズモンと偶然出会います。彼はそのままホテルに泊まり、それきり三カ月もの間、ホテル生活を続けます。エドメから手紙が来たり母親がホテルに会いに来たりしますが、彼は家に戻りません。彼は毎晩のようにひとりで出かけ、レアの家の様子をうかがいます。

ある夜、ついにレアが戻って来ます。シェリは幸福にみたされますが、なぜかすぐには会いに行かず、ホテルに戻り、翌朝、妻や母親のためにたくさんプレゼントを買い込み、家に帰ります。シェリの行動は非常に不可解ですが、個人的にはなんとなくわかるような気がします。

ひとつには彼にも意地があるということです。自分から望んで結婚しておきながら、おめおめとレアのところに戻るのはプライドが許しません。また、ひとは誰かをあまりに長い間待ちすぎていると、いざ会えるようになったとき、期待が大きすぎてがっかりすることになるかもしれないと思って、会うのが惜しくなったり怖くなったりすることがあります。それにシェリの望む通りにことが運ぶ保証はどこにもありません。あなたなんてお呼びじゃないわよと言われて追い返される可能性もありますし、新しい男がいる可能性もあります。それならば、とりあえず決定的な瞬間は先に延ばし、いまはレアが戻って来たという喜びだけを噛みしめていたいと考えたとしても不思議はありません。

レアが戻って来た、これでいつでも会いたいときに会えると思うと、シェリの中に精神的な余裕が生まれます。そしてそこから新妻を思いやる気持ちが生まれます。彼は決してエドメが嫌いなわけではありません。ただ、彼自身、危機的な精神状態にあったため、エドメにやさしくすることができなかっただけです。シェリは一見、無責任なようですが、実はひと一倍エドメに対して責任を感じているように思えます。考えようによっては、責任を感じているからこそ重圧に耐えかねて逃げ出したのだとさえ言えるでしょう。レアが戻って来たからエドメのもとに帰るというのは一見矛盾しているようですが、そのような心理に基づいているのではないでしょうか。

ふたりの再会

それでも数日後、シェリはレアに会いに行きます。シェリと同じくレアもシェリに会いたくてたまらなかったのですが、意地を張って冷淡なそぶりをみせます。「どうしてこんな真夜中にあたしの家に入って来たのかは聞きませんけどね」と言うレアに、シェリは「聞いたっていいんだよ。[……]ぼくがここに何をしに来たかわからないのかい？[……]ぼくは家に帰ってきたんだ」と言い返します。かつてシェリが十九歳の頃、夏休みを一緒に過ごし実家に帰ったあと、レアのことが忘れられず彼女のもとを訪れた場面が再び繰り返されるわけです。それでもレアは冷淡な態度を変えようとはしません。しかし、シェリが彼女を「ヌヌーン」と呼び、目に涙をためて抱きついてくると、彼女も「わたしの坊や……悪い子ね……あんたはここにいる……ここに帰って来たのね」と言って彼を抱きしめます。

ふたりはそのまま一夜をともにします。翌朝十時頃、シェリが目を覚ますと、レアはもう起きて時刻表を調べたり小切手を切ったりしています。おそらくふたりの新生活の準備をしているのでしょう。レアはシェリのためにココアと熱々のフランスパンをもってこさせ、パンにバターを塗ってやったり薬を飲ませたり何くれとなくシェリの世話をやきますが、レアが新生活の計画について話しているのに何も意見を言わないシェリに対して、何気なく「まったくあんたはいつまでも十二歳みたいなんだから」と言ったことからふたりは言い争いになります。

これが実に奇妙な言い争いです。言い争いといっても実はシェリが一方的にレアを責めているだけなのですが、そのことばが変なのです。彼はレアに「ぼくのヌヌーンを踏みにじるのはやめろ」と言い、レアは最高に「いかす女」だったと言います。彼はレアのすばらしさを並べたて、レアのいない生活がどれほどどみじめだったかを語り、レアのあとにどんな女が現れてもそれは「ゴミみたいなもの」だとさえ言いきります。彼のことばはレアを罵ることばではなく、レアに対する熱烈な愛のことばにしか聞こえません。ただ悲しいかな、彼のことばの時制は過去形です。

一体ふたりの間で何が変わったというのでしょう。シェリが突然激昂する理由はなんでしょうか。それについてはさまざまな解釈が可能でしょうが、やはりシェリが許せなかったのは「まったくあんたはいつまでも十二歳みたいなんだから」というレアのことばではないかと思います。そのことばにはっとわれに返ったシェリは、わびしげな視線でレアを見やって、「ヌヌーン、あんたと一緒にいれば半世紀でも十二歳のままかもしれないね」と答えます。彼はレアを心から愛していますし、レアとの生活は快適です。しかし、レアと一緒にいるかぎり自分は大人になれないと彼は気づいてしまったのではないでしょうか。その意味では、シェリが許せなかったのはレアではなく、レアに依存しきった自分自身だと言うべきかもしれません。

レアは最初はとまどいますが、ここでも「大人の対応」をみせます。以前の「いかす女」に戻った彼女はすべてを理解し、シェリが大人になれず苦しんでいるのは自分のせいだと認めたうえで、エドメのもとに帰るようさとします。

『シェリ』はあらすじを楽しむ小説ではありませんから、もう結末を書いてしまってもいいでしょう。レアのことばに従い、シェリはレアのもとを去っていきます。今度こそ本当の別れです。しかし、それはシェリにとって大人への第一歩であり、困難ではあるけれど必要な旅立ちなのではないでしょうか。

レアの物語——老いと孤独

『シェリ』はレアの物語としても読むことができますし、シェリの物語としても読むことができます。

レアの物語として読むならば、『シェリ』は中年女性の老いと孤独への恐怖を描いた物語と言えます。レアは四十九歳とは思えないほどの若さと美しさをたもっていますが、それでも寄る年波には勝てません。老いのきざしはいたるところに見受けられます。レアの元同業者にリリ婆さんという人物がいます。彼女はまだ少年といってもいいくらいの愛人を連れています。「ヴィーナスの首飾り」と呼ばれる首の皺に真珠のネックレスをつけ、おしろいを塗りたくった太った元娼婦の老婆が少年といちゃついている姿は、醜悪を通り越して哀れでさえあります。しかし、それは何年後かのレアとシェリの姿ではないでしょうか。リリ婆さんと愛人の少年は、レアとシェリの戯画であり陰画なのです。

だから言い争いの中でシェリがレアのいない生活がどれほどみじめだったかを語り「そんな生活が何カ月も続いて、それでぼくはここに来たんだ、そうしたら……」と言ったとき、レアは「そうしたらひとりの年老いた女を見つけたってわけね」と続けます。彼女は自分はリリ婆さんと同じでもうおしまいだと言って、たまたまシェリより二十四年早く生まれてしまったことを悔やみます。個人的には、シェリがレアのもとを去るのは大人になるためであり、レアの年齢とは関係がないように思いますし、年が離れているからこそどちらにとっても心地よい関係が築けたのではないかと思いますが、レアの立場からすればそう考えるのは当然かもしれません。

すでに書いたようにレアはシェリを引き止めたいという気持ちを抑え、エドメのもとに帰るようさとしますが、シェリが戸口を出たあと庭のところで立ち止まるのを見て思わず「戻って来る！　戻って来るわ！」と叫んでしまいます。「大人の対応」をしようと無理をしていたレアが最後にただ一度本心を見せる瞬間と言えるでしょう。そのときレアは鏡の中で「ひとりの年老いた女が息をはずませながら自分と同じ身振りをして」いるのに気づきます。そして「このおかしな女とわたしはなんの関係があるのかしら」と考えます。

しかし、シェリは戻って来ません。彼が門を開いて「まるでどこかから逃げ出してきた人間のように」胸いっぱいに空気を吸い込むのをレアは見てしまいます。こうしてレアの最後の恋、たくさんの男たちの寵愛を受け、浮き名を流してきた彼女のただひとつの真実の恋は終わりをつげるのです。

✿シェリの物語——大人になるということ

シェリの物語として読むと、この小説は大人になることへの恐怖を描いた作品と言えます。すでに書いたようにシェリは二十五歳です。二十五にもなっていまさら大人になるのが怖いというのはおかしな話だと思う方もおられるかもしれません。しかし、ひとは年をとれば自動的に大人になるというものではありません。大人になるということはさまざまな義務や責任を背負って自分の手で人生を切り開いていくということです。男性にとっても女性にとっても、それは決してたやすいことではありません。

女の子が大人になるのはさまざまな困難がつきまとうものだと思います。二十世紀フランスの文学者・哲学者でありフェミニズム運動の先駆者であるシモーヌ・ド・ボーヴォワールは『第二の性』の中で「女は女に生まれるのではない。女になるのだ」と書いています。生物学的な意味での女（セックスとしての性）と社会的な意味での女（ジェンダーとしての性）は違う、女の子は小さい頃から「女らしさ」を要求されるということを意味する文章です。女の子はしとやかでなければならない、やさしくなければならない、だからチャンバラや相撲や虫取りよりもおままごとや人形遊びをしろと言われ、もう少し大きくなれば料理や裁縫のひとつもできないとダメだと言われる——男女平等が叫ばれて久しい現在、「夫唱婦随」、「男は外で働き女は家を守る」というような考え方を表明する人はさすがに少なくなっていると思いますが、そういう風潮はいまでも残っています。女の子が大人になるというのはそういう枠にはめられていくこと、あるいはそういう枠と戦っていくということです。

では男の子は好き勝手にしていていいかというと決してそうではありません。男の子は男の子で「男らしさ」の枠にはめられます。男は強くたくましくなければならないのです。だから、めそめそしていると男の子は泣くもんじゃないと言われ、家でままごとやお絵描きをしていると男の子は元気よく外で遊ぶものだと言われ、おばけが怖いと言えばそれでも男かと馬鹿にされ、自転車に乗れなければ男のくせになんだと言われます。私が子どもの頃には「男子厨房に入るべからず」、「男のしゃべりはみっともない」などということさえ結構本気で言われていました。

恋愛や結婚においてもしかりです。曰く、男は女をリードしなければならない、デートのときはちゃんとエスコートしなければならない、たくさんお金を稼いで経済的に女を満足させねばならない、誕生日や記念日にはレストランを予約しプレゼントを用意しなければならない、外国旅行に行くとなればガイドと通訳とボディーガードと荷物もちを兼ねなければならない……男性は実にたくさんの義務を負わされます。デートや旅行くらいならまだしも、人生の一大事においても男性が主導権を握って決定を下さねばならないとしたらなかなか大変です。そんな重大な責任は負いきれないというのが正直なところではないでしょうか。

責任を押しつけてくるのが世間ならまだどうにでもしようがあります。しかし、女性がそれを求めてくるとしたら、ことはより重大です。責任を果たさないかぎり愛してもらえないからです。いや、それどころか男性自身がそう思っているケースも少なくありません。重い責任を背負い込み、それを果たせなければ自分は「男性失格」であり愛してもらう資格がないと思い込んでしまうのです。

シェリはエドメと結婚するまでレアのもとでぬくぬくと暮らしてきました。経済的にはもちろんのこと、いつどこへ行って何を食べ何を飲むかまですべてレアが決めてくれました。シェリはただレアの決めたことに従えばよかったのです。しかしエドメとの結婚生活ではそうはいきません。夫であり「家長」であるシェリがすべてを決めなければならないのです。シェリが家を出たのは、そういうことから逃れたかったからではないでしょうか。

レアはシェリになんら義務も責任も負わせません。そういう意味では非常にありがたい女性です。しかし、シェリはレアのもとにいると自分がダメになってしまうと気づいてしまいます。

精神分析の世界では「良い母親」、「悪い母親」という言い方があります。別に母親がふたりいるわけではありません。ひとりの母親が見方によって良くもなり悪くもなるのです。例えば、子どもを抱きしめている母親がいるとしましょう。ふつうに考えれば、やさしい「良い母親」です。しかし、子どもを抱きしめたままどこへも行かせないとしたら、やさしさは束縛に変わり、「悪い母親」になります。シェリの擬似的な母親であるレアについても同じことが言えるのではないでしょうか。シェリは自分をやさしく守ってくれる「良い母親」たるレアを求めて彼女のもとに戻って来ます。しかし、彼が見つけたのは、彼を束縛し思うままにあやつり、いつまでも子どものままにしておこうとするレア――つまり「悪い母親」たるレアだったのではないでしょうか。

だからシェリはレアのもとを去ります。レアへの愛がなくなったからではありません。シェリは本当の意味で大人になるために、どんなに困難でも自分の手で人生を切り開き、自分の人生を生きるために妻のもとに戻るのです。『シェリ』はひとりの青年の心に自立の萌芽が生まれる過程を描いているように思えます。

✿シェリのその後——『シェリの最後』

レアのもとを去ったシェリがどうなるか、エドメとうまくやっていけるかどうか、大人として生きていくことができるかどうかはわかりません。それは読者の想像に任せるという形で『シェリ』は終わります。しかし、『シェリ』の六年後、一九二六年に発表された続篇『シェリの最後』でわれわれはシェリのその後を知ることになります。

シェリはその後勃発した第一次世界大戦に召集され出征します。戦争が終わり帰還した彼を待っていたのは、自宅を改装して病院経営に乗り出し、アメリカ軍と取引をする実業家となったエドメでした。戦争は男を成長させるというのは真っ赤な嘘で、出征中シェリの時計は止まっていました。しかし、銃後では時計の針は確実に進んでいたのです。シェリはそんな妻になじめず、またもや家を飛び出します。彼の行く場所はひとつしかありません……。

『シェリの最後』は、大人になろうと決意したものの、ついに大人になれなかった青年の悲しい物語です。『シェリ』はシェリとレアの別れを描いた悲しい恋の物語ですが、そこにはまだ希望があります。『シェリの最後』はそれよりもはるかに悲観的で絶望的な物語です。前作ではシェリには大人になる可能性が残されていました。しかし、『シェリの最後』では大人への扉はもはや閉ざされているのです。大人にはなれない、さりとて子どもに戻ることもできない——進むことも退くこともできないシェリは一体どうすればいいのか。これほど残酷で切ない物語はないと思います。

『シェリ』は中年の女性の老いと孤独への恐怖を描いた作品であると同時に、若い男性が人生に乗り出していくときの恐怖を描いた作品でもあります。読み方は読者によってさまざまでしょうが、私自身は自分が男だからでしょうか、どうしてもシェリの方に目がいきますし、女流作家のコレットになぜこれほどまで男心がわかるのか不思議に思います。しかし、考えてみれば男性は大人になるのが怖いなどとは決して言いません。たとえ思ったとしても、そんな恥ずかしいことは口が裂けても言えないものです。『シェリ』は男のつらさ、切なさを描いた作品ですが、男性の作家には絶対に書けない作品です。コレットはおそらく、酸いも甘いも噛み分けた大人の女性であり、男の弱さ、情けなさを十分わかったうえで許してくれる女性なのでしょう。『シェリ』はそんなコレットだからこそ書けた作品ではないかと思います。

コレットはこのあと一九三三年に『牝猫』という小説を発表しています。新婚の夫アランと妻のカミーユと夫が飼っている牝猫サアの奇妙な三角関係を描いた作品と言われていますが、こちらもまたアランの結婚とその破綻を通して少年が大人になるむずかしさを語った作品と言えます。是非『シェリ』、『シェリの最後』とあわせてお読みください。

コラム6　コレットという女性

コレット（本名シドニー＝ガブリエル・コレット）は一八七三年に四人兄弟の末っ子として生まれました。一八九三年、二十歳のときに彼女は作家のアンリ・ゴーティエ＝ヴィラール（通称ヴィリー）と結婚します。ヴィリーはコレットの文才に目をつけ、彼女をゴーストライターに使って『学校のクロディーヌ』に始まる連作小説を発表します。

友人の勧めでミュージック・ホールに出演し、肌もあらわな衣裳で東洋風のパントマイムを披露して好評を博したコレットは、ヴィリーと離婚したのち、ムーラン・ルージュやバタクランといったキャバレーでダンサーとして働きながら作家活動を続けます。その頃、彼女は何人もの女性と同性愛関係にあったと言われています。

一九一二年に政治家でジャーナリストのアンリ・ド・ジュヴネルと結婚し一女をもうけますが、アンリの浮気もあって夫婦仲はうまくいかず、コレットはアンリと先妻の間に生まれた義理の息子、当時まだ十七歳だったベルトラン・ド・ジュヴネルと恋におち、ふたりの関係は五年間続きます。この経験が『シェリ』のもとになったと言いたくなるところですが、コレット自身の言によれば、『シェリ』はベルトランとの恋の前に構想された作品であり、両者の間に直接的な関係はないとのことです。

一九二三年にアンリと離婚し、その後三度目の結婚をしたコレットは、作家として精力的な活動を続け、第二次世界大戦後の一九四五年にはゴンクール賞を審査・決定するゴンクール・アカデミーのメンバーとなり、一九五三年にはレジオン・ドヌール勲章を授けられています。

一九五四年八月三日、コレットは八十一歳で永眠。彼女はフランスで国葬になったただひとりの女性です。

第13章　負け組のラブストーリー？

ウエルベック『素粒子』（一九九八）

✿愛されぬ男たちの物語

次にとりあげるのは一九九八年に発表されたミシェル・ウエルベックの『素粒子』です。二十世紀もこのあたりまでくると現代という感じがするのではないでしょうか。

『素粒子』は自由で奔放な生き方をする母親に見捨てられたふたりの異父兄弟ブリュノとミシェルの物語です。「素粒子」というのはあまり聞き慣れないことばかもしれませんが、物質を構成する最小の単位のことです。それをタイトルにしたのは、ミシェルが先端的な生物学者だからでしょうが、同時に社会を構成する最小の単位、すなわち「個人」とその根源的な孤独をあらわしていると考えることもできます。

母親が育児放棄をしたために兄のブリュノはアルジェで母方の祖母に、弟のミシェルはパリの南東、ブルゴーニュ地方ヨンヌ県のシャルニーで父方の祖母に育てられます。やがてふたりはパリ郊外セーヌ・エ・マルヌ県モーにある同じ高校に通うことになり互いを知ることになります。

愛されたいという激しい欲望をもちながらも女性から愛されないブリュノは、高校の国語の教師となり、結婚し子どもをもうけますが、ある日、教室にひとり残ったアラブ人女子学生の太腿を触ってしまい、そのまま自ら精神病院に入院します。そのことがきっかけとなり離婚した彼は、女性を求めてさまよい続けます。ある年、「変革の場」という休暇村に出かけた彼は、そこでクリスティアーヌという女性と出会い、愛し合うようになります。

一方、優等生のミシェルは、隣りに住む幼なじみのアナベルと仲が良く、まわりも本人たちもふたりは恋人になるだろうと思っていたのですが、性に対して消極的な彼は恋人になるための一歩がなかなか踏み出せません。大学入学直前の夏休みに、彼はアナベルやブリュノと一緒に、母親の愛人のひとりが運営するコミュニティに参加します。ダンスパーティーの夜、アナベルは当然、一緒に踊りたがりますが、彼は断ってしまいます。彼女は仕方なく別の男と踊り、その男と一夜をともにします。翌朝、ミシェルはひとりでパリに戻り、そのまま大学の寮に入ってしまいます。アナベルから長い手紙が届きますが、彼は一切返事を書きません。こうしてふたりの仲は終わってしまいます。

その後、彼はアナベルと一度も会うことのないまま研究生活を続け、生物学者として大成します。四十歳になった頃、町役場から道路拡張のため祖母の墓を移転するので立ち会って欲しいという手紙が彼のもとに届きます。久しぶりに郊外の町を訪れた彼はアナベルと再会し、失った時間を取り戻そうとするかのように愛し合うようになります。

ある意味で対照的なふたりの兄弟ブリュノとミシェル——ふたりはともに長い彷徨《ほうこう》の末、ようやく終生の恋を見つけたかのようにみえます。しかし、人生は彼らにとってあまりに苛酷でした……。

二組のカップルの恋の行方はみなさん自身の目でたしかめていただきたいと思いますが、この作品にはさまざまな小説的な仕掛けが見られます。あらすじを語るうえでは話を単純化するためにブリュノの物語とミシェルの物語を分け、時間的順序を整理しましたが、実際にはかなり複雑な構成で、例えば冒頭について言えば、物語はミシェルがそれまで勤めていた研究所を辞めるところから始まり、そこから時間をさかのぼり母親の半生やふたりの少年時代に移るというようになっています。すなわち物語はブリュノの人生とミシェルの人生、ふたりの現在と過去が交錯し絡まり合う形で進んでいくのです。また、物語にはエピローグがつけられており、そこではある驚愕の真実が知らされます。それまで後方にしりぞいていた語り手が突然、前面にあらわれ、自分が何者でなんのために物語を語ったのかを明らかにするのです。『素粒子』は波乱にみちたストーリーを楽しむ作品であると同時に、そのような小説的な仕掛けを楽しむ作品でもあると言えるでしょう。

ブリュノとミシェル

ふたりの主人公のうちブリュノは文系、ミシェルは理系、一方は女を求めてさまよい、他方は恋に消極的——というようにふたりは対照的な兄弟です。しかし、彼らは非常に似通ったところもあり、同じように母親に見捨てられて祖母に育てられ、ほぼ同じ時期に生涯の女性と恋をします。ある意味ではふたりは一心同体であり、同じ人間からつくられた人物ではないか、ふたりの物語はあるひとりの人間が生きたかもしれないふたつの人生を描いているのではないかという気もします。

『素粒子』の作者ミシェル・ウエルベックは一九五八年フランス領レユニオン島で登山ガイドの父と麻酔医の母のもとに生まれました。しかし、両親は子どもに興味を示さず、ミシェルはまずアルジェ在住の母方の祖父母のもとで育てられ、六歳からはブルゴーニュ地方ヨンヌ県ディシーに住む父方の祖母のもとで育てられました。やがてセーヌ・エ・マルヌ県モーの高校から理系のエリート校であるパリの国立高等農学校に進学した彼は、結婚して息子をひとりもうけますが、その後離婚。抑鬱状態に悩まされて何度か精神病院に入院したことがあるとのことです。

だとすれば、『素粒子』の中でブリュノがアルジェに住む母方の祖母に、ミシェルがヨンヌ県シャルニーに住む父方の祖母に育てられるというのは、ウエルベック自身の経歴をふたつに分けてそれぞれに与えたものではないかと推察できます。また、作者が大学で理系の勉強をしたことはミシェルに、離婚歴があること、息子がひとりいること、精神病院に入院した経験があることはブリュノに与えられていると考えられます。ミシェルの名前が作者のファーストネームをそのままとっていることは言うまでもありません。作者と作中人物を安易に同一視することは慎まねばなりませんが、ブリュノとミシェルはともに作者ウエルベックの分身と言えるのではないでしょうか。

女性に関してウエルベックはブリュノとミシェルのどちらのタイプなのでしょう。伝記はそれについては言及していません。どちらかと言われれば、ブリュノのタイプではないかという気がしますが、それは重要なことではないように思います。ブリュノとミシェルは正反対にみえて、実は同じタイプではないかと考えられるからです。ブリュノは傷つくことを恐れません。だからボロボロになりながらも女性を求め続けます。しかし、もし傷つくことを恐れるならば、傷つくことを恐れて女性に近づくのをやめてしまうならば、ミシェルのような恋に消極的な男——いまはやりのことばで言えば草食系男子——ができあがります。ブリュノとミシェルは一見対照的に見えますが、その実、表裏一体の関係にあるのです。

そう考えるならば、ふたりの兄弟が同じ時期に生涯の恋を経験し、同じように悲しい運命を生きるのも合点がいきます。愛を知らぬまま年をとってしまった人間の精神的危機、ようやく手に入れたと思った終生の恋を失ってしまった人間の悲劇をどのように生きるか——その問題について『素粒子』はふたつの可能性を示しているのです。

✻負け組のラブストーリー

ウエルベックは『素粒子』を書く前に『闘争領域の拡大』というこれまた少し変わった題名の小説を書いています。その中でウエルベックは、人類は当初、権力を得るために闘争をした、やがて資本主義と市場経済の発達とともに闘争は金銭の分野に拡大された、現代では闘争領域はさらに拡大されて恋愛にまで及んでいると書いています。かつては闘争から降りて恋愛に逃げ込むことが可能でした。権力や金銭は手に入らなくても、恋愛・結婚というささやかな幸せに満足するという選択肢があったのです。しかし、現代はその恋愛すらもが闘争の領域となっているというのです。

闘争であるかぎり必ず勝者と敗者がいます。闘争領域が恋愛にまで拡大されたということは、恋愛にも勝者と敗者がいるということです。『素粒子』は明らかに恋愛の敗者——負け組——を描いた小説です。われわれがこれまでみてきた作品では、主人公は大抵、美男美女でした。彼らの恋は必ずしもハッピーエンドではありませんでしたが、それでも一度は激しく愛し合ったという喜びや充実感がありました。それに対して『素粒子』は、もてない男の悲劇、愛されたいという激しい欲望をもちながら愛されない男の悲劇を描いています。

いや、男だけではありません。『素粒子』にはもてない女の悲劇も描かれています。ブリュノの恋人であったアニックのエピソードがそれにあたります。ブリュノは十七歳の夏休みに浜辺でアニックと出会います。アニックは「ずんぐりむっくりのおデブさん」で、白すぎる肌には吹き出物があり、どう見ても美人ではありません。ブリュノは彼女を自宅の寝室に連れ込んで肉体関係――といってもふたりともはじめてだったためにブリュノは挿入する前に射精してしまうのですが――をもちます。はじめて男の子とそういうことをしたアニックがあまりに誇らしげで満足げなので、ブリュノは思わず泣きそうになります。

翌朝、ブリュノはパリに戻ってしまいますが、ふたりは大学入学後パリで偶然再会します。ブリュノは何度かアニックのアパートを訪れますが、以前よりも太り四角い黒ぶちの分厚い眼鏡をかけているため眼が小さく見えるアニックを連れて町を歩くことを考えるとぞっとしてしまいます。それでもブリュノは欲望の赴くまま関係をもとうとしますが、外見にコンプレックスをもつアニックは絶対に服を脱ごうとしません。彼女は代わりに服を着たままフェラチオをしようと申し出ます。ことが終わるとブリュノはろくに話もしないまま、そそくさと帰ります。

そのような関係は数週間続きます。三月末のぽかぽかと暖かい夜、ブリュノがアニックのアパートの前まで行くと人だかりがしています。アニックがアパートから身を投げたのです。アニックの物語はとても短く、筋の上ではなんの重要性もないようにみえますが、強烈な印象を残すエピソードです。われわれは恋愛とは精神的なものであり、外見の美醜を云々することは下品なことだと考えたがります。美人だから、ハンサムだから、ナイスバディだから、背が高いから好きになったではあまりに安っぽく軽薄だ、もっと相手の内面を見るべきだというわけです。しかし、現実は必ずしもそうではありません。アニックを連れて町を歩きたがらないブリュノ――不細工な女性を連れているところを見られたくないというわけです――は、たしかにひどいと思います。しかし、はたしてわれわれはブリュノのような気持ちをもたないと言いきれるでしょうか。

美男美女はそんなにたくさんいるわけではありません。むしろたくさんいないから美男美女なのだとも言えるでしょう。ブリュノ自身も少なからず自分の外見にコンプレックスをもっています。アニックのエピソードは決して特殊な話ではありません。それはわれわれ自身の物語でもあるのです。『素粒子』は外見を云々するというタブーをあえて破り、あけすけに――場合によっては下品なまでに――恋愛の現実を語ろうとする作品ではないかと思います。

✻文学かポルノか

『素粒子』はいくつかの意味で非常に挑発的な作品です。ひとつは宗教的な意味です。ウエルベックはこの小説の中で宗教、とくにイスラム教をこきおろしています。日本の読者にはあまりぴんとこない話かもしれませんが、国内に多くのイスラム教徒をもち、北アフリカや中東のイスラム教国ともかかわりが深いフランスでは考えられないことで、ウエルベックは激しい論争を巻き起こし批判の的となりました。

もうひとつは性的な意味での挑発です。アニックのエピソードでもおわかりでしょうが、『素粒子』はセクシュアルな事柄を非常にあけすけに描いています。ブリュノが女性を求めて「変革の場」へ行く場面にはそれが如実にあらわれています。

「変革の場」というのは基本的にはキャンプ場ですが、ただのキャンプ場とは違います。一九六〇年代後半には、一九六八年のいわゆる「五月革命」を頂点としてフランスのみならず世界各国で学生運動がさかんに展開されました。革命を夢みて運動に身を投じた当時の若者たち——日本で言うところの「団塊の世代」の人々——は、七〇年代に入ると政治運動に幻滅し、社会からドロップアウトして、慣習や既成道徳にとらわれない自由なユートピアをつくろうとして、ヒッピーとかフラワージェネレーションとか言われる新しい風俗・文化を生み出します。

「変革の場」はそのような時代に若者によってつくられたコミュニティです。そこは参加者たちが共同生活を行なうなかで文化的な、あるいはスピリテュアルな活動に参加して自分を高める場であり、フリーセックス（性の解放）の理念に支えられています。『素粒子』にはそのような文化史的・風俗史的側面もありますが、作者のウエルベックと同じくブリュノはフラワージェネレーションより十年ほど下の世代に属していますから、そのようなコミュニティに夢を抱いているとは思えません。彼はただフリーセックスに惹かれ、そこへ行けば女性との出会いがあると考えているだけです。

しかし、なかなか彼の思い通りにはことは運びません。彼はほとんど誰からも相手にされず、ただマスターベーションにふけるだけです。ポルノ雑誌を買って、あるいは昼間見かけた女たちを思い出しながらマスターベーションをする中年男――ある意味でこれほどみじめで見苦しいものはないと思いますが、そういうところまで書いてしまうのがこの作品の特徴です。

ある夜、十一時頃にブリュノがジャグジーバスに行くと、ひと組のカップルが湯の中でからまり合っています。ふつうならば黙ってその場を立ち去るところでしょうが、ブリュノはムキになって「俺にだって風呂につかる権利はある」と自分に言い聞かせ、そのままジャグジーに入ります。ことが終わると男はそのままジャグジーを出て行きますが、驚いたことに女はそのまま残ります。ふたりは恋人同士ではなく、たまたまジャグジーで出会い、そのまま関係をもっただけのようです。

少し長くなりますが、そのあとの場面を引用しておきましょう。

男の足音が遠ざかると静けさが戻った。女は湯の中で脚を伸ばした。ブリュノも同じようにした。すると片足が女の太腿の上に乗り、性器に触れた。かすかに湯の音をたてながら女はジャグジーの縁から離れ、彼の方にやって来た。いまや雲が月を隠していた。女は五十センチの距離にいるが、あいかわらず顔は見分けられない。片腕が彼の両腿の下に入り、もう片方の腕が彼の肩を抱いた。ブリュノは彼女に身を寄せた。顔はちょうど胸の高さにある。女の乳房は小さく引き締まっていた。彼はジャグジーの縁から手を離して女の抱擁に身を任せた。女がジャグジーの中央に戻りゆっくり回転しはじめるのが感じられた。彼の首の筋肉は突然弛緩《しかん》し、頭がとても重くなった。湯の動きは水面ではかすかだったが、数センチ下では強く渦を巻いていた。彼の顔の真上で星がおだやかに回転していた。女の腕に抱かれたまま彼は全身の力を抜いた。勃起した性器が水面から出た。女はわずかに手の位置を変えた。その愛撫はほとんど感じられないほどソフトだった。彼は完全な無重力状態にあった。長い髪が彼の腹を撫で、それから女の舌が亀頭の先に触れた。彼の全身は幸福に震えた。女は唇を閉じて、ゆっくりと、本当にゆっくりと亀頭を口に含んだ。恍惚の震えが全身を走り、彼は目を閉じた。水面下の渦はかぎりなく心をやすらかにしてくれるものだった。女の唇が性器の根元にまで達すると、喉の動きが感じられるようになった。快感の波は体の中でさらに高まり、同時に水面下の渦に揺すぶられるのを感じていると、急に体中が熱くなった。女がそっと喉の内壁を収縮させると、彼の全エネルギーが性器に流れ込んだ。彼はうめき声をあげてオルガスムに達した。これほどの快感を感じたことはなかった。

これがブリュノとクリスティアーヌの出会いです。

みなさんはこの場面を読んでどのようにお感じでしょうか。文学に正解はありませんから、さまざまな感じ方があってしかるべきだと思います。なかにはけしからんと思われる方もおいでてしょう。たしかに二重の意味でけしからん場面です。そもそも見知らぬ相手――夜のことですからブリュノには相手の顔さえ見えていません――と会ったその場でこういうことに及ぶのはけしからんと言えますし、そういうことをわざわざ小説に書くのもけしからんと言えそうです。『素粒子』をポルノだとけなす人々がいるのもある意味では当然かと思います。

しかし、世の中にはこういう出会いもあるのではないかという気もします。幸か不幸か私にはそういう経験はありません。しかし、私が経験していないことはこの世にごまんとあるはずです。だとすれば、私には起こらなかったとしてもほかの誰かには起こるかもしれない、いや、私にだって今後そういうことが起こる可能性は、確率的にはきわめて低いとしてもゼロではありません。若いひとたちとそういう話をしていると、彼らはすぐに「そんなことはありえない」、「非現実的だ」と言いたがりますが、それは自分の経験という狭い範囲で考えているからではないでしょうか。「舞台の上で起こることはすべて現実にも起こる」というのはシェークスピアのことばだったかと思いますが、小説についても同じことが言えると思います。しょっちゅう起こることではなくとも、いつかどこかの誰かに起こるかもしれないこと――そういう可能性の領域こそが文学の領域ではないでしょうか。

また、ファム・ファタルのところでも書いたように、恋愛において重要なのは、どう出会うかではなく、その出会いが何をもたらすかです。かりにブリュノとクリスティアーヌの出会いがけしからんものだとしても、大切なのはそこではなく、その後ふたりがどうなるかです。実際、体だけのものに思えたふたりの関係は、このあと互いにとって終生の恋となっていきます。束の間のセックスが生涯忘れられない恋を生むというのも、ある意味で人生の機微をあらわしているようにも思えます。

それからもうひとつ別の感じ方についても書いておきましょう。ふたりの出会いの場面を美しいととらえる感じ方です。たしかにこの一節には刺激的なことばやフレーズが並んでいます。しかし、それと共存する形で、雲に隠れた月や星のまたたく夜空やジャグジーの湯の流れ、さらには男の腹をくすぐる女の髪など、官能美と呼べるようなものも描いています。快感に身を任せてジャグジーの湯に浮かびゆっくり回転するブリュノの姿には神秘的なものさえ感じられます。

アニックのエピソードのところでも書きましたが、われわれは愛を精神的なものだと考えたがります。そして精神と肉体、愛と欲望を区別して、前者を上位に置きたがります。セックスは愛の結果であり、決して原因ではないというわけです。しかし、本当にそうなのでしょうか。われわれは恋愛についてとかく高尚なことやロマンティックなことを言いたがりますが、実際には性的な欲望に支配されているのではないでしょうか。われわれは精神的存在である以前に肉体的存在ではないでしょうか。いや、そもそも精神と肉体を分けることなどできるのでしょうか。精神と肉体、愛と欲望は実はひとつのものではないでしょうか。セックスは決して愛の到達点ではなく、出発点ではないでしょうか。ブリュノとクリスティアーヌの出会いの場面はそんな疑問をわれわれに投げかけてくるように思えます。

求愛のことば

ジャグジーでの出来事のあと、ブリュノは女のキャンピングカーに行き、そこでふたりははじめてことばをかわします。女はクリスティアーヌという名前で、パリの北九十キロのところにあるノワイヨンの高校で理科の教師をしていることがわかります。彼女はブリュノと同世代――ということはもう若くはなく、離婚歴があり人生に疲れているようです。

ふたりはそのまま「変革の場」で数日をともに過ごし再会を約束して別れます。九月に入るとふたりはパリで逢瀬を重ね、知り合いの医者に診断書を書いてもらって勤め先を休み、アグド岬のヌーディストビーチに行ってドイツ人カップルとスワッピングをします。

アグド岬に来て一週間たったある日の午後、ブリュノはクリスティアーヌが裸のまま室内を歩きまわり、アペリティフをつくるために冷蔵庫に氷とオリーブをとりに行く姿を見ながら、なにやら不思議におちついた気持ちになり、「ぼくは幸せだと思うよ」と言います。

彼女は製氷皿を固く握りしめたまま不意に動きを止め、長いため息をもらした。彼は話を続けた。

「君と一緒に暮らしたい。もうたくさんだ、ぼくたちはあまりにも長い間不幸だったという気がする。これから先、病気になったり、体がきかなくなったり、死んだりすることになるだろう。でも一緒にいれば最後まで幸せでいられると思う。とにかく試してみたいんだ。君を愛していると思う。」

クリスティアーヌは泣き出した。

ブリュノのことばは愛のことばとしてはあまりにもへたくそで、「不幸」、「病気」、「体がきかなくなる」、「死ぬ」といったネガティヴで後ろ向きのことばが多いうえ、「一緒にいれば最後まで幸せでいられる」、「君を愛している」という肝心のことばは「と思う」という表現によって弱められてしまっています。彼は「とにかく試してみたいんだ」と言いますが、「試す」というのは、うまくいくかどうかわからないが、とにかくやってみるということですから、無責任と言えば非常に無責任な言い方です。ブリュノのことばは、恋愛マニュアルなら決して言ってはならない悪い例としてあげられそうです。しかし、若くもなく美しくもなく、もはや人生になんの幻想ももっていないブリュノとクリスティアーヌにはふさわしいことばであり、みじめで情けないかもしれませんが、だからこそ心の底から出た最も誠実な求愛のことばではないでしょうか。ブリュノのことばには、最後のチャンスにすべてを賭けようとする人間の切なさと美しさが感じられます。それがわかったからこそ、クリスティアーヌは泣き出すのではないでしょうか。

ブリュノの話ばかりしてきましたが、ではミシェルはどうでしょうか。すでに述べたように、ミシェルは祖母の墓を移転するという知らせを受けて、セーヌ・エ・マルヌ県のクレシー＝ラ＝シャペルへ赴き、アナベルと再会します。アナベルは区立図書館で司書をしていると言い、週末にミシェルを自宅に招きます。アナベルは若い頃には相当な美人で男にもてたようですが、彼女の人生は決して幸福なものではなく、セックスにしか興味がないろくでもない男と恋愛を重ね、二度中絶を経験し、ずっと独身生活を続けています。

土曜日にアナベルの家で夕食をとったふたりは、そのまま一夜をともにします。翌朝ふたりが一緒に朝食を食べているとき、アナベルは求愛のことばを口にします（女性の方から求愛するのを奇妙だと思う人もいるかもしれませんが、別段珍しいことでもおかしなことでもないと思います。特にミシェルは恋に対して消極的で、一度それで失敗しているのですから、アナベルの方から求愛するのはある意味で当然だと言うべきでしょう）。

「アナベルとミシェルの」かくも異なった生活は、離ればなれになったふたりの肉体に目に見える痕跡はほとんど残していなかった。しかし、生命そのものが破壊作業を進行させ、彼らの細胞や器官の複製能力をじわじわと蝕んでいた。互いに愛し合うこともできたはずの知能をもった哺乳類たるふたりは、秋の朝の大いなる輝きの中で見つめ合っていた。「遅すぎるってことはわかってるわ」と彼女は言った。「でも試してみたいの。わたし、七四年度の電車の定期券をまだもってるの。一緒に高校に通った最後の年のよ。それを見るたびに泣きたくなるわ。どうしてこんなにひどいことになったのかわからないの。どうしても納得できないのよ。」

「生命そのものが破壊作業を進行させ、彼らの細胞や器官の複製能力をじわじわと蝕んでいた」というのはとてもおもしろい言い方です。ミシェルが生物学者であることから、たんにふたりはもう若くない――ふたりとも四十歳です――ということを言うために、わざとこのようなもってまわった言い方をしているのでしょうが、同時にわれわれ人間がほかの哺乳類と同じような物理的＝肉体的存在であることを強調した言い方ではないかと思います。

先に引用したブリュノのことばと同じく、アナベルのことばも求愛のことばとしては実に不器用です。いや、そもそも本当に求愛のことばなのか、たんなる愚痴ではないのかと思う人さえいるかもしれません。しかし、それは私が知る最も美しい愛のことばのひとつです。

アナベルのことばはブリュノのことばに輪をかけて悲観的です。ブリュノは自分たちの人生は「あまりにも長い間不幸だった」と言いますが、アナベルは「どうしてこんなにひどいことになったのかわからないの」と言います。ふたりは期せずして同じように「試してみたい」ということばを口にします。しかし、アナベルはそれに「遅すぎるってことはわかってるわ」というひと言を加えています。

アナベルは高校の最終学年のとき使っていた定期券をいまでももっていると言います。みなさんは高校のときの定期券をおもちでしょうか。おそらく高校を卒業してまだ数年しかたっていない人でももっていないのがふつうではないかと思います。しかし、アナベルは二十年以上ももち続けているのです。それは彼女にとってミシェルと一緒に過ごした高校時代が人生のただひとつの華であった、それ以後彼女の人生はひたすら下降線をたどったということを意味しているのでしょう。アナベルのことばもまた、みじめで情けないからこそ真実のことばであり、だからこそ読む者の心をうつのではないかと思います。

✿恋の終わり

ブリュノとクリスティアーヌ、ミシェルとアナベル——読者はこの二組のカップルに幸あれと願わずにはいられません。しかし、現実は苛酷です。結末は伏せるという原則ですので多くは言いませんが、ブリュノもミシェルも一度は手に入れたと思った終生の恋を最後には失ってしまいます。

悲しみにうちひしがれたブリュノは、かつて入院していた精神病院に再び自分から入院します。性欲を抑える薬を投与され欲望から解放された彼は、日々の暮らしにはもう何も期待せず、おやつとテレビだけを楽しみに生きています。もう一生病院を出ることはないだろうと彼は言います。

一方、ミシェルはアイルランドで研究に専念し、生物学上の画期的な発見をして論文を発表したのち失踪し、おそらく海に身を投げたのだろうと示唆されています。その後、ミシェルの論文は学会に大きな衝撃を与え、それにより人間の遺伝子の完全な複製が可能になります。以後、人類は恋愛もセックスも含めて生殖にともなうすべての活動を放棄することになります。

『素粒子』は終始一貫して恋＝性を求めて得られない苦しみを描いています。求めるから苦しいのであれば、最初から求めなければ苦しむこともないはずです。その意味ではミシェルの発見は人類を苦しみから解き放ったと言えるでしょう。しかし、はたしてそれが「解決」と言えるでしょうか。ミシェルの発見は人生から恋＝性の苦しみを取り除きます。極度の苦しみを味わっている人間にとってそれがにより重要であることはわかりますが、だからと言ってそれが幸福かと言われると、それも疑問です。ミシェルの発見は、苦しみと同時に人生そのものを捨ててしまうという点で、ブリュノの入院と同じではないでしょうか。

すでに述べたようにエピローグではこの物語の語り手が前面にあらわれ、自分は何者であるか、なぜこの物語を語ったかを明らかにします。ネタバレになるといけませんから多くは書きませんが、実際にお読みになればここで物語が一挙に様相を変えてＳＦになることがおわかりかと思います。ウエルベックはなぜそのような奇抜なエピローグをつけたのでしょうか。

すべての作家に言えることかどうかはわかりませんが、あるタイプの作家には自分や自分の人生について語りたいという欲求と、それをなんとか隠蔽したいという欲求の両方があるように思います。すでに述べたように、『素粒子』ではブリュノとミシェルに託す形で作者の人生が語られています。クリスティアーヌやアナベルにあたる女性が実際にウエルベックの人生に存在したのかどうかはわかりませんが、作者はあまりに自分の人生を語りすぎた、自分の人生に近づきすぎたことに怖れをなしたのではないでしょうか。そこで最後にＳＦ的な——ということはすなわちきわめて非現実的な——設定をもち出し、この作品はフィクションであり、自分の人生とはなんの関係もないということを強調しようとしたのではないでしょうか。

語り手は「本書は人間に捧げられる」という一文で物語を終えています。実際にはこの文は二重の意味をもっているのですが、ここでは文字通り人間に対する讃辞という意味で考えたいと思います。人間は「痛ましくもあさましく、猿と大して違わない種族」、「苦悩を抱え、矛盾にみち、個人主義的で好戦的な種族」であり、「ときには前代未聞の暴力の爆発さえ引き起こすような際限のないエゴイズムをもっている」と語り手は書いています。しかし同時に「心の中に多くの高貴な願いを抱」き、「善と愛を信じることを決してやめなかった」とも書いています。人間は哀れでみじめです。しかし、その哀れさ、みじめさこそが人間のもつ最も高貴なところであり、どうしようもなく切ないといとおしい――人間のそのような姿を描いたこの物語は究極の人間讃歌であるように思えます。

『素粒子』は非常に悲観的な小説です。登場人物はブリュノもミシェルもクリスティアーヌもアナベルもみな不幸な人間であり、若くも美しくもない中年の男女です。愛を求めて得られなかった、あるいは傷つくことを恐れて愛を求めることができなかった彼らは、ようやく終生のパートナーを見いだし、真実の愛を手に入れたかに思えますが、その愛は指の間をすり抜けていってしまいます。彼らの姿はわれわれ自身に似ていないでしょうか。ブリュノとミシェルはともに最後の賭けに決定的な敗北を喫してゲームから降りてしまいますが、われわれは愛と性を求めて不幸になりながら、それでもあきらめきれずゲームを続けているのです。

第14章　二十一世紀のマノン・レスコー？

ラペイル『人生は短く、欲望は果てなし』（二〇一〇）

✽英仏海峡をはさんだ三角関係

では最後に二十一世紀の作品をとりあげましょう。二〇一〇年に発表され、その年のフェミナ賞を受賞しベストセラーとなったパトリック・ラペイルの『人生は短く、欲望は果てなし』です。この作品は、パリに住むさえない翻訳家ルイ・ブレリオ、ロンドンに住むアメリカ人証券マン、マーフィー・ブロムデイル、パリとロンドンを行き来しふたりを翻弄する女性ノーラ・ネヴィルの英仏海峡をはさんだ奇妙な三角関係を描いたラブストーリーです。

二年前、愛人のノーラが突然、姿を消してから、ブレリオは腑抜けたような人生を送っています。美術関係の仕事をしているエリートキャリアウーマンの妻サビーヌとは家庭内別居に近い状態で、田舎に住む母親は精神に異常をきたしつつあります。ある初夏の日、父親からのSOSを受け、両親の家に向かう彼のもとに、突然、電話が入ります。ノーラからです。彼女はパリに戻って来るので会いたいと言います。

同日同時刻、ロンドン――出張から帰ったマーフィーは、同棲していたノーラがいなくなっていることに気づき、彼女の居所を知っていそうな人物に次々と電話をかけます。マーフィーはノーラの高校時代の同級生だったヴィッキー・ロメットに会いに行きますが、ノーラの行方は杳《よう》として知れません。

一方、以前ふたりでよく行ったドメニル通りのカフェでノーラと再会したブレリオは、ノーラが従妹から借りているというパリ郊外の家へ行き、一夜をともにします。それ以来、ふたりはよりを戻したかにみえますが、気まぐれなノーラは、ふたりの男の心をもてあそぶかのように、ブレリオとマーフィーの間を行き来します。

ブレリオはノーラを愛しながらも、妻サビーヌと別れる決心がつかずにいます。その後、妻の仕事に付き合いトリノへ一緒に行ったとき、ふたりの間に一瞬、愛情がよみがえります。それを察知したのでしょうか、ノーラは異常なまでに興奮し、旅行から帰ってきたブレリオに暴力をふるいます。

数日後、ノーラに連絡がとれないため家まで訪ねていったブレリオは、ノーラが家を引き払ったことを知ります。ノーラを失ったショックから家に帰る気がせず、ホテルに泊まったブレリオを翌日自宅で待っていたのは、妻からの離婚宣告でした。

生きる気力を失ったブレリオは、友人が貸してくれたアパートに引きこもり、鬱々とした日々を送りますが、やがて一念発起し、ノーラを探しにロンドンへ向かいます。ノーラのことを忘れてアメリカに戻り仕事に生きようとしているマーフィーから、ノーラの居所を聞いたブレリオは、彼女に会いに行きます……。

現代人は愛しうるかという深遠なテーマを、ときには軽妙なユーモアをこめて、ときには残酷なまでに克明に描いたこの作品は、「二十一世紀の『マノン・レスコー』」として高い評価を受けています。ヒロインのノーラは、ロンドンとパリの間を行き来してふたりの男を手玉にとります。しかし、はたして彼女はファム・ファタルと言えるでしょうか。ノーラは「二十一世紀のマノン・レスコー」なのかどうかを考えてみましょう。

✻『人生は短く、欲望は果てなし』の文体的特徴――専門用語と固有名詞

『人生は短く、欲望は果てなし』は非常に現代的な小説です。登場人物が携帯電話で会話し、iＰｏｄで音楽を聴き、パソコンで仕事をしているからではありません。現代小説特有の要素をいくつかもっているからです。

まず時制の問題があります。いくつかの回想シーンを除いて――いや、回想シーンの多くにおいてさえも――この小説は現在形で書かれているのです。また、この作品は全部で五十の章に分かれており、物語が細分化・断片化されていることも特徴のひとつです。各章は必ずしも連続しておらず、章のはじめに出てくる「彼」という代名詞がブレリオを指すのか、マーフィーを指すのか、しばらく読み進まないとわからない章もいくつかあります。話法も独特です。第10章で述べたように、フランス語には誰かの発言をそのまま伝える直接話法、発言を「いま・ここ」にいる自分の立場からとらえなおして伝える間接話法、両者の特徴をあわせもち登場人物の発言や心の声を伝える文学的手法としての自由間接話法という三つの話法がありますが、そのいずれにも属さないイレギュラーな形が随所にみられるの

です。

そのほか『人生は短く、欲望は果てなし』固有の文体的特徴として専門用語と固有名詞の多用があげられます。専門用語は医学・数学・物理学・化学・生物学など理科系の分野から精神分析学・神学まで多岐にわたっていますが、決して難解な話をしているわけではなく、例えば「彼は快感をおぼえる」ということを「彼の快楽中枢は活性化される」という言い方であらわしているだけで、むしろユーモラスな効果をあげています。

特におもしろいのは「ノルアドレナリン（Noradrénaline）」です。ノルアドレナリンとは、ブレリオが仕事で訳している医学論文に出てくることばで、作中で説明されている通り「副腎皮質のレベルで分泌される有機化合物で、奏効体組織に対して神経伝達物質の役目を果たす」ホルモンですが、「ノーラ（Nora）」と「アドレナリン（adrénaline）」を合成したことばでもあります。ブレリオはノルアドレナリンが「夢や感情のプロセスに決定的な形で介入する」と医学論文に書いてあるのを読んで、何年も前から自分もそう思っていたと述べ、虚脱状態に陥ったとき「瞬間的に血圧を上げて細胞の致命的な崩壊を避ける」ために、できることならノルアドレンリンを薬棚に入れておきたいと思うのですが、それはおそらくノルアドレナリンということばがノーラの名前を含んでいるからだと考えられます。ノーラこそがブレリオのアドレナリンであり、彼の夢や感情はノーラに支配されているのです。

語呂合わせと言ってしまえばそれまでですが、これに思い当たったとき作者は快哉《かいさい》を叫んだのではないでしょうか。いやそれどころか、この語呂合わせを使いたいがために医学用語を多用し、ヒロインをノーラと名付けたのかもしれません。

固有名詞について言えば、この作品には実に多くの地名・人名が使われています。地名については、パリ、ロンドンはもちろんのこと、ブレリオの両親が住んでいるサン＝セルナンに関しても、かなり詳細に実在の地名が書かれており、ブレリオやマーフィーのアパートの所在地やブレリオとノーラの散歩ルートさえ、その気になれば特定できそうなほどです。

人名については、文学者・哲学者・作曲家・画家から、ジャズやロックのミュージシャン・映画の監督や俳優、さらには政治家やボクサーまで実在の有名人の名前が数多く使われ、文学作品や映画のタイトルも数多く出てきます。そもそもルイ・ブレリオという主人公の名前からして二十世紀初頭の有名な飛行家と同姓同名であり、ブレリオ自身、ノーラと最初に会ったとき、航空エンジニアだった父親が酔狂にもルイという名前を付けたと言っていますし、マーフィーがノーラからブレリオの名前を聞き出したとき、思わず「飛行家じゃないか」という場面もあります。

人名の中で特に使用頻度が高いのがマスネです。ジュール・マスネは十九世紀末から二十世紀はじめにかけて『マノン』や『ウエルテル』などのオペラを作曲したフランスの作曲家で、今日ではあまり知られていませんが、ブレリオはファンのようで物語の中で繰り返しマスネの曲を聴いています。マスネについて作者のラペイルは、アメリカのパフォーマンス・アーティスト、ローリー・アンダーソンが一九八一年にリリースして全英ヒットチャート二位になった曲「オー・スーパーマン」が「マスネのために」という副題をもっていることからこの作曲家に注目したと言っています。マスネについで使用頻度が高いのはチェーホフとライプニッツですが、それについてはあとでとりあげることにします。

小説の中に文学者や哲学者や画家の名前が出てくるのは特に珍しいことではないように思います（画

家や彫刻家の名前が数多く出てくるのは、ブレリオの妻サビーヌが美術関係の仕事をしているからでもあります）。しかし、ジャズやロックのミュージシャンや映画俳優の名前や、さらには『スタートレック』のようなテレビドラマのタイトルが出てくるのは比較的珍しいのではないでしょうか。芸術家や思想家の名声は長く続くものですが、ミュージシャンや俳優のそれは一時的なものであり、時とともに消えていくことが多いからです。げんに若い読者にブロンディとかパーシー・スレッジとかジャック・パランスとかナタリー・ウッドと言っても通じないでしょう（ちなみにブロンディは一九八〇年に「コール・ミー」をヒットさせたアメリカのロック・バンド、パーシー・スレッジは一九六六年に「男が女を愛するとき」をヒットさせたアメリカのシンガー、ジャック・パランスは一九五〇年代から二〇〇〇年代まで活躍した息の長いアメリカの個性派俳優、ナタリー・ウッドは『ウエスト・サイド物語』や『草原の輝き』に出演したアメリカの女優です）。しかし、だからこそ、時代をあらわすのにうってつけです。

そういうことを意図的にする作家として有名なのがアメリカのホラー作家スティーヴン・キングです。キングは小説の中に時代性を盛り込むことでホラー小説に新しい風を吹き込んだのです。『人生は短く、欲望は果てなし』の時代設定は現代——おそらくは二〇〇九年——ですが、四十歳のブレリオの歴史というか半生を感じさせるために、それらの名前は役立っているように思えます。

それらの人名は、知らなければ知らないでなんの支障もありませんが、知っている人間には、ある種の郷愁や同時代性を与えます。個人的にはブレリオが「パーシー・スレッジは不吉だ」と言ってiPodの選曲を変えるところや、倦怠期のカップルが赤のクーペに乗って去って行くさまがまるで「ジャック・パランスとブリジット・バルドーのようだ」と言うところ（作中には書かれていませんが、この箇所はジャン＝リュック・ゴダール監督の映画『軽蔑』のワンシーンをあらわしています）で思わずにやりと笑ってしまいました。ブレリオはわれらの同時代人なのです。

✻ノーラの自己イメージ——乙女ヴィオレーヌとニーナ

固有名詞についていろいろ書いてきましたが、ノーラは「二十一世紀のマノン・レスコー」かという問題とどうかかわるのでしょう。

ノーラはパリとロンドン、ブレリオとマーフィーの間を行ったり来たりして男たちをやきもきさせます。しかし、悪いことをしているという意識はまったくありません。マーフィーは何も言わず突然家を出て行ったノーラが、何もなかったかのように平気で戻って来たことを不思議に思います。彼女はおそらく自分がブレリオやマーフィーを苦しめているとは思っていないのでしょう。そういう無邪気さはファム・ファタルにふさわしいと言えそうです。

また、『人生は短く、欲望は果てなし』は三人称小説ですが、ブレリオ、マーフィー、ヴィッキーの三人が入れ替わりながら焦点人物をつとめ、物語は彼らの目を通して語られています。ノーラが焦点人物になることはありません。つまり、ノーラの内面は他の登場人物が推測する形でしか描かれないのです。ノーラが本当のところ何を考えているかわからないというのも、ノーラをファム・ファタルに近づけていると言えそうです。

しかし、作中にアベ・プレヴォーやマノン・レスコーの名前は見当たりません。マスネが『マノン・レスコー』をオペラにしていることや、物語の冒頭でノーラがブレリオに電話をかけてくるとき彼女はアミアンにいる（マノンとデグリューが最初に出会うのはアミアンです）ことを強引に『マノン・レスコー』と結び付けることもできなくはありませんが、やはり少し無理があるように思えますし、ノーラ自身は自分をマノンとはまったく別のものととらえていると思われるふしもあります。

ノーラは女優志望でロンドンでもパリでも演劇学校に通っています。彼女はいつか舞台で乙女ヴィオレーヌやニーナ・ザレーチナヤを演じたいと願っています。乙女ヴィオレーヌというのは二十世紀フランスの劇作家・詩人ポール・クローデルの『マリアへのお告げ』、およびその原型となった『乙女ヴィオレーヌ』の主人公です。ヴィオレーヌはハンセン病にかかった石工に同情して口づけし感染したため、婚約を破棄され、村はずれの隔離された小屋で暮らすことになります。婚約者のジャックはヴィオレーヌの妹マラと結婚し、ふたりの間には女の子が生まれますが、クリスマスの日に突然、その子が死んでしまいます。マラは赤ん坊の死体を抱いてヴィオレーヌのもとを訪れ、子どもを生き返らせてくれと頼みます。ヴィオレーヌはそんなことは不可能だと断りますが、赤ん坊を抱いて妹に聖書を読ませているうちに、赤ん坊は息を吹き返します。しかし、その数年後、夫の心がまだ姉にあることに嫉妬したマラは、病が重くなり目が見えなくなったヴィオレーヌを誘い出し、穴に突き落として上から砂を落とします。

一方、ニーナ・ザレーチナヤは十九世紀ロシアの劇作家アントン・チェーホフの『かもめ』のヒロインで、都会からやって来た有名な作家トリゴーリンに誘惑され、女優になることを夢みて、恋人を捨てて出奔しますが、やがてトリゴーリンに捨てられ、女優として成功することもできず、みじめな境遇に身を落とす女性です。ヴィオレーヌもニーナも無邪気で純粋であるがゆえに不幸に見舞われる悲運の女性と言えるでしょう。この役を演じたいということは、ノーラは自分を乙女ヴィオレーヌやニーナに重ね合わせ、男を破滅させる女——ファム・ファタル——ではなく、周囲のエゴによって破滅させられる女ととらえていることを示すものではないでしょうか。

✻奇妙な友情

ヴィッキー・ロメットはノーラの幼なじみで、コヴェントリーの高校に通っていた頃にノーラにいささか同性愛的な友情を抱いていた女性です。彼女もまたノーラに振り回された人間のひとりで、そういう意味では性別こそ違いますが、ブレリオやマーフィーの同類と言うべきかもしれません。だからかどうかはわかりませんが、ヴィッキーはマーフィーに協力し、ふたりは共犯者めいた奇妙な絆で結ばれます。

ノーラは現代アメリカのSF作家レイ・ブラッドベリの『火星年代記』に出てくる火星人のような存在だとヴィッキーは言います。『火星年代記』（一九九七年版）は二〇三〇年一月から二〇五七年十月までの火星の模様を描いた連作短篇集です。火星人の大半は地球人がもち込んだ水疱瘡のせいで死んでしまいますが、二〇三六年九月の日付をもつ「火星の人」には生き残りの火星人のひとりが登場します。この火星人は相手が無意識のうちに会いたいと望んでいる人物の姿になるという特性をもっています。つまり、死んだ息子に会いたいと思っている人の前では息子の姿になるし、指名手配中の犯人を追っている警官の前では犯人の姿になるのです。この火星人に似ているということは、すなわちノーラは男の欲望が投影される白いスクリーンのような女性だということで、これはわれわれがみたファム・ファタルの定義に完全に一致します。

ヴィッキーはそのあと別のところで今度はフランソワ・トリュフォーの映画『突然炎のごとく』をもち出して、「ノーラはコヴェントリー時代からいつも、まわりに連帯の夢想を引き起こしてきたの。男の子同士でも女の子同士でも『突然炎のごとく』のジュールとジム風の連帯を感じさせるのね」と言っています。『突然炎のごとく』は『人生は短く、欲望は果てなし』と同じく奇妙な三角関係の物語です。ドイツ人のジュールとフランス人のジムは親友です。ジュールはカトリーヌという女性と知り合い恋におち結婚します。その後、カトリーヌはジムとも関係をもつようになりますが、ジュールは嫉妬するどころか、それを歓迎します。ジュールは離れかけているカトリーヌの心を引き止めるため、三人で一緒に暮らそうと言います。ひとりの女性をはさんだそのような奇妙な連帯感はヴィッキーとマーフィーにもちろんあてはまりますが、ブレリオとマーフィーにもあてはまるように思えます。

ブレリオとマーフィーはある意味で対照的な人物です。ブレリオが既婚のさえない翻訳家であるのに対して、マーフィーは独身のエリート証券マンです。また、ブレリオは無宗教のようですが、マーフィーは敬虔なカトリックです。しかし、ブレリオが実家に戻り父親と卓球をしたあと、村から聞こえてくる音楽を聞きながら郷愁にひたる場面の直後に、マーフィーがロンドンの夜空を眺めながら郷愁にひたる場面があるとか、ブレリオが妻と一緒にテレビでアメリカの人気ＳＦドラマ『スタートレック』の再放送を見た直後の章で、マーフィーがロンドンの公園でジョギング中に「火星人の扮装をした太ったカップル」を見かけるとかいうように、ふたりの人生は奇妙にリンクしたところがあります。

読書についても同じで、カトリックで読書家のマーフィーがライプニッツを愛読しているのに対して、ブレリオは本などほとんど読まず、『乙女ヴィオレーヌ』も『かもめ』も読んだことがないと言いながら、なぜか友だちに勧められてライプニッツの『弁神論』を読んでいると言います。この段階ではふたりはまだ一度も会ったことがないのですが、不思議なシンクロニシティで結ばれていると言うべきでしょう。

ふたりは一度だけロンドンのカフェで会い、マーフィーはブレリオにノーラのいるアパートの住所を教え、再会を約束して別れます。ブレリオがノーラを訪れた翌日、マーフィーはヴィッキーを連れて同じカフェでブレリオを待っています。最終的にブレリオは約束をすっぽかすのですが、マーフィーは彼は良さそうな人物だったと言い、「ぼくの家に泊まるよう言わなかったのを後悔したくらいさ。もっと長くふたりで話をしたかったし、一度一緒にノーラに会いに行きたかったな」と言います。ヴィッキーが『突然炎のごとく』について話すのはこのときです。

その後マーフィーはアメリカに帰りますが、ブルックリンからブレリオに電話をかけてノーラの話をします。マーフィーとヴィッキーがそうであるように、ブレリオとマーフィーもまたノーラの魔力によって連帯の絆で結ばれるのです。ノーラは結局女優にはなれず、舞台の上で乙女ヴィオレーヌもニナも演じることはできませんでしたが、実生活においてはジャンヌ・モロー演じる『突然炎のごとく』のカトリーヌの役を演じたと言えるでしょう。

その後のブレリオ――エピローグ

ロンドンでノーラと再会したブレリオは、ふたりがもうもとには戻れないことを思い知らされます。

一般にファム・ファタル小説は恋するふたりの決定的な別離で幕を閉じるのがふつうです。愛が終わるとともに物語も終わり、愛を失った男は燃えかすにすぎません。だから、そのあとのことが描かれるとしても、それはエピローグとしてほんの軽く触れる程度でしかありません。しかし、『人生は短く、欲望は果てなし』の場合はそのあと五章にわたって物語は続き、物語上は二年あまりが経過します。その間ブレリオは半ば押し掛けられた形とはいえ別の女性と同棲しさえします。

ブレリオにとってノーラが終生の女性であることはたしかです。しかし、ブレリオはノーラのために（あるいはノーラのせいで）何を失ったでしょうか。仕事の上ではフリーの翻訳家を続けていますから何も失ってはいません。サビーヌに離婚されたことは大きな痛手でしょうが、それはブレリオの自業自得と言えばそれまでの話ですし、もともと夫婦仲は冷えきっていたのですから、ノーラのことがなくても同じ結果になったように思えます。結果だけをみれば、むしろ破滅したのはノーラではないか、ヴィオレーヌやニーナと同じようにノーラは自分が愛した男のせいで破滅したのではないかとさえ思えます。最後から二つ目の章でブレリオはベッドから飛び降りたとき頭を打ったために脳の障碍で死んだようにみえます。しかし、最終章で物語は意外な展開をみせます。突然パラレルワールドの話になり、そこまで語られた物語は無限に存在する可能世界のひとつにすぎないということになるのです。そこからノーラがブレリオのもとに戻って来る世界、マーフィーのもとに戻って来る世界、さらにはノーラが誰も見ないような映画数本に出演したあと、かかりつけの精神科医と結婚する世界など、いくつかの別の可能世界の物語が語られます。

じゃあいままで読んできた物語は一体なんだったんだと怒る読者もいて当然だと思います。しかし、それこそが作者ラペイルのしたかったことであり、ライプニッツを出してきたのも、その伏線ではないでしょうか。ライプニッツはわれわれが生きているこの世界は無数の可能世界のひとつであるとする可能世界論を最初に言い出した人物だからです。ライプニッツは現実に創造されたこの世界がすべての可能世界の中で最善のものであると述べていますが、ラペイルはそれほど楽観的ではありません。

ラペイルはわれわれが生きているこの世界が最善のものとは思っていませんし、それと平行して別の可能世界があるとしても、それが救いになるとは思っていないようです。たとえある可能世界でノーラが戻って来るとしても、ブレリオが、あるいはマーフィーが幸せになれる保証はどこにもありません。むしろ同じことを繰り返して苦しむだけではないかという気もします。

ラペイルは次のようなイメージで物語を締めくくります。

それとパラレルな宇宙では、彼女［ノーラ］はまだ若々しく、ブレリオと並ぶとまるで彼の娘のようだ。ふたりはたわわに実った小麦畑の間を悲しげに黙ったまま——ふたりはもうじき別れるのだ——夕日に向かって車を走らせている。まるで、ふたりの死んだ宇宙飛行士が赤い惑星のまわりをまわっているかのように。

そして、おそらく、ふたりが一度も存在しなかった宇宙もまた無限に存在するはずである。

「彼女はまだ若々しく、ブレリオと並ぶとまるで彼の娘のようだ」とあることを考えれば、ブレリオはもう初老なのでしょう。ということは、ふたりはかなり長い年月を一緒に過ごしたことになります。「たわわに実った小麦畑の間を」「夕日に向かって車を走らせている」ふたりの姿はとても美しいと思いますが、ふたりは決して幸せではありません。「ふたりはもうじき別れる」からです。さらにラペイルは「ふたりが一度も存在しなかった宇宙」を想定し、物語は闇の中に吸い込まれるような形で終わります。

❀イメージの連鎖——宇宙飛行士とかもめ

いま引用した箇所に唐突に宇宙飛行士のイメージが出てくることに驚いた方もおられるかもしれません。こちらにも伏線があります、すでに書いたようにルイ・ブレリオという名前はフランスの有名な飛行家の名前でもあります。そこからブレリオ＝飛行士のイメージが生まれ、ノーラと険悪な雰囲気になったときブレリオが「目の前のロープウェイのケーブルを切る直前にぎりぎりで宙返りをする飛行士のように」ぎりぎりのタイミングで話を切り上げ、「わかったよ、ネヴィル、さっき言ったことは全部取り下げる。だから、仲良くしよう」と言う場面につながります。

飛行士のイメージはさらに宇宙飛行士のイメージへと発展していき、物語の終盤で何度か繰り返されることになります。最初に見られるのは、ノーラが出て行ってしまったことを知ったブレリオが自宅に帰る気がせず、目についた最初のホテルに部屋をとり、ぼんやりテレビを見ている場面です。おそらくドキュメンタリー番組なのでしょう、画面にはふたりの宇宙飛行士が「無重力状態で回転しながら」「長時間見つめ合っている」ところが映っています。やがてふたりは手で軽く合図し合い、ゆっくりとそれぞれの宇宙船に戻って行きます。「もう二度と会うことはないと意識しながら」と書いてあるところから考えると、おそらくアメリカの宇宙飛行士とソ連の宇宙飛行士の宇宙でのランデブーの映像なのではないかと思います。

その後、妻に離婚を宣告されたブレリオは、旅行に出た友人のアパートに住み、毎晩眠れぬ夜を過ごしますが、デジタル時計の光が天井に映っているのを眺めながら自分が「ライカ犬の代わりに地球の軌道をまわっている」ような気持ちになります。「ライカ犬」とは一九五七年、ソ連のロケット・スプートニク二号に乗り宇宙に送り出された犬のことですから、ここにも宇宙飛行のイメージがみられるわけです。朝、目が覚めるとブレリオはアパートの中を歩きまわったあと、「後方勤務の宇宙飛行士がロケットの窓の後ろで配置につくように」窓辺にたたずみます。

また、ブレリオと離婚したサビーヌは、ブレリオの銀行口座に黙って五千ユーロ振り込み、ミケランジェロ・ピストレットについての論文を二篇送ってきたあと連絡を絶つのですが、それについても「宇宙で行方不明になった人工衛星のように音信不通となった」と書かれています。それを言うならブレリオとサビーヌがまだ夫婦であった頃、ふたりがテレビで見る『スタートレック』もこのイメージに連なっていると言えるかもしれません。このように、ひとつのイメージが発展し連鎖していくのがこの作品の大きな特徴です。

イメージの連鎖がみられるのは宇宙飛行士についてだけではありません。かもめもそうです。チェーホフの戯曲『かもめ』についてはすでにみましたが、物語には鳥としてのかもめも描かれており、ヴィッキーとノーラが高校時代ともに過ごした夏の思い出の中や、ブレリオがサビーヌと一緒にニースを旅行するところや、マーフィーが会社のカフェテリアの手すりにもたれて遠くを眺めるところに出てきますが、重要なのはブレリオがロンドンでノーラと再会する場面で、窓からテームズ川とそこに浮かぶ舟や海鳥を見ながら「『かもめ』の部屋だね」と言うところでしょう。ここで言う『海鳥』がかもめを指していることは想像にかたくありません。また、『かもめ』は原文ではイタリックになっていることからチェーホフの戯曲を指すものと考えられます。つまり、ここで鳥としてのかもめとチェーホフの戯曲がひとつになっているのです。

以上、連鎖するイメージとして宇宙飛行のイメージとかもめのイメージをあげました。ここから先は私の妄想になってしまうかもしれませんが、この二つの連鎖もまたあるイメージによって結び付いているように思えます。一九六三年六月十六日、世界初の女性宇宙飛行士としてソ連のポストーク六号に搭乗したワレンチナ・テレシコワのイメージです。テレシコワは「かもめ」というコードネームを与えられ、彼女が宇宙から発した最初のことば「私はかもめ」は、『かもめ』のニーナのセリフ——「私はかもめ……いいえ、私は女優よ」——と結び付けられ有名になりました。ものの本によると、テレシコワのことばはたんに自分のコードネームを言ったにすぎず、それをチェーホフの戯曲と結び付けたのは日本のマスコミであるとの話もありますが、彼女のコードネームが「かもめ」であったことは歴史的事実です。もちろんそのようなことは、この作品の中にはまったく書かれていません。しかし、そのように考えれば、「宇宙飛行」と「かもめ」という一見なんのつながりもないようなイメージがひとつに結ばれるのではないでしょうか。

✻可能世界——ありうべき人生

いささか妄想がすぎたかもしれません。話をもとに戻しましょう。ラストシーンの「宇宙飛行士」の比喩でおもしろいのは、小麦畑のなか車を走らせているブレリオとノーラが「赤い惑星のまわりをまわ」る「ふたりの死んだ宇宙飛行士」に喩えられていることです。惑星の周回軌道にのった宇宙飛行士の体は決して離れることなく永遠に惑星のまわりをまわり続けるはずです。そのようなイメージがこれから別れるふたりに使われているのはなぜなのでしょう。ブレリオがホテルのテレビで見るふたりの宇宙飛行士は合図をして別れていきます。それぞれの居場所に戻り、もう二度と会うことはないでしょう。むしろこちらの方がブレリオとノーラの別れを示唆するにふさわしいイメージではないのでしょうか。

しかし、別の考え方もできます。可能世界の理屈からいえば、ある世界で離ればなれになったふたりでも別の世界では一緒にいるのです。現実の世界ではブレリオとノーラは早々に別れてしまいますが、この可能世界ではかなり長い年月を一緒に過ごしたことになっています。だとすれば、ふたりが一生添い遂げる可能世界もあるのではないでしょうか。

ただ、そうだとしてもどれが幸せかはわかりません。宇宙飛行士の比喩でもわかるように、一緒にいることが幸せだとはかぎらないのです。可能世界はわれわれが生きているこの世界とは別の世界であるというだけで、決してより良い世界ではないのです。

われわれが生きているこの世界が唯一のものではないということは、われわれの人生をもろくはかないものにします。しかし同時に、われわれの不幸は絶対的なものではなく、別の人生もありえたかもしれないと考えることを可能にしてくれます。それはわれわれの不幸を相対化してくれるものなのです。

可能世界の考え方は必ずしもＳＦやファンタジーにかぎったものではありません。ブレリオは、ある日メトロの入り口で雨宿りをしながら、バイクの後部座席にまたがり白いスカートをひるがえして去って行く女性を見て、雨も悪くないと考えます。ニースの浜辺では携帯電話でずっと誰かと話している水着姿の女性をしげしげと観察して、彼女が話していることをもう百回も聞いたことがあるような不思議な気持ちになります。また、無理やりサビーヌに連れて行かれたパーティーでは、イタリア人翻訳家の女性と知り合い、ふたりきりで遅くまで話し込んで、「お互いに惹かれ合う気持ちと、同じくお互いに他の招待客を置き去りにしてこっそり逃げ出したいと願う気持ち」が高まっていくのを感じます。これらの女性はたんなる通りすがりの脇役であり、それきり物語に登場することはありません。その意味ではブレリオが女好きであることを示すエピソードにすぎないとも言えますが、ブレリオがこれらの女性と別の人生を送ることもできたかもしれないということを示しているようにも思えます。

その点でおもしろいのは、ブレリオが実家からパリに戻る途中、黒髪の女性が家の門のところでパジャマにバスローブをはおった姿で誰かを待っているのを見かける場面です。「彼女は完璧だ、しかも自分の完璧さを意識していない、だからここで旅を中止して、礼儀正しく彼女に一緒に子孫をつくる許可を求めるのは正当なことだ」とブレリオは考えます。理屈も何もあったものではありませんが、とにかくブレリオは女性のそばまで行き車のウインドウを下げます。女性は彼が何か尋ねようとしているのだと思って頭を下げますが、ブレリオは彼女の目を見つめ微笑むだけで、そのままゆっくり遠ざかっていきます。この女性は――その意味では先にあげた他の女性たちもまた――ブレリオが生きたかもしれない人生をあらわしているのではないでしょうか。可能性という意味では、女性の数だけ恋があり、恋の数だけ人生があるのです。

人生は可能性にみちているという言い方は正確ではないと思います。無限に存在する可能世界の中にはより良い世界があるかもしれないというような楽観主義はこの作品には無縁です。むしろどの可能性を選択しても決していまより良くはならないという悲観的な考え方をこの作品は提示しているようにさえ思えます。

作者ラペイルの言によれば、『人生は短く、欲望は果てなし』というタイトルは、小林一茶の『おらが春』にある「無限欲、有限命」（欲に限りなく、命に限りあり）からきているとのことです。きわめてフランス的な物語と日本の無常観がリンクするというのも不思議議ですが、ブレリオという人物にふさわしいことばかもしれません。しかし、同時にわれわれ自身にもあてはまるような気もします。

われわれの欲望をかなえるには人生はあまりに短く、やり直しがききません。しかし、別の人生もありえたかもしれないと考えることは、われわれの人生を豊かにしてくれます。もちろんここで言う豊かさとは多様性であり、より良き人生を意味しません。別の言い方をすれば、質の問題ではなく、量の問題ということです。人生は無限に分岐していきます。われわれの現実はそれら無限の分岐から選びとったひとつ――たくさんのありうべき人生の中のひとつにすぎないのです。そのように考えることが人生の有限性に対してわれわれがもつただひとつの対抗手段だと、この作品は教えてくれるのではないでしょうか。

最後にノーラは「二十一世紀のマノン・レスコー」かという問題に答えておきましょう。

デグリューにとってマノンはただひとりの女であり、彼が生きた人生はただひとつの人生です。かりに人生をやり直すことがあるとしても、デグリューは同じ人生を選ぶでしょう。他人からみればどれほど哀れな人生でも、デグリューにとっては最高の人生なのです。そしてそれがファム・ファタル小説の大きな特徴です。

ブレリオがノーラとの恋を後悔しているわけではもちろんありません。彼にとってノーラが終生の女性であることはたしかです。しかし、彼にとってノーラとの恋は、たくさんのありうべき人生のひとつにすぎません。ふたりの恋は悲しい結末を迎えますが、そこにはなんら必然的なものはなく、別の結末もありえたことが示唆されています。『マノン・レスコー』の結末はただひとつです。あれ以外の結末はありえませんし、あってはなりません。しかし、『人生は短く、欲望は果てなし』の結末はあれ以外のものでもありうるのです。

マノンと同じくノーラは男の夢や欲望を映し出すスクリーンです。ただ決定的に違うのは、マノンがただひとりの男の欲望を映し出すのに対し、ノーラは複数の人間の欲望を映し出していることです。ブラッドベリの『火星年代記』に登場する火星人は、大勢の人に追いかけられ、彼らの望む人間に次々と姿を変えたあと、力尽きて死んでしまいます。トリュフォーの『突然炎のごとく』の中でカトリーヌとの結婚をどう思うとジュールに尋ねられたジムは「彼女は夫や子どもをもつのに向いた女性かな。彼女はこの地上では幸せになれないような気がする。彼女はみんなの幻影であって、おそらくひとりの男のものになるような女じゃないんだ」と答えます。ノーラも同じです。彼女はブレリオの前ではブレリオの欲望のスクリーンとなり、マーフィーの前ではマーフィーの欲望を、ヴィッキーの前ではヴィッキーの欲望を映し出します。そして火星人やカトリーヌと同じように、彼女もまた破滅していきます。

　私はファム・ファタルはただひとりの男に対してのみファム・ファタルであると書きました。ノーラはそのような条件には反しています。しかし、それこそがラペイルの書きたかったものなのでしょう。目の前にいる相手の欲望に応じて姿を変える彼女は、われわれが見てきたファム・ファタル――マノンともカルメンともナオミともデイジーとも別のタイプの女性です。しかし、それこそがラペイルが生み出した「二十一世紀のマノン・レスコー」なのかもしれません。

おわりに

この本はこれでおしまいです。十二世紀から現代まで随分長い道のりをたどってきたような気もしますし、終わってしまえばあっという間だったという気もします。もちろん、ここでとりあげた作品はフランス恋愛文学のほんの一部にすぎません。バンジャマン・コンスタンの『アドルフ』やデュマ・フィスの『椿姫』、スタンダールのもうひとつの代表作『パルムの僧院』、少し変わったところでマルグリット・デュラスの『愛人《ラマン》』や『モデラート・カンタービレ』、戯曲で言えばモリエールの『ドン・ジュアン』や『女房学校』、マリヴォーの『愛と偶然との戯れ』、ボーマルシェの『フィガロの結婚』、ロスタンの『シラノ・ド・ベルジュラック』などもとりあげたかったところです。しかし、そんなことを言っていてはきりがありません。あとはみなさん自身で出会っていただくことにいたしましょう。

本来ならばここでとりあげた作品全体をまとめて「これがフランス式恋愛です」、「これがフランスの恋愛に共通の特徴です」と言うのが筋ではないかと思いますが、そんなことはとてもできそうにありません。「ファム・ファタル」や「プラトニックな不倫」といったテーマの継承と変奏はみられますが、多様性こそがフランス文学の特徴であり、フランスにかぎらずそもそも文学というものはそういうものではないかと思うからです。

ひとつ言えることがあるとすれば、それは真摯であること、ひたむきであることの大切さではないでしょうか。恋がうまくいくにせよ、いかないにせよ、相手に、そして自分の気持ちに真摯に向き合おうとする人間の姿は、表面的にはどんなにみじめで不格好でも、結局のところなによりも美しい、そこにはきらりと光る何かがある、文学はそんな人間の姿を描いてきたし、今後も描き続けるだろう――私はそんなふうに思います。

この本は世界思想社の川瀬あやなさんのメールから生まれました。川瀬さんは私が大学で担当している「フランス学入門」という授業のシラバスを読んで興味をもち、本にしないかと提案してくれたのです。授業でしゃべっていることを文章にすればいいだけだと気楽に引き受けましたが、いざとりかかってみるとなかなかそうは簡単にいきません。なんとか最後まで書くことができたのは川瀬さんの助言と激励のおかげです。この本の中にはまた川瀬さんのアイデアがたくさん入っています。表紙の著者名は私になっていますが、これはわれわれふたりの本です。

最後になりましたがこの機会に、指導教授として私を育ててくださった加藤林太郎先生、ジャクリーヌ・レヴィ=ヴァランシ先生、執筆中いろいろ助言をくださった中谷拓士先生、いつも私を支えてくれている最愛の妻和子、息子啓太、娘千夏、母仁子、そして誰よりここまでこの本を読んでくださった読者のみなさんに感謝の意を表します。

どうもありがとうございました。

All my loving ♪

文献紹介　文庫本を中心に手に入りやすい版をあげています

第1章　恋愛は十二世紀の発明？

『トリスタンとイズー』*Tristan et Iseut*
ベディエ編『トリスタン・イズー物語』、佐藤輝夫訳、岩波文庫

第2章　恋と義務とをはかりにかけて

ピエール・コルネイユ『ル・シッド』*Le Cid*
『コルネイユ名作集』、岩瀬孝ほか訳、白水社
ジャン・ラシーヌ『アンドロマック』*Andromaque*
『フェードル・アンドロマック』、渡辺守章訳、岩波文庫
ラファイエット夫人『クレーヴの奥方』*La Princesse de Clèves*
『クレーヴの奥方　他二篇』、生島遼一訳、岩波文庫
『クレーヴの奥方』、青柳瑞穂訳、新潮文庫

第3章　ファム・ファタルのつくり方

アベ・プレヴォー『マノン・レスコー』*Manon Lescaut*

『マノン・レスコー』、河盛好蔵訳、岩波文庫
『マノン・レスコー』、青柳瑞穂訳、新潮文庫

第4章　マノンの後継者たち（フランス篇）

プロスペル・メリメ『カルメン』*Carmen*
『カルメン』、杉捷夫訳、岩波文庫
『カルメン』、堀口大學訳、新潮文庫
エミール・ゾラ『ナナ』*Nana*
『ナナ』、川口篤・古賀照一訳、新潮文庫

第5章　マノンの後継者たち（日本・アメリカ篇）

谷崎潤一郎『痴人の愛』
『痴人の愛』、新潮文庫、中公文庫
スコット・フィッツジェラルド『グレート・ギャツビー』*The Great Gatsby*
『グレート・ギャツビー』、野崎孝訳、新潮文庫
『グレート・ギャッツビー』、小川高義訳、光文社古典新訳文庫
『グレート・ギャツビー』、村上春樹訳、中央公論新社

第6章　プレイボーイとプレイガール

ピエール・ショデルロ・ド・ラクロ『危険な関係』*Les Liaisons dangereuses*
『危険な関係』(上・下)、伊吹武彦訳、岩波文庫
『危険な関係』(上・下)、新庄嘉章・窪田般彌訳、新潮文庫
『危険な関係』、竹村猛訳、角川文庫
『危険な関係』(上・下)、大久保洋訳、講談社文庫

第7章　恋愛と野心

スタンダール『赤と黒』*Le Rouge et le noir*
『赤と黒』(上・下)、桑原武夫・生島遼一訳、岩波文庫
『赤と黒』(上・下)、小林正訳、新潮文庫
オノレ・ド・バルザック『ゴリオ爺さん』*Le Père Goriot*
『ゴリオ爺さん』(上・下)、高山鉄男訳、岩波文庫
『ゴリオ爺さん』、平岡篤頼訳、新潮文庫

第8章　プラトニックな不倫?

オノレ・ド・バルザック『谷間の百合』*Le Lys dans la vallée*
『谷間のゆり』、宮崎嶺雄訳、岩波文庫
『谷間の百合』、石井晴一訳、新潮文庫
『谷間の百合』(上・下)、河内清訳、角川文庫

ギュスターヴ・フロベール『感情教育』*L'Éducation sentimentale*
『感情教育』(上・下)、生島遼一訳、岩波文庫
『感情教育』(上・下)、山田𣝣訳、河出文庫
レエモン・ラディゲ『ドルジェル伯の舞踏会』*Le Bal du comte d'Orgel*
『ドルジェル伯の舞踏会』、鈴木力衛訳、岩波文庫
『ドルジェル伯の舞踏会』、生島遼一訳、新潮文庫
『ドルジェル伯の舞踏会』、堀口大學訳、講談社文芸文庫

第9章　さわやかな恋愛小説?

ジョルジュ・サンド『愛の妖精』*La Petite Fadette*
『愛の妖精(プチット・ファデット)』、宮崎嶺雄訳、岩波文庫
ジェラール・ド・ネルヴァル『シルヴィー』*Sylvie*
『火の娘たち』、中村真一郎・入沢康夫訳、ちくま文庫

第10章　恋に恋する女たち

ギュスターヴ・フロベール『ボヴァリー夫人』*Madame Bovary*
『ボヴァリー夫人』(上・下)、伊吹武彦訳、岩波文庫
『ボヴァリー夫人』、生島遼一訳、新潮文庫
『ボヴァリー夫人』、山田𣝣訳、河出文庫

第11章　恋愛と嫉妬

マルセル・プルースト「スワンの恋」*Un Amour de Swann*

『失われた時を求めて　スワン家のほうへ』（全二巻）、吉川一義訳、岩波文庫

『失われた時を求めて　スワン家の方へ』（全二巻）、鈴木道彦訳、集英社文庫

『失われた時を求めて　スワン家のほうへ』（全二巻）、高遠弘美訳、光文社古典新訳文庫

第12章　愛があるなら年の差なんて

コレット『シェリ』*Chéri*

『シェリ』、工藤庸子訳、岩波文庫

第13章　負け組のラブストーリー？

ミシェル・ウエルベック『素粒子』*Les Particules élémentaires*

『素粒子』、野崎歓訳、ちくま文庫

第14章　二十一世紀のマノン・レスコー？

パトリック・ラペイル『人生は短く、欲望は果てなし』*La Vie est brève et le désir sans fin*

『人生は短く、欲望は果てなし』、東浦弘樹／オリヴィエ・ビルマン訳、作品社（近刊）

工藤庸子『フランス恋愛小説論』、岩波新書、一九九八年
鹿島茂『悪女入門――ファム・ファタル恋愛論』、講談社現代新書、二〇〇三年

本書でとりあげた作品とその歴史的背景

紀元前五八～五一年　カエサルによるガリア遠征
一六一〇年　ルイ十三世即位
一六四三年　ルイ十四世（太陽王）即位
一六四八年　フロンドの乱（～一六五三年）
一六八二年　ヴェルサイユ宮殿完成
一七一五年　ルイ十五世即位
一七七四年　ルイ十六世即位
一七八九年　フランス革命
一七九二年　国民公会で共和政を宣言（第一共和政）

十二世紀頃　『トリスタンとイズー』
一六三七年　コルネイユ『ル・シッド』
一六六七年　ラシーヌ『アンドロマック』
一六七八年　ラファイエット夫人『クレーヴの奥方』
一七三一年　アベ・プレヴォー『マノン・レスコー』
一七八二年　ラクロ『危険な関係』

一七九三年	ルイ十六世処刑、ロベルピエールの恐怖政治
一七九四年	テルミドールの反動、ロベスピエール処刑
一七九九年	ナポレオン・ボナパルトのクーデター
一八〇四年	ナポレオン、皇帝に即位（第一帝政）
一八一二年	ナポレオン、ロシア遠征
一八一三年	ライプチヒの戦いでプロイセン・オーストリア・ロシア同盟軍、ナポレオン軍を撃破
一八一四年	ナポレオン退位、ルイ十八世帰国（王政復古）
一八一五年	ナポレオン、エルバ島を脱出、パリに凱旋する（百日天下）もワーテルローの戦いでイギリス・プロイセン・オランダ連合軍に敗北
一八三〇年	七月革命、ルイ・フィリップ即位（七月王政）
一八四八年	二月革命（第二共和政）、ルイ・ナポレオン大統領就任
一八五一年	ルイ・ナポレオンのクーデター
一八五二年	ルイ・ナポレオン（ナポレオン三世）皇帝に即位（第二帝政）

一八三〇年	スタンダール『赤と黒』
一八三五年	バルザック『ゴリオ爺さん』
一八三六年	バルザック『谷間の百合』
一八四五年	メリメ『カルメン』
一八四九年	サンド『愛の妖精』

本書でとりあげた作品とその歴史的背景

一八五三年　オスマンによるパリ改造開始
一八七〇年　普仏戦争（〜一八七一年）、ナポレオン三世、プロイセン軍の捕虜となり退位（第三共和政）
一八七一年　プロイセンのヴィルヘルム一世、ヴェルサイユ宮殿でドイツ帝国の成立を宣言
パリ市民、市内に立てこもり自治を行なう（パリ・コミューン）も、ヴェルサイユに置かれた臨時政府により鎮圧される
一八八九年　パリ万博、エッフェル塔完成
一八九四年　ドレフュス事件
一九一四年　第一次世界大戦（〜一九一八年）

一八五三年　ネルヴァル『シルヴィー』
一八五六年　フロベール『ボヴァリー夫人』
一八六九年　フロベール『感情教育』
一八八〇年　ゾラ『ナナ』
一九一三年　プルースト『スワン家の方へ』（『失われた時を求めて』第一篇）
一九二〇年　コレット『シェリ』
一九二四年　ラディゲ『ドルジェル伯の舞踏会』
一九二四〜二五年　谷崎潤一郎『痴人の愛』（日）
一九二五年　フィッツジェラルド『グレート・ギャツビー』（米）

一九三九年　第二次世界大戦（～一九四五年）
一九四〇年　ナチス・ドイツによる占領
一九四四年　連合軍ノルマンディーに上陸、パリ解放
一九六八年　ストラスブール大学から始まった学生運動が全国に波及、ゼネストにより国の機能が一時的に麻痺（「五月革命」）

一九二七年　プルースト『見出された時』（『失われた時を求めて』第七篇）
一九九八年　ウエルベック『素粒子』
二〇一〇年　ラペイル『人生は短く、欲望は果てなし』

著者紹介

東浦弘樹（とううら　ひろき）

関西学院大学文学部教授（フランス文学）。演劇ユニット・チーム銀河代表（劇作家・役者）。

1959年、兵庫県生まれ。京都大学文学部フランス文学科卒業。関西学院大学文学研究科在学中にフランス政府給費留学生として渡仏。ピカルディー大学（アミアン）で国際カミュ研究会会長ジャクリーヌ・レヴィ＝ヴァランシ教授に師事。

ピカルディー・ジュール・ヴェルヌ大学文学博士。

主著に『晴れた日には『異邦人』を読もう――アルベール・カミュと「やさしい無関心」』（世界思想社、2010年）、*La Quête et les expressions du bonheur dans l'œuvre d'Albert Camus*（『アルベール・カミュの作品における幸福の追求とその表現』、Eurédit社、2004年）、翻訳書にパトリック・ラペイル『人生は短く、欲望は果てなし』（オリヴィエ・ビルマンと共訳、作品社、2012年）などがある。


フランス恋愛文学をたのしむ――その誕生から現在まで

2012年10月10日　第1刷発行　　定価はカバーに
2021年3月20日　第2刷発行　　表示しています

著者　東浦弘樹
発行者　上原寿明

世界思想社
京都市左京区岩倉南桑原町56　〒606-0031
電話　075(721)6500
振替　01000-6-2908
http://sekaishisosha.jp/

（印刷・製本　太洋社）

ISBN978-4-7907-1569-6